# モテモテな憧れ男子と、両

登場人物

クール男子

ピュア女子

加賀

白石ゆな

このふたりの恋のお話は…

女。

SELEN

高1の結奈は、中学時代の友達から
「お互いの彼氏を連れて遊ぼう」と誘われる。
彼氏がいないと言い出せない結奈は、
隣の席の璃久に彼氏のフリを頼むことになり…!?
「ずっとキミの彼女でいさせて」

不器用男子 マジメ女子

佐藤絢斗 × 大宮未華

このふたりの恋のお話は…

[ありったけの恋心をキミに]
Chaco&十和

高1の未華は初恋相手の絢斗に告白するが、
「彼女はいらない」と振られてしまう。
それでも諦めずアタックし続ける未華のまっすぐさを、
絢斗は次第に愛おしいと思うようになり…。
「お前のこと、可愛くて仕方ない」

このふたりの恋のお話は… [独占したい。] *あいら*

高1の花は男子が苦手で、いつも幼なじみの匡哉に守ってもらっている。
このままではダメだと男性恐怖症を克服しようとするけれど、
ずっと花に想いを寄せている匡哉は焦り始めて…。
「死ぬまでずっと、俺に独占されてて」

生徒会長男子 佐城由貴 × 白沢沙織 副会長女子

このふたりの恋のお話は…「甘い秘密は、ふたりきりの生徒会室で」天瀬ふゆ & 善生茉

高2の沙織は恋愛禁止の学校に通いながらも、内緒で由貴と付き合っている。
沙織は関係を隠し通そうとするけれど、由貴はふたりきりになると、
学校でもハグやキスをしてきて…!?
「誰にも秘密で。甘やかして、俺のこと」

過保護男子 永岡匡哉 × 姫乃花

# 想いになりました。

紹介 ／ 5つの溺愛短編集

無気力男子

天然女子

小川拓海 × 近藤さゆ

このふたりの恋のお話は… [私だけのヒーロー]
ばにぃ＆みゅーな**

高2のさゆは新学期、同じクラスになった拓海とよく話すようになる。
マイペースに見える拓海だけど、
男子にからかわれたところを助けてくれるなど、
さゆに特別優しくて…。

「俺だって、キミとふたりでいたら余裕ない」

KEITAI
SHOUSETSU
BUNKO
野いちご SINCE 2009

# モテモテな憧れ男子と、両想いになりました。
## ～5つの溺愛短編集～

青山そらら
SELEN
ばにぃ
みゅーな**
天瀬ふゆ
善生茉由佳
Chaco
十和
*あいら*

◎STARTS
スターツ出版株式会社

## contents

**1日だけ、キミの彼女。**

▶結奈 side
presented by 青山そらら　　6

▶璃久 side
presented by SELEN　　54

**私だけのヒーロー**

▶さゆ side
presented by ばにぃ　　96

▶拓海 side
presented by みゅーな**　　140

**甘い秘密は、ふたりきりの生徒会室で。**

▶沙織 side
presented by 天瀬ふゆ　　180

▶由貴 side
presented by 善生茉由佳　　223

**ありったけの恋心をキミに**

▶末華 side
presented by Chaco　　262

▶絢斗 side
presented by 十和　　303


**独占したい。**
**presented by ＊あいら＊**

▶花 side──大好きな幼なじみ　344

恐怖症、克服！　　354

不機嫌なまさくん　　371

独占されたい。　　382

▶匡哉 side──可愛い幼なじみ　396

嫉妬　　409

独占したい。　　416

イラスト/加々見絵里

# 1日だけ、キミの彼女。

## ▶結奈 side presented by 青山そらら

　──始まりは、1通のメッセージだった。

　ある日の夜、自分の部屋のベッドでスマホをいじりながらゴロゴロしていたら、中学時代の同級生で別の高校に進学した杏ちゃんから久しぶりにメッセージが来た。

【やっほー！　今度、久しぶりに三中メンバー4人で集まりたいって話になったんだけど、どうかな？】

　彼女、山本杏ちゃんは、中学時代の仲良しグループのうちのひとりで、元気いっぱいのムードメーカー的な存在。

　ちなみにその三中メンバーというのは、私、杏ちゃん、千花ちゃん、希美ちゃんの4人で、みんなそれぞれ違う高校に通っている。

　卒業後、春休みにみんなで遊んだきり、その後は一度も4人で集まることができていなかったので、杏ちゃんからのお誘いはとても嬉しかった。

【久しぶり！　ぜひぜひ集まろう！　私もみんなに会いたいです】

　喜んですぐ返事をしたら、杏ちゃんからもすぐに返信が来た。

【やったー！　それじゃ、さっそくだけど来週の土曜日でどう？】

【土曜日、OKだよ】

【じゃあ待ち合わせ場所は、野いちごランド駅でいいか

な？】

　そこで、待ち合わせ場所の駅名を聞いて、少し驚いた私。

　野いちごランドと言えば、ここから一番近い遊園地の名前だけど、久しぶりの再会でみんなで遊園地に行くとは思わなかったな。

　いつものようにみんなでランチしたり、プリクラを撮ったりする感じなのかと思ってた。でも、遊園地に行くっていうのも楽しそう。

【いいよ！　楽しみにしてるね】

　ワクワクしながら返信すると、杏ちゃんからまたすぐに返事が返ってきた。

【あ、ちなみに今回はね、みんなで彼氏を連れて会おうってことになってるんだ！】

　……えっ？　彼氏？

　突然出てきた"彼氏"というワードに目を丸くする私。

　ちょっと待って、なにそれ。聞いてない。

　いつの間にそんな話になってたの!?

【あのね、私、最近ついに彼氏ができたの！　だからみんなに彼のこと紹介したくて！　千花も希美も高校で彼氏ができたって言ってたから、それならみんなで一緒にデートしようよって話になったんだ】

　続けて送られてきたメッセージを見て、また目を丸くする。

　ウソ。みんないつの間にか彼氏ができたの？　知らなかったよ。

8

　……ということは、その中で彼氏がいないのは、私ひとりだけ……。

【そうなんだね。みんなおめでとう！】

　とまどいながらもとりあえず、そんなふうに返信する私。

　そしたらそこでまた、杏ちゃんからメッセージが来て。

【というわけで、結奈も彼氏連れてきてね！　楽しみにしてまーす♪】

　えぇっ!?

　思いもよらぬことを言われてしまい、ギョッとする。

　いや、待って。私まだ、彼氏がいるなんてひと言も言ってないのに。連れていくなんて、無理なのに……！

　昔から杏ちゃんは、ちょっぴりマイペースで強引なところがあって、こんなふうにひとりでさっさと話を進めちゃうことは今までもよくあったけど、さすがに今回ばかりはちょっと、強引にもほどがあるような。

　でも、今さら正直に彼氏がいないって打ち明けたところで、私だけひとりで参加ってことになっちゃうのかな。

　それもめちゃくちゃ気まずいよね。どうしよう……。

　ぐるぐると悩みはじめたら、止まらなくなる。

　まさかこんなことになるなんて、思わなかったよ。

　結局私はその後、杏ちゃんになにも返すことができず、そこで彼女とのメッセージのやり取りは途切れてしまった。


　申し遅れました。私、白石結奈はどこにでもいる普通の

高校１年生。

　今の高校に入学してもうすぐ２ヶ月になるけれど、最近学校生活にもだいぶ慣れてきたところで、毎日楽しく通っている。

　人見知りな性格ゆえ、最初は友達ができるか不安だったけど、ありがたいことにクラスメイトに恵まれ、さっそく仲のいい友達もできた。

　彼女の名前は古田七海ちゃん。

　肩までの内巻きボブがよく似合う、さっぱりした性格の女の子。

　私は昨日の杏ちゃんからのお誘いの件を、さっそく七海ちゃんに相談してみることにした。

「あのね、実は昨日……」

「えぇ～っ！」

　私がそのいきさつを話すと、驚いた顔をする彼女。

「その友達、なかなか強引だね。でも結奈、そこで正直に『彼氏いない』って言わなかったの？」

「い、言おうと思ったんだけど、言うタイミングを逃したというか……」

「はは、結奈らしいね」

「それに、みんな彼氏を連れてくるのに、自分だけひとりで参加するのって気まずいし、みんなにも気を遣わせちゃいそうで。それならいっそ私がいないほうがいいんじゃないかとも思ったんだけど、久しぶりだからみんなに会いたいし……」

なんて、あれこれ考えてばかりで、どうしたらいいのか
わからなくて。

するとそこで、七海ちゃんが思いついたように言った。

「……なるほど。じゃあもう、解決方法はただひとつだね。
結奈も彼氏を連れていけばいいんだよ」

「えぇっ!?」

なにそれ。どういうこと？　どうやって連れていくの？

「その日１日だけ誰かに彼氏のフリを頼めばいいじゃん」

「なっ……」

七海ちゃんの言葉に目を丸くする私。

１日だけ、彼氏のフリを頼む？　いったい誰に……。

「そ、そんなこと言われても、頼める人がいないよっ」

「そう？　べつに誰でもいいじゃん。クラスメイトの誰かに
お願いすれば。ほら、たとえば隣の席の加賀見くんとか〜」

七海ちゃんがそう言って、教室のうしろで友達と話して
いた加賀見くんのいるほうに目をやる。

彼、加賀見璃久くんは、学年で一番モテると噂のイケメ
ン男子。

くっきり二重が印象的な整った顔立ちに、清潔感のある
サラサラの黒髪、そして180センチはあるであろう身長。

スタイルがよく、スポーツ万能で勉強もできるという、
絵に描いたような完璧男子だ。

私のような凡人にとっては雲の上の存在って感じだけれ
ど、実は入学早々、たまたま彼と隣の席になってしまった。

だけど、いまだに会話らしい会話はほとんどしたことが

ない。

　加賀見くんはクールで、そんなに女子と積極的に絡むタイプではないし、私も普段男の子とはめったに話さないから。

　中学の頃から男の子とほとんど絡むことなく過ごしてきたので、いまだに話をする時は緊張してしまう。

　そんな私に彼氏なんてできるわけがなくて、いまだに恋愛経験はゼロだし、たった1日彼氏のフリを頼むことですら、すごくハードルが高く感じてしまう。ましてや、あのモテモテの加賀見くんにそんなことをお願いするなんて、できるわけがない。

「む、む、無理だよっ！　私、ほとんど話したことないもん」

「えーっ。でも、隣の席だから話すチャンスはあるでしょ？　私はどうせ頼むならイケメンのほうがいいと思ったんだけどね」

　なんて七海ちゃんは言うけれど、私は逆にイケメンに頼むほうが難しいと思うんだけどな。加賀見くんはまず無理だよ。

　でも、だからといって、他に頼めそうな人がいるわけでもない。どうしたらいいんだろう。

　やっぱり私、当日はひとりで参加するしかないかな。

　そんなことを考えていたら、あっという間に予鈴のチャイムが鳴ってしまって。私は慌てて自分の席に戻った。


「えーと、今日は教科書の24ページからだな」

教卓の前で古文の西田先生が教科書を片手に持ちながら黒板に板書をする。いつものように黙ってそれをノートに写していく私。

　するとその時、横からトントンと机を叩かれた。

　振り向くと、隣の席の加賀見くんがなにやら困ったような顔をしている。どうしたんだろう。

「ごめん。あのさ、教科書忘れたんだけど、見せてもらってもいい？」

　まさか、加賀見くんに話しかけられるとは思ってもみなかったので、ドキッとしてしまった。

「い、いいよっ。もちろん」

　私が緊張しながらうなずくと、加賀見くんが机をくっつけてくる。

　いつもより距離が近くなって、わけもなく心拍数が上がってしまう。

「あの、ど、どうぞ」

　教科書をできるだけ加賀見くんが見やすいように端に寄せる。

　そしたら彼は、「サンキュ」と微笑みながらひと言お礼を言ってくれて。その表情があまりにも眩しくて、またドキッと心臓が跳ねた。

　やっぱり近くで見るとますますカッコいい。どうしてこんなに整った顔をしてるんだろう。話しかけられただけでドキドキしちゃうよ。

　すぐ隣にあの人気者の彼がいる。そう思っただけで授業

１日だけ、キミの彼女。 　》　13

中もずっと落ち着かない。

　加賀見くんはさっきから真剣な表情でノートになにか書きこんでいる。

　さすが、成績優秀なだけあって、授業も毎回真面目に聞いてるんだな。えらいなぁ。

　そういえば、加賀見くんってどんな字を書くのかな。気になるな。

　なんて思いながら、興味本位でチラッと隣を覗いてみたら、加賀見くんのノートが目に入って、その瞬間ギョッとした。

　えっ、ウソッ！　なにこれ……。

　そこに描かれていたのは、ちょうど今教卓で古文を教えてくれている西田先生の似顔絵で、額に『西田』と書かれている。

　あきらかにふざけて描いたと思える絵ではあったけれど、禿げ頭や眼鏡、そして二重顎などの特徴を見事にとらえていて、見た途端、思わず笑いが込み上げてきた。

　す、すごい。似てるかも……。

　っていうか、まさか加賀見くんが授業中にこんな落書きをしてるなんて。意外すぎるんだけど。

　こらえきれなくなって思わずプッと吹き出したら、加賀見くんが驚いた顔でこちらを見た。

　……あ、やばい。つい笑っちゃった。なに見てんだって思ったかな？

　気まずさのあまり、口を押さえたまま黙りこむ私。

だけど、加賀見くんはそんな私に冷たい視線を向けるでもなく、ちょっと恥ずかしそうに笑うと、絵を指さしながら。

「どう？　似てる？」

なんて問いかけてきたので、私はホッとすると同時にコクリとうなずいた。

よ、よかった……。怒られなかった。

続けて小声で話しかけてくる加賀見くん。

「ごめん、笑わせて。なんか俺、授業中ヒマだとつい落書きしちゃうんだよね」

「えっ、全然、大丈夫だよっ」

まさか、普通に話しかけてくれるとは思わなかったので、ますます心拍数が上がって、噛みそうになってしまう。

「あの、私のほうこそ、おもしろくてつい笑っちゃって、ごめんなさい」

思わず謝ったら、加賀見くんはいたずらっぽく笑った。

「いいよ。むしろ、ウケたみたいでよかった」

そんな彼を見て、なんだか急に親近感がわく。

加賀見くんって、意外とお茶目なところがあるんだなぁ。

もっとクールで近寄りがたいタイプかと思ってたのに。

ちょっとイメージ変わっちゃうかも……。

その後も加賀見くんは西田先生の似顔絵にいろいろ描き加えて、そのたびに私に見せてくれたので、私はついクスクス笑ってしまい、全然授業に集中できなかった。

だけど、加賀見くんとこんなふうに普通に会話したり笑

い合ったりできるなんて思わなかったので、嬉しくて。い
つもは退屈に感じる古文の授業が、すごく楽しく感じられ
た。

　途中、ふと先ほど七海ちゃんに言われた言葉が頭に浮か
ぶ。
『たとえば隣の席の加賀見くんとか〜』

　どうしよう。こうなったらもう、加賀見くんに彼氏のフ
リをお願いしてみる……？　いやでも、無理だよね。普通
に考えて。

　いくら彼が思ってた以上に話しやすくていい人だったか
らって。そんなお願い、引き受けてくれるわけがないよ。

　一瞬迷ったけれど、やっぱりそんなことを言い出す勇気
はなくて、私はいったんその考えを頭の中にしまうことに
した。


　そんなこんなであっという間に時間が過ぎて、気がつけ
ばいつの間にか金曜日。明日はとうとう杏ちゃんたちとの
約束の日。

　私は結局杏ちゃんに彼氏がいないことを打ち明けること
もできず、誰かに彼氏のフリを頼むこともできないまま、
ここまできてしまった。

　七海ちゃんは変わらず『誰でもいいから１日だけ彼氏の
フリを頼んじゃえばいいんだよ！』って言うんだけど、あ
いにくそんな勇気は持ち合わせていない。

　私なんかが頼んだら、絶対迷惑だって思われてしまう気

がするし、なにより男の子に声をかけること自体が、苦手
だから。

　そもそもいまだに彼氏ができたことがないのも、この
引っ込み思案な性格が大いに影響してる気がする。

　杏ちゃんも、千花ちゃんも、希美ちゃんも、みんないつ
の間にか彼氏ができて、しばらく会わない間に自分より
ずっと先へと進んでいってしまったんだなぁ……。

　自分の席で帰りの支度をしながら、ひとり憂鬱な気持ち
になる。

　私、このまま明日を迎えてしまって大丈夫なんだろうか。

　杏ちゃんたちには正直に彼氏がいないって言うしかない
と思うけど、私だけひとりで参加するのって、どうなんだ
ろう。

　あぁ、もうダメ。なんだかいろいろ考えすぎて頭が痛く
なってきたよ。

「……はぁ」

　机に座ってうつむいたまま、大きくため息をつく。

　すると、そんな時、すぐ横から誰かに声をかけられた。

「白石さん」

　その声にドキッとして顔を上げると、そこに立っていた
のはなんと、隣の席の加賀見くんで。カバンを肩にかけた
まま、心配そうな表情で私のことを見下ろしている。

　てっきりみんな帰ったのかと思ってたけど、彼はまだ
残ってたんだ。

「なんか、顔色悪いけど大丈夫？」

そう聞かれて、悩んでいたのが思いきり顔に出てしまっていたんだと思い、ハッとした。

「えっ……。そ、そうかな。べつに大丈夫だよっ」

「ほんとに？　無理してるようにしか見えないけど。もしなにか困ってるんだったら、言ってみなよ。力になれるかもしれないし」

　そう言って私の顔をじっと覗き込んでくる彼。

　それにしても、なんて優しいんだろう。こんなふうに心配してくれるなんて。やっぱり加賀見くんは、すごくいい人なのかもしれない。

　そう思った途端、頭の中に諦めかけていたあの彼氏のフリの件が浮かぶ。

　ねぇ、もしかしてこれは、チャンスだったりするのかな。

　このタイミングで彼に話しかけてもらえるなんて、偶然にもほどがあるような気がするし。幸い教室には今、私と彼しかいない。

　こうなったらもう、勢いで……。

「あ、あの……っ」

　おそるおそる、加賀見くんに声をかける。

「ん？」

「加賀見くんにちょっと、お願いがあるんですけど……明日って、空いてたりしますか？」

　すると、彼は不思議そうな顔をしながら答えた。

「えっ、明日？　明日ならべつに空いてるけど……。お願いって、なに？」

「え、えっと、その……っ」

　あぁもう、どうしよう。やっぱりとても言い出しづらい。

　だけど、ここまできたら、もうあとには引けない。言う
しかないよね。

「あ、明日1日だけ、彼氏のフリをしてくれませんか!?」

　意を決してそう告げたら、その瞬間加賀見くんがギョッ
としたように目を大きく見開いた。

「……は？　なんで？」

　そのリアクションを見て、思わず自分の発言を後悔しそ
うになる。

　そうだよね。いきなりこんなこと言われたらビックリす
るよね。

　もしかして、引かれたかな……。

「えっと、実は、明日中学時代の友達とみんなで会う約束
をしてるんだけど、みんな彼氏を連れてくるから、私も連
れてくるように言われてしまって……」

　しどろもどろになりながら、理由を説明する。

　そしたら加賀見くんは、困ったような顔をしながら答え
た。

「……マジか。でもそれ、彼氏いないって正直に言えばよ
かったんじゃないの？」

　加賀見くんの意見が正論すぎて、一瞬言葉に詰まる。

「そ、そうなんだけど……そのメンバーの中で彼氏がいな
いのが私だけだから、ひとりで参加するのが気まずくて。
言い出せないまま今日まできてしまって……」

「なるほどね」

「あ、でもほんと、無理だったら大丈夫だからっ！」

　なんとなく断られるような気がしてそう言ったら、加賀見くんが数秒考えこんだように黙り込む。そして……。

「いいよ」

「……えっ？」

　思いがけない答えが返ってきたので、ビックリして二度見してしまった。

「べつにいいよ。1日くらいなら。ちょうど明日ヒマだったし」

　ウ、ウソでしょ……。まさか、加賀見くんがこんな無茶なお願いを引き受けてくれるなんて。

「ほ、本当に、いいの？」

「うん」

　夢でも見ているんじゃないかと思ったくらい、彼がＯＫしてくれたことが信じられなかった。

　絶対断られると思ったのに。なんていい人なんだろう。

「加賀見くん、ありがとう……！」

　笑顔でお礼を言ったら、加賀見くんがクスッと優しく笑う。

　どうしよう。なんだかすごいことになってしまった。

　思いがけない展開に、ドキドキと胸の鼓動がおさまらない。

　まさか、あの人気者の加賀見くんが、彼氏のフリをしてくれることになるなんて……。

自分で頼んだくせに、ＯＫしてもらえるなんて思っても みなかったものだから、私のほうが動揺してしまって、つ いていけなくなっている。

もちろんすごく嬉しかったし、心底ホッとしたけれど、 明日のことを考えたら、今さらのようにすごく緊張してき てしまった。


そして迎えた約束の日。私は朝から２時間以上鏡とにら めっこして、いつもより念入りにメイクし、ヘアセットに も気合を入れた。

最近買ったばかりの新しいワンピースを着て、何度も鏡 に映った自分の姿を確認する。

だって今日は、生まれて初めてのデート。しかも相手は あの学年一のモテ男子の加賀見くんだ。

もちろん、グループデートだからふたりきりというわけ ではないけれど、デートなんてしたことがない私にとって は一大イベントだ。

杏ちゃんたちに久しぶりに会えるのがすごく楽しみな反 面、加賀見くんと恋人のフリをするということを考えたら、 やっぱり緊張してしまう。家を出る前からずっとそわそわ して落ち着かなかった。

加賀見くんとは先にふたりで待ち合わせて、それから一 緒に電車に乗って、待ち合わせ場所の野いちごランド駅へ と向かった。

初めて見る私服姿の加賀見くんは想像以上にカッコよく

１日だけ、キミの彼女。 >> 21

て、あまりの眩しさに、こんな人の隣に自分が並んでいい
のかと思ってしまう。

　電車の中で、私と加賀見くんは恋人のフリの設定を話し
合い、加賀見くんの提案で、お互い名前で呼び合うことに
なった。

　名前呼びなんて、もうそれだけで恥ずかしいのに、恋人っ
ぽく振る舞うことが果たして自分にちゃんとできるんだろ
うか。

　そんなふうにあれこれ考えているうちに、野いちごラン
ド駅に到着。

　改札を出たところで、ふと加賀見くんが立ち止まり、突
然私に向かって手を差し出してきた。

　私がきょとんとした顔で彼を見つめ返すと、加賀見くん
がサラッとひと言。

「付き合ってるんだし、手繋ぐんじゃねぇの？」

「え、あ、うん……っ！」

　言われて慌てて彼の手をギュッと握る。

　ど、どうしよう。私、加賀見くんと手を繋いじゃった。

　みるみるうちに自分の体が熱くなっていくのがわかる。

　うぅ、なんかもう、恥ずかしくて体が沸騰しそう。男の
子と手を繋いだのなんて初めてだよ。

「結奈」

　するとそこで、加賀見くんがふいに私を下の名前で呼ん
だ。

「……っ、は、はいっ」

突然の名前呼びにドキッとして、思わず敬語で返事をしてしまった私。それを見て、加賀見くんがクスッと笑う。

「ふっ、動揺しすぎ。あのさ、今から俺、結奈って呼ぶから、ちゃんと俺のことも名前で呼んでね」

「あ、うん」

そうだ。さっきそんな約束をしたんだった。

デートはこれからだというのに、なんだかすでにもうドキドキしすぎて大変なことになってる。

こんなので、今日一日心臓が持つのかなって心配になってしまった。


「きゃーっ！　結奈、久しぶり〜！」

「杏ちゃん、久しぶり！」

待ち合わせ場所の野いちごランドに着くと、杏ちゃんたちはすでに到着していた。

みんなそれぞれ彼氏と仲よく手を繋いで、幸せそう。

千花ちゃんや希美ちゃんも「結奈〜！」なんて言いながら笑顔でハイタッチしてくれて、私も思わずテンションが上がってしまう。

来る前はいろいろ悩んだりもしたけれど、やっぱり今日みんなに会えてよかったなぁ。

そんなふうに嬉しくなっていたら、突然杏ちゃんが私の隣に寄って、小声で耳打ちしてきた。

「っていうか、結奈の彼氏、超イケメンじゃん！　ヤバいんだけど！」

1日だけ、キミの彼女。 ≫ 23

「えっ……。そ、そうかな」

「うん！　ビックリしたよ。やるじゃん結奈～」

　なんて言われて、恥ずかしいようなウソをついて申し訳ないような、なんとも言えない気持ちになったけれど、やっぱり加賀見くんは誰が見てもイケメンなんだなってあらためて思った。

　そのあと、軽くみんなで自己紹介をすませ、さっそくいろんなアトラクションに乗って遊ぶことになった。

　休日の遊園地はどこも人がいっぱいですごく賑わっている。

　私たちは、「まずは絶叫系いくでしょ！」という杏ちゃんの提案で、初っ端からみんなでジェットコースターに乗ることに。

　実を言うと私は絶叫マシンがすごく苦手で、本当ならこういう乗り物は避けたいところなんだけど、みんなが盛り上がっているのにひとりだけ乗らないなんて言うわけにはいかないので、もちろん笑顔で付き合う。でも、実際は怖くて手足がブルブル震えていた。

　ガタン、ガタンとゆっくりと登っていくジェットコースターの座席に座りながら、真っ青な顔で固まる。

　あぁ、ダメ。怖いよ。心臓が……。

　あの、一番高いところから急降下する瞬間の体が浮き上がりそうになるような感覚がダメなんだ。どうしよう。どうしよう……。

　すると次の瞬間、コースターがゆっくり頂上部分の山を

乗り越えたかと思うと、そのまま一気にすごい速度で下降
した。

「き……きゃあぁぁ〜〜〜っ!!」

　普段は出さないような大声で大絶叫しながらその衝撃に
耐える。

　もう、頭は真っ白。とてもじゃないけど生きた心地がし
ない。

　無事地上にたどりついた頃には、半分魂が抜けたような
状態になっていた。

　ジェットコースターから降りたあと、少しの間ベンチに
座って体を休めていたら、突然頬になにか冷たいものがピ
タッと当てられたのがわかった。

　ビックリして隣を振り返るとそこに立っていたのはなん
と、ジュースのペットボトルを手に持った加賀見くんで。

「か……璃久くんっ!」

　加賀見くんと呼んでしまいそうになったところを、慌て
て名前で呼び直す。

「飲む?」

　彼はそう言って笑顔でペットボトルを私に差し出してく
れる。

　もしかして、わざわざ買ってきてくれたのかな?　優し
いな。

「えっ、いいの?」

「うん」

「ありがとう」

1日だけ、キミの彼女。 ≫ 25

　お言葉に甘えてそのジュースをいただくと、加賀見くんがさりげなく私の隣に腰掛けた。そして、ボソッとひと言。
「ほんとはジェットコースター、苦手なんじゃないの？」
　突然図星を突くようなことを言われてドキッとした。
「なっ……。そ、そんなことないよっ」
「でも、だいぶ顔色悪いけど」
「えぇっ！」
　ダメだ。やっぱりバレてる。加賀見くんって結構鋭いんだなぁ。
　なんて思ってたら、彼が膝の上に置いていた私の片手を急に握ってきて。
「それに、なんかまだ手、震えてない？」
　その瞬間心臓が思いきり飛び跳ねた。
　わわわ、ちょっと待って……！
　こんなふうにいきなり手を握られて至近距離で顔を覗き込まれたら、ドキドキしすぎてどうにかなりそうだよ。
「あんま無理すんなよ。落ち着くまでここで一緒に休んでよ」
「う、うん。ありがとう……」
　優しい言葉をかけられて、思わず胸がときめいてしまいそうになる。
　これは、彼氏のフリをしてるからなのか、単に加賀見くんが優しい人だからなのか、それはわからないけれど。
　するとそこに、杏ちゃんたちがワイワイと集まってきて。
「結奈ーっ！　どこ行ったかと思ったらこんなところにい

た……って、やだ〜おふたりさん、手なんか握り合っちゃっ
て、ラブラブじゃーん」

　いきなり杏ちゃんに冷やかすようなことを言われた私
は、恥ずかしさで顔が真っ赤になってしまった。

　だけど、そんなふうに言われても、加賀見くんは私の手
を離そうとするところか、「はは、まぁね」なんて言いな
がら普通に認めていたので、それにまたビックリする。

　加賀見くん、すごいよ。照れてばかりの私なんかよりも
ずっと堂々と彼氏役をやってくれている。

　むしろ、彼のほうが積極的なんじゃないかってくらい。

　あのクールで人気者の彼が、こんなにもまともに彼氏の
フリをしてくれるなんて思わなかったな。


　そのあと、メリーゴーランドやコーヒーカップなど、い
ろいろなアトラクションを楽しんだ私たちは、またしても
ムードメーカー杏ちゃんの提案により、次はお化け屋敷に
入ることになった。

　壁を黒く塗りつぶされた古いお城のような外観をしたそ
の建物は、なんとも言えない禍々しい空気を醸し出してい
る。

「お化け屋敷って、この入る前のドキドキする感じがたま
らないよね」

「ここ、結構怖いんだってね。絶対私叫んじゃう〜」

　杏ちゃんたちはみんなこのお化け屋敷を楽しみにしてい
たみたいで、すごく盛り上がっている。

だけど、ホラーとか怖いものがダメな私は、お化け屋敷も大の苦手で、今からこの中に入ると考えただけでも足がすくむ。

並んでいる最中からずっと手足が震えていて、それを悟られないようにするだけで精いっぱいだった。

だって、みんながこんなに楽しそうにしてるのに、このムードを壊すわけにはいかないから。

さっき加賀見くんには『無理すんなよ』って言われたばかりだけど、友達のことを思うと、やっぱり無理してしまう。

「結奈」

すると、そんな時隣にいた加賀見くんにふと名前を呼ばれた。

振り向くと、彼がそっと私の手を取り、そのままなぜか自分の服の裾を握らせてくれて。

「俺につかまってて」

まるで私が怖がっていることを察したかのようにそんなふうに言ってくれる彼は、やっぱり優しい。なんだかとても頼もしく見えてしまう。

「ありがとう」

加賀見くんがそばについていてくれる、そう思ったら少しだけホッとした。

だけど、いざ中に入ってみると、想像以上の恐怖が私を待ち受けていた。

真っ暗な空間の中で、突然襲いかかってくるゾンビや、

なにもないと思われたところからいきなり飛び出してくる
包帯男。

　うしろから急に笑い声が響いてきたり、光る火の玉が見
えたり。

　加賀見くんは終始平気な顔をしていたけれど、隣にいた
私はずっと泣きそうだった。

　加賀見くんの服の裾にギュッとつかまったまま、必死で
叫びたくなるのをこらえる。

　だけど、そろそろ出口かなという場所まで来たところで、
突然うしろから肩をポンと叩かれて。

　なにかと思い振り返ったら、そこにはなんと、血まみれ
の髪の長い女の人が立っていた。

「ゆる……さない……」

　ガラガラ声でそう呟く女の声を聞いた途端、恐怖で体が
震え上がる。

　その瞬間私は勢い余って加賀見くんにギュッと抱きつい
てしまった。

「いやあぁぁ～～っ!!」

　思いきり、彼の胸に顔をうずめて。

「結奈、落ち着け」

　加賀見くんがそんな私の背中を優しく撫でるようにトン
トンと叩く。

「た、助けて……っ！」

「大丈夫。俺がついてるから。あと少しだ、がんばれ」

　そして、怯える私の手を握り、出口のほうまで誘導して

くれて。彼のおかげでなんとか無事外に出ることができた。

「……し、死ぬかと思った」

　肩で大きく息をしながら、荒くなった呼吸を整える。

　日の光が当たる明るい世界を見てホッとする。

　だけど、そこでようやく冷静になった私は、ふと先ほどやらしてしまった自分の大胆な行動を思い出してハッとした。

　そうだ。私ったらさっき、加賀見くんに……。

「あのっ……璃久くんっ」

「ん？」

「さ、さっきはごめんなさいっ！　私ったら、ビックリしてつい、その、抱きついちゃったりして……」

　いくら今は恋人のフリをしているとはいえ、あんなの迷惑だったに決まってる。

　だけど加賀見くんはそんなのまったく気にしていないのか、クスッと笑って。

「べつに謝ることないだろ。彼女なんだから」

「えっ……」

　そして、私の頭に手を乗せると、撫でるようにポンポンと叩きながら、優しく微笑んだ。

「結奈、がんばった。えらいえらい」

　その瞬間心臓がドキンと音を立てる。

　思わず顔がかぁっと熱くなって、赤くなった頬を隠すかのように下を向く私。

　ねぇ、なんでそんなに優しいのかな。これも彼氏のフリ

だから？

　さっきから加賀見くんがあまりにも優しくて甘いから、ドキドキしすぎちゃって大変だよ。

　なんだかまるで、本物の彼氏みたい……。


　お化け屋敷のあとは、園内にあったハンバーガーショップで遅めのランチをした。

　ハンバーガーやポテトを片手に、それぞれの馴れ初めの話で盛り上がる。

　杏ちゃんや希美ちゃんたちカップルの付き合ったきっかけやノロケ話を聞いていたら、こちらまで幸せな気持ちになってニヤけてしまいそうになった。

　だけど、話しているうちに、やっぱり私たちにも順番が回ってきてしまって。

「で、で、で〜？　結奈は、どうやってこんなイケメン手に入れたの〜？」

　杏ちゃんが身を乗り出して聞いてきたのと同時に、みんなの視線が私と加賀見くんふたりへと集まる。

「もう最初はビックリしたよね！　うちの結奈が、こんなイケメン連れてきた……！って！」

「ふたりの馴れ初め気になる！」

　そんなふうに聞かれたら答えないわけにはいかないけれど、なんて答えたらいいんだろう。

　電車の中では付き合ってまだ１ヶ月くらいってことでいいかって話してたけど、どうやって付き合ったのかまでは

決めてないし……。

「え、えっと、それは……」

「俺から告った」

　するとそこで、私が答えるよりも先に、加賀見くんがサラッと答えてくれた。

　ビックリして目を丸くする私。

　そんな彼の発言を聞いた杏ちゃんは、さらに質問攻めする。

「やばい！　きゅんきゅんするー！　ねね、結奈のどういうところを好きになったの!?」

「自分のことより、人のことを一番に考えるとこかな」

　そしたら加賀見くんはそんな問いかけにもあまり迷うことなく答えてくれて。

　さらには「毎日可愛くて仕方ない」なんて、私の顔を見ながらサラッとそんなことを口にするものだから、ただのフリだとはわかっていても照れくさくてたまらなかった。

　反射的に真っ赤になった顔を両手で覆う。

　……うぅ、ウソでもこんな甘いこと言われたら心臓に悪いよ……。

「結奈！　ファーストキスはいつなのよ!?」

　すると、そんな私に向かって杏ちゃんがさらにとんでもない質問をしてきた。

　みんなの前でなんてこと聞くんだろう。

「どうなのよ、結奈〜」

「そ、それはっ」

どうしよう。ファーストキスだなんて、そんなこと加賀
見くんと打ち合わせしてないよ……。なんて答えたらいい
の……。

　みんなの視線が一気に私に集中して、熱を持った顔がま
すます熱くなる。

　お願いだからもう、勘弁してよ〜っ。

　そしたら次の瞬間、ふわっと頭の上になにかをかぶせら
れたのがわかった。

　えっ……？

　隣に座る加賀見くんが、私の肩をそっと抱き寄せ、みん
なに向かって言い放つ。

「悪いけど、これ以上は俺のだから見せらんない」

「……っ」

　思いもよらないセリフに、心臓がドクンと大きな音を立
てて飛び跳ねる。

　ど、どうしよう。なんだか加賀見くんがものすごく甘い
ような気がするんだけど、気のせいかな。

　こんなことされたら、私……。

「きゃー！」

　杏ちゃんたちの悲鳴が響き渡る中、私の頭の中はもう沸
騰寸前だった。


　杏ちゃんたちとのグループデートは無事、何事もなく終
了し、また今日から学校が始まった。

　だけど私はずっとふわふわした気持ちのまま、いまだに

1日だけ、キミの彼女。 》 33

土曜日のデートのことが頭から離れなくて。

　思い出すだけでもすごくドキドキする。

　だってまさか加賀見くんが、あんなにもちゃんと彼氏の
フリをしてくれるなんて思わなかったから。

　私が無理やり頼んだことなのに、本物の彼氏みたいに振
る舞ってくれて、優しくしてくれて。

、正直ちょっと、いや、だいぶときめいてしまった。

　なんだかいまだに信じられないよ。あの学年一の人気者
の彼と恋人のフリをしたなんて。本当に、夢のような時間
だったな……。

「それで、どうだったの？　グループデートは無事終わっ
た？」

　ボーっと自分の机で頬杖をつきながら思い出に浸ってい
たら、ふと七海ちゃんに声をかけられた。

「え、あ、うんっ。無事終わったよ。すごく楽しかった！」

「へぇー、よかったじゃん。それにしてもすごいよねぇ、
まさかあの加賀見くんが本当に彼氏のフリをしてくれるな
んてさ」

「うん、私もいまだに信じられなくて……。でも、加賀見
くんすごく優しかったよ。本物の彼氏みたいに振る舞って
くれたし」

　私がいろいろ思い返しながらそう告げたら、七海ちゃん
がニヤッとした笑みを浮かべながら顔を覗き込んできて。

「へぇ、そうなんだ～。もしかして結奈……惚れちゃった？」

　思わぬことを聞かれてドキッとする。

「いや、べつに、そういうわけじゃ……っ」

「ほんとに～？」

　うぅ、どうしよう。正直なところ、あのデート以来彼のことが少し気になるようになってしまったのは確かだ。

　でも、これが恋なのかどうかはまだわからない。だって私、恋なんて今までしたことがないから。

　だけど、ニヤニヤした顔で見つめてくる七海ちゃんの前で、わけもなく照れている自分がいて、それがなんだかおかしかった。


　２時間目が終わったあと、日直の私は先生に頼まれて提出物のノートの山を職員室へと運んでいた。

　それにしても、重いなぁ。この量をひとりで持つのは結構大変かもしれない。

　左右によろめきながらも落とさないよう慎重に廊下を進んでいく。

　するとその時、前から走ってきた人にぶつかりそうになり、よけようとしたらうっかりバランスを崩してしまって……。

「きゃっ」

　そのまま倒れそうになったところ、瞬時にうしろから誰かが抱きとめるようにして私の体を支えてくれた。

「おい、大丈夫？」

　ハッとして振り向くと、うしろに立っていたのはなんと、加賀見くんで。思わずドキッと心臓が跳ねる。

「か、加賀見くんっ」

　まさか、彼が助けてくれるなんて。

「そんな重たいものひとりで運ぶなんて無理だろ。貸して。俺も手伝うから」

　加賀見くんはそう言うと、私が手に持っていたノートを半分以上奪い去り、そのまま手で持ってくれた。

「そんな、悪いよっ」

「遠慮すんなって。俺が白石さんのこと、ほっとけないだけだから」

「えっ……」

　その言葉にまたドキッとする。どうしてそんなに優しいんだろう。

　もうとっくに恋人のフリは終わったはずなのに。

「ありがとう、加賀見くん」

　照れながらお礼を言ったら、彼は少しなにか考え込んだように黙ったあと、私をじっと見下ろしながら優しく笑った。

「っていうかさ、やっぱり俺のことは、璃久でいいよ」

「えっ？」

「だから、俺もまた、結奈って呼んでもいい？」

　思いがけないことを言われてビックリする。まさか、加賀見くんとまた名前で呼び合えることになるなんて。

「も、もちろんっ！　いいよっ」

　嬉しさのあまり勢いよく返事をしたら、加賀見くんがまたクスッと笑った。

「サンキュ、結奈」

　どうしよう。そんなふうに呼ばれたら、まだ恋人のフリが続いてるみたいだ。

　ドキドキして、胸の奥がくすぐったくて。まるで彼の特別になったみたいに感じる。

　あの日1日限りの関係だと思ってたのに、なんだか急に彼との距離が縮まったような気がするのは、勘違いかな……。


　それから私たちは再び名前で呼び合うようになった。

　璃久くんに『結奈』って呼ばれるたび、ドキドキしてしまう。

　彼と隣の席になったばかりの頃は、ほとんど会話がなかったのに、今では当たり前のように毎日話すようになって、おかげでますます学校に行くのが楽しみになった。

「おはよう、璃久くん」

　朝登校して自分の席に着くなり、隣の席の璃久くんに挨拶をする。

　そしたら彼はスマホを片手に、両耳に付けていたイヤホンを片方だけ外すと、こちらを振り向いた。

「あ、おはよ、結奈」

「なに聴いてるの？」

　椅子に腰掛け私が尋ねると、璃久くんがスマホの画面をこちらに見せれくれる。

「米津ゲンジの新曲」

「あ、その曲私も好き！　いい曲だよね」

1日だけ、キミの彼女。 **>>** 37

「だよな。結奈も一緒に聴く？」

　するとそこで、璃久くんが思いがけないことを言いだしたので、心臓がドキンと跳ねた。

「……えっ。いいの？」

「うん。ほら、結奈はこっち使って」

　そう言って片方のイヤホンを私に手渡してくれる彼。

　ど、どうしよう。なんかこういうの、めちゃくちゃドキドキするよ。

「ありがとう」

　言われるがままそれを受け取りそっと片耳に着つけたら、その瞬間耳に心地よい音楽が流れてきた。

　教室のみんなの話し声があまり聞こえなくなって、まるでこの空間に璃久くんとふたりでいるかのような感覚になる。

　まさか、こんなふうに朝から璃久くんとふたりで仲良く音楽を聴くことになるなんて思わなかった。

　なんだろう、すごく幸せな気持ち……。このままずっとこうしていられたらいいのに。

　璃久くんは、どうしてこんな私にいつも優しくしてくれるのかな。

　彼に話しかけられるたび、笑いかけられるたび、私の心臓は高鳴るばかりで、もっと彼のことを知りたい、近づきたいだなんて、そんなふうに思っている自分がいる。

　こんな気持ちになったの、初めてだよ。

　これってやっぱり……恋、なのかな。

きっと、そうだよね。

　私、璃久くんのこと、好きになっちゃったのかもしれない——。


「なんか結奈、最近加賀見くんといい感じだよね」

　ある日のお昼休み、学食で七海ちゃんとふたりでお昼ご飯を食べていたら、突然彼女にこんなことを言われた。

「えっ、いい感じ？　ウソッ……」

　思わずドキッとして顔が赤くなる。

「うん。だって、加賀見くんって他の女子とは全然絡まないのに、結奈にはいっぱい話しかけてるし、特別優しい気がするもん」

「えぇっ」

　たしかに自分でも最近璃久くんとはすごく親しくなれたような気はしてたけど、いい感じだなんて言われたら照れてしまう。

「そ、そんなことないと思うけど」

「そうかな～？　私は絶対そうだと思うんだけどなぁ。ちなみに結奈は、どうなの？」

「……へっ？　ど、どうなのって……」

「加賀見くんのことだよ～。実は結奈だって気になってたりするんじゃないの？　いいかげん認めなよ～」

　七海ちゃんに言われて、ますます顔が赤くなる。

　うぅ……やっぱり私の気持ち、バレてるんだ。でもまぁ、七海ちゃんにだったら知られてもいいよね。

１日だけ、キミの彼女。 ≫ 39

「う……うん。実は、ちょっと……」

　おそるおそる頷いたら、バシンと肩を叩かれた。

「キャーッ！　やっぱりそうなんじゃん！　実は両想い

だったりして」

「そ、それはないよっ！」

「わかんないよ〜？　でも、私はお似合いだと思うし、全

力で応援してるからねっ！」

　笑顔でそう言ってくれる七海ちゃん。

　こんなふうに友達に自分の恋バナをする日が来るなん

て、思ってもみなかった。

　ちょっぴりくすぐったい気もするけれど、嬉しいな。

　正直自分なんて、人気者の璃久くんにとても釣り合う気

がしないけれど、こうして好きな人がいるというだけで、

なんだか毎日が楽しい。

　彼と付き合いたいだなんて、そんな高望みはしないから、

このままずっと璃久くんと仲良しでいられたらいいのにな。


　お昼を食べ終えて学食を出たあと、七海ちゃんはトイレ

に行ってしまったので、私は先にひとりで教室に戻ること

にした。

　廊下をゆっくり歩いていると、向こう側から派手な女の

子３人組こちらへ向かってきて、なにやら私のほうをじろ

じろ見ていることに気がつく。

　なんだろう……？

　不思議に思っていたら、その中のひとりに突然声をかけ

られた。

「ねぇ、あなた、白石さんだよね？」

　腕を組みながら睨むような視線を向けてきたその子は、確か隣のクラスの香坂せりさんという子だ。

　一度も話したことはないけれど、派手めな美人で目立つから、顔と名前は知っている。

「え、あ、はい」

　私が返事をすると、香坂さんはムッとした表情のまま目を合わせてくる。

「ちょっと話があるんだけど、いい？」

　そして、そのまま人気のない場所へと連れていかれた。

「あの、話って……」

　廊下の隅っこ、香坂さんとその友達ふたりに取り囲まれ、私がおそるおそる尋ねたら、香坂さんが怖い顔で口を開く。

「あなた、加賀見くんとどういう関係？」

「えっ……」

　思いがけないことを言われ、ギョッとして目を見開いた。

「そうそう。なんか最近加賀見くんにつきまとってるよね？」

「なんであんたみたいな地味女が加賀見くんと仲良くしてるの？」

　それに続くようにしてその友達も文句を言ってくる。

　まさか、璃久くんのことでこんなふうに呼び出されるとは思ってもいなかったので、ひどく動揺してしまい、なんて返していいのかわからなかった。

１日だけ、キミの彼女。 >> 41

「そ、そんな……っ。私はべつに……」

「目障りなんだけど」

　香坂さんの鋭い視線が突き刺さって、体がビクッと震える。

　どうしよう。私、そんなふうに思われてたんだ。

　でも、そうだよね。璃久くんみたいな人気者と、私みたいな地味な子が仲良くしてたら、璃久くんのファンが良く思わないのは当たり前だよね……。

　なにも言い返せず黙り込む私に向かって、香坂さんが低い声で言う。

「もうこれ以上加賀見くんに近づかないで」

「……っ」

　そして、彼女たちはそのまま背を向けると、その場から去っていった。

　取り残された私は、その場に立ち尽くす。

　胸の奥が、ずしんと重たい。なんだか急に現実を思い知らされたかのような気分で。

　あのデートをきっかけに璃久くんと仲よくなれて、すっかり浮かれていたけれど、私は身の程知らずだったのかな。

　私なんかが璃久くんと釣り合うわけがないのに。彼の特別になんて、なれるわけがないのに。

　璃久くんがすごく優しくしてくれるものだから、どこかでうぬぼれて、調子に乗っていたのかもしれないな。

　バカだなぁ……。

『もうこれ以上加賀見くんに近づかないで』

香坂さんの言葉が、何度も頭の中でこだまする。

本当はあんな言葉、気にしなければいいのかもしれない。

けれど、臆病者の私には無理だった。


それからというもの、私は璃久くんと関わるのが怖く

なって、彼のことを避けてしまうようになった。

璃久くんは変わらず私に話しかけてくれるけれど、なん

となくうしろめたい気持ちがあり、今までみたいに接する

ことができなくて。

本当は今まで通り仲良くしたいのに、香坂さんたちに文

句を言われて以来、それが怖くて。またなにか言われたら

どうしようってビクビクしてしまう。

そんな臆病な自分のことが嫌でたまらなかった。

「……ふぅ」

掃除の時間、いつものように渡り廊下の掃き掃除をして

いた私。

考え事をしてばかりいると、ついため息が出てくる。

どうしよう。こんなはずじゃなかったのにな。せっかく

璃久くんと仲良くなれて嬉しかったのに……。

璃久くんは突然避け始めた私のことを、どう思ってるん

だろう。

──キーンコーンカーンコーン。

暗い気持ちのまま、黙々と無言で廊下を掃いていたら、

いつの間にか掃除の終わりを告げるチャイムの音が鳴って

いた。

すると、さっきまで一緒に掃除をしていた男子たちが待ってましたとばかりに、いっせいに教室へと走って戻っていく。だけど、ほうきや塵取りはその場に置きっぱなし。

私は彼らが片付け忘れたそれらを集めると、両手いっぱいに抱えながら掃除用具入れへと運んでいった。

さすがに何本もほうきを持って歩くのは重たいし、ちょっぴりしんどい。

同じ掃除当番の男子たちはいつも片づけをやらずに帰っちゃうから、結局私がひとりで片づけることになるんだよね。

やれやれなんて思いながらそのまま歩いていたら、途中で抱えきれなくなり、塵取りを廊下に落としてしまった。

「あっ」

慌てて拾おうと身をかがめる。

すると、そこにササッと誰かが駆け寄ってきて、その塵取りを拾ってくれて。

「結奈、大丈夫?」

その声に驚いて顔を上げたら、そこに立っていたのはなんと、璃久くんだった。

「えっ、璃久くんっ」

「なんでひとりでこんなにたくさん持ってんの?」

「えっと……他のみんなは帰っちゃったから」

「マジかよ、ひえでぇな。よし、俺も片づけ手伝うから貸して」

そう言ってほうきを受け取ろうとしてくれる彼。

「い、いいよ。ひとりで大丈夫だから……」

　だけど、やっぱり遠慮してしまう。

　すると彼は、そんな私から半ば強引にほうきを全部取り上げると、塵取りを私に手渡して。

「なに言ってんだよ。無理すんなって。はい。結奈は塵取りだけ持って」

　言われるがまま塵取りを受け取ったら、璃久くんがそのまま私をじっと見下ろしてきた。

「っていうか、ずっと言おうと思ってたんだけど……なんか最近の結奈、変だよな。元気ないし」

「えっ？」

　その言葉にギクッとする。

　やだ、璃久くんやっぱり私の態度が変だって気づいてたんだ。

「もしかして、なにかあった？」

　そんなふうに聞かれても、本当のことを言えるわけがない。だって……。

「な、なにもないよっ」

「ほんとに？　ちゃんと俺の目見て話してよ」

　璃久くんに顔をじっと覗き込まれて、一気に心拍数が上がる。

　だけど私は、目を合わせることができない。

「あの、私……もう行かなくちゃっ！」

　それ以上どうしていいかわからなくなった私は、慌ててその場から逃げるように走り去ってしまった。

１日だけ、キミの彼女。 》 45

　あぁもう、なにやってるんだろう。こんなことしたら、あからさまに避けてるってわかっちゃうよね。

　璃久くんに優しくされて、本当は嬉しいはずなのに。今はそれが苦しいなんて思ってしまう。

　せっかく見つけた初めての恋。だけどやっぱり、私なんかが彼のような人気者と釣り合うわけがないから……。

　璃久くんのことはきっと、諦めたほうがいいんだろうな。

　そうは思っても、やっぱりそんな簡単には想いを断ち切れない自分がいて。どうしていいのかわからなかった。


　璃久くんに近づいてはいけない。そう思ってはいても、やっぱり彼のことが気になる。

　私が璃久くんのことを避けるようになっても、璃久くんの態度は変わらず優しいままだった。

　先日も、体育の時間に璃久くんが足をケガした時に、彼に頼まれて保健室に連れていったら、璃久くんにこんなふうに言われたんだ。

『やっとふたりきりになれた』

『俺はずっと、結奈とこうやって話したかった』

　その時のことを思い出すと、まだドキドキする。

　璃久くんは、どうしてこんな私に構うんだろう。彼の態度を見ていると、まるで今でも恋人のフリが続いているかのようで、うぬぼれてしまいそうになったり、勘違いしそうになったりする時があるんだ。

　璃久くんに優しくされるたび、やっぱり胸がときめいて

しまう。だけど、同時にうしろめたさを感じてしまう自分
がいて。

　本当に私、どうしたらいいんだろう。苦しいよ……。
「……あれ？」
　５時間目の化学の授業が終わって理科室から教室に戻る
途中、七海ちゃんと一緒に廊下を歩いていたら、ふとある
ことに気がついてその場に立ち止まった。
「ウソッ。ここに着けてたヘアピンがない！　お花の付い
たヘアピンなんだけど……」
　そう。朝からずっとサイドの髪に着けていたヘアピンを、
どこかで落としてしまったみたい。さっき、５時間目の授
業が始まるまではあったのに。
　すると、七海ちゃんが心配そうに言う。
「あ、ほんとだ。結奈たしかにつけてたよね？　もしかして、
理科室で落としたんじゃない？」
「そうかもしれない。私、探してくる！」
「わかった。じゃあ教科書持っていってあげるよ」
「ありがとう」
　私は優しい七海ちゃんに甘えて教科書一式を彼女に手渡
すと、そのまま廊下を走って理科室へと向かった。
　するとその途中、向こう側から璃久くんが歩いてくるの
が見えて。
「結奈っ」
　急に大声で呼び止められ、ハッとして足を止める。
　なんだろう、と思って璃久くんを見上げると、彼は手に

持っていたなにかをこちらに差し出して。

「なぁ、これ、結奈のヘアピンじゃない?」

　見たらそれはたしかに、私がなくしたヘアピンだった。

「わぁ、ありがとう!　よかった、見つかって。ちょうど今探してたの」

　お礼を言うと、微笑みながらこちらを見つめてくる彼。

「やっぱり。結奈が今朝髪につけてて可愛いなって思ってたから」

　その言葉に思わずドキッと心臓が跳ねる。

　うぅ、そんなこと言われたら、やっぱり嬉しくなっちゃうよ。

　でも、ダメだよね。これ以上話してたら……。

「ほんとにありがとう。助かりました。それじゃ……」

　だけど、私がそう言ってヘアピンを受け取ろうとしたら、璃久くんはピンを片手にこんなふうに言った。

「俺が着けてあげるから、じっとしてて」

「えっ?」

　そのままそっと私の髪にヘアピンを着けてくれる彼。

　手が触れた瞬間心臓がドキドキと高鳴って、体が熱くなっていく。

「はい」

「あ、ありがとう」

　璃久くんに照れているのを悟られないよう下を向いたまま礼を言う。すると、その瞬間どこからか鋭い視線を感じて。

ハッとして振り返ったら、少し離れた場所からあの香坂さんが、私のことをすごい形相で睨んでいることに気がついた。

　や、やばい。もしかして今の、見られちゃったかな。

　どうしよう……。

　怖くなった私は、そのまま逃げるようにすぐ教室へと戻った。


　6時間目の授業の間もずっと香坂さんに睨まれたことを思い出し、憂鬱な気持ちで過ごしていた私は、その後嫌な予感が的中したかのように、放課後また彼女たちに呼び出されてしまった。

　廊下の隅に連れていかれ、香坂さんとその友達ふたりに取り囲まれる。

「あのさぁ、うちら、加賀見くんに近づくなって言ったよね？」

「相変わらずつきまとってるみたいだけど、なんなの？」

　壁際まで追い詰められ、問いただされて、身動きが取れなくなる。

「なに図々しくヘアピン着けてもらったりとかしてるわけ」

　そして香坂さんはそう言って私の着けていたヘアピンに手を伸ばすと、それを無理やり髪から引っ張って外した。

「痛っ」

「こんなもん、アンタに似合わないから！」

　そして、ポイっと床に投げ捨てる彼女。

「調子に乗るのもいいかげんにしなよ」

「そうそう、地味女のくせに加賀見くんに言い寄るなんて生意気なんだよ！」

　口々に文句を言ってくる香坂さんたち。

　あまりの言われように、なんだか涙が出てきそうになる。

　どうしてここまで言われなくちゃいけないんだろう。

　もう、嫌だ……。

「おいっ、お前らなにやってんだよ!!」

　すると、次の瞬間どこからともなく大きな怒鳴り声が聞こえてきて。

　ハッとして顔を上げたら、なんと、香坂さんたちの向こう側に璃久くんが怖い顔をして立っていた。

「えっ、ウソ！」

「加賀見、くん……」

　それに気がついた瞬間、真っ青な顔をして固まる香坂さんたち。

　私も驚きのあまり言葉を失う。

　ど、どうしよう、璃久くんに見られちゃった……。

　璃久くんは、香坂さんたちをじっと睨みつける。

「今、結奈になんて言った？　俺に言い寄るなって？　言っとくけど、結奈は俺に言い寄ってきたりなんかしてねぇから。俺が結奈のそばにいたくて勝手にいるだけなんだけど、文句ある？」

　思いがけない彼の発言に、心臓がドキンと大きな音を立てて飛び跳ねた。

「そんな……っ」

「う、ウソでしょ……」

　香坂さんたちも目を丸くしている。

　璃久くんは呆然とした顔で立ち尽くす彼女たちの間をすり抜けて、私の目の前までやってくる。

　そして、私の腕をギュッとつかむと、彼女たちのほうに向き直り、こう言い放った。

「ウソじゃないよ。だから、結奈に謝れよ。今度彼女になにかひどいこと言ったら、俺が許さないから」

　璃久くんの言葉を受けた香坂さんたちは、気まずい表情をしながら小声で謝ってくる。

「……ごめん」

　そして、すぐさま逃げるようにその場から立ち去っていった。

　私はもう、驚きと感激で、なにも言葉が出てこなくて。

　ねぇ、どうしよう。なにこれ。

　璃久くんが、私のことをかばってくれた。私、彼のことをずっと避けたりして、ひどい態度を取ってたはずなのに。

　やっぱり璃久くんは、優しすぎるよ。

　それに、今の彼の言葉。あれは、本気なのかな……？

　思わずへなへなと座り込んでしまった私の前に、璃久くんがしゃがみこんで、目線を合わせてくる。

「ケガはない？」

「うん、大丈夫」

「よかった」

１日だけ、キミの彼女。　>> 51

「あのっ、ありがとう、璃久くん……」

　ドキドキしながら私が礼を言うと、璃久くんが下に落ちていたヘアピンを拾ってくれる。そして、先ほどと同じようにまた私の髪につけてくれた。

「……もしかして、最近俺のこと避けてたのって、あいつらになんか言われたせい？」

　そう聞かれて、バレてしまったと思いながらも、おそるおそるうなずく。

「……う、うん。ごめんなさい。私、ひどい態度取っちゃって」

　私がぺこりと頭を下げて謝ると、ホッとしたように微笑む彼。

「よかった。急に話してくれなくなったから、嫌われたのかと思った」

「き、嫌いになんてなるわけないよっ！　ほんとは私、すごく嬉しかったの。璃久くんと仲良くなれて」

「……っ、マジで？」

「でも、私と違って璃久くんはみんなの人気者だから。やっぱり私なんかが璃久くんと一緒にいたらいけないような気がして……」

　思わず本音を口にしたら、璃久くんがそんな私の片腕をギュッとつかんだ。

「なに言ってんだよ。俺はむしろ、結奈じゃなきゃ嫌なんだけど」

「えっ……？」

ドキッとして顔を上げると、璃久くんと目が合う。

「結奈と一緒にいられないとか、俺が無理だから。いつの間にか、そうなってたんだよ」

「璃久くん……」

　まっすぐな目で見つめられて、ドキドキと鼓動が加速していく。

　まさか、璃久くんがそんなことを思ってくれていたなんて。私、夢でも見てるのかな？

　目を見開いたまま固まる私を、璃久くんがギュッと抱きしめる。

「好きだ」

　その言葉を聞いた瞬間、胸の奥がじわっと熱くなって、涙が出てきそうになった。

「だから、今度は１日だけじゃなくて、ずっと結奈の彼氏でいさせてくんない？　絶対、幸せにするから」

　璃久くんの穏やかな声が、耳元で優しく響く。

　どうしよう。信じられないよ。嬉しすぎて私、どうにかなりそう。

「……璃久くん。私も。璃久くんの本当の彼女になりたい」

　そう言って彼の背中に手を回しギュッと抱きついたら、彼もまた強く抱きしめ返してくれた。

　ねぇ、こんな夢みたいなことってあるのかな。まさか、璃久くんと本当に恋人同士になれる日が来るなんて。

　璃久くんがゆっくりと腕を離し、私の名前を呼ぶ。

「結奈」

そっと顔を上げたら、次の瞬間彼の唇が、私の唇に優しく重なった。

幸せすぎて胸がいっぱいになる。

両想いってこんなに幸せなんだ。知らなかったよ。

あの日、璃久くんに彼氏のフリをお願いしたことから始まったこの関係。あの時はまさか、こんな未来が待っているなんて思ってもみなかったよね。

キミが私に教えてくれた、初めての恋。

これからはずっとずっと、キミの彼女でいさせてね──。

## ▶璃久 side presented by SELEN

「うおー！　デートの返事来たー！　ＯＫだってー！」

　休み時間、突然鳴ったスマホの通知を見て、いつもつるんでいる樋口が、宙に向かって高らかにガッツポーズをした。昨日、ずっと気になっていた隣の高校の女子をデートに誘い、その返事がメッセージで送られてきたらしい。

「よかったじゃん、おめでと」

「さんきゅ、加賀見！　いや〜、マジで嬉しい！」

　休み時間の教室の中、樋口は跳び回って浮かれだした。その浮かれようはまるで尻尾をぶんぶん振りまわして芝生を走り回るイヌみたいだ。

　すると窓際に立つ俺の左隣で、同じくことのなりゆきを見ていた巽が、くすくす笑いながら耳打ちしてきた。

「ひぐっち、めっちゃ喜んでんね」

「だな」

「ところで、女子人気エグい加賀見さんは？　浮いた話、全然聞かないけど」

　いつもどおりのつかみ所のない茶化した口調。だけど、長めの前髪の下から覗く、核心を逃がさない鋭い瞳で俺を見つめてくる巽。母親が占いをやっていると言っていたけれど、巽自身もなんでも見透かしているような、そんな謎の引力を持っている。

「俺はそういうの興味ねぇから」

1日だけ、キミの彼女。 >> 55

「えー、もったいない。かがみんのお眼鏡にかなう女子とか、普通に気になりすぎるでしょ」
「それ言うなら、巽はどうなんだよ」
「俺は、人の色恋沙汰見てるほうが楽しいから♪」
「そう言うと思った」
　なんとか話題をそらしたと思ったら、今更、はしゃぎ回っていた樋口が首を突っ込んできた。
「なになに、なんの話してんの」
「んー、かがみんが人を好きになれないんだって」
「相変わらず低体温だなー」
「ほんと、低体温だよねぇ。恋とはなんたるかを教えてやってよ、ひぐっち」
　自分のことは棚に上げ、やる気なさげに壁にもたれながら樋口を焚きつける巽。話が面倒な方向にいったのを感じつつ樋口を見ると、まんまと乗せられたヤツは、案の定腕を組み先輩ヅラをかましてきた。そしてちょっともったいぶりながら、まるで格言でも言うような口調で放つ。
「加賀見。恋っていうのはな、りんご飴みたいなもんだ」
「「……は？」」
　予想の斜め上を行く回答に、思いがけず巽と声が重なる。
「斬新〜。ひぐっち、その心は？」
「お祭りの定番だけど、いざ見つけようとしたら見つからない。でも突然、目の前に現れるんだよ！　で、大切にしたくなるだろ！　そういうもんだ！」
「そういやひぐっち、りんご飴好きだったね〜」

顔面にいかにもな愛想笑いを貼りつけ、巽がツッコミを入れる。

　絶賛浮かれているヤツに恋にまつわる質問なんてして、真面目な答えが返ってくるわけがなかった。

「たこ焼きじゃ違うんだ？」

「違う違う！　恋はりんご飴みたいに甘いんだよ」

　もはや日常茶飯事であるふたりのくだらないやりとりに笑っていると、そんな会話に混じって、ふと記憶の蓋が開く音を聞いた。

　わざわざ思い返すこともなかった記憶。だけど多分、今の俺を形作った大きな出来事。俺はその記憶に思いを馳せた。それは、中学に入学してすぐのこと。

　――俺は、隣のクラスの女子と付き合っていた。相手は、同級生たちよりも大人びた雰囲気を持つ、そんな子だった。

　その女子からはもう何度も告白されていて、その押しに根負けしてなし崩し的にＯＫの返事をしてしまった。

　けれど、それがいけなかった。俺は、どうしても彼女に対して好きという感情を抱けなかったのだ。もちろん好きになろうと努力はした。けれど、恋愛感情というものが理解できなかった。

　それが彼女にも伝わってしまったのだろう。別れを切り出したのは、あれだけ何度も告白してきてくれた彼女のほうだった。

　忘れもしない。あれは、放課後の誰もいない教室に呼び出されて。教室に入ってくる俺を迎えた時から、彼女はす

でにそういう空気を纏っていた。

『話って？』

『……ねえ、璃久って本当に私のこと好き？』

『え？　突然なんだよ』

『いつも私ばっかりが好きじゃん。どうして好きになって
くれないの』

　取り繕う余地もなく核心を突かれ、俺は視線を伏せた。
それが肯定を意味すると知りながら。

『……ごめん』

『もういいよ。別れよう』

　——関係の解消は、あまりにも呆気ないものだった。

　たぶん俺は、これから先も誰かを好きになることなんて
ないし、そういうことを望んでいない。そうなったとして
もどうせ中学の時と同じことを繰り返すだけだ。

「ってか、どうしよ！　デートの日、俺なに着ればいいと
思うっ？」

「ははー。自分で考えなさい」

　過去へ遡っていた意識のチャンネルが不意に、慌てる
樋口とそれをあしらう巽の声を拾って、今へと引き戻され
る。

　これが今の日常。それなりに楽しくやってるし、足りな
いものがあるとも思わない。こうして浮かれている友人を
見ているだけで十分だ。そう思っていた。

　——だけどそれは、あまりに突然やってきた。

それは、とある金曜の放課後のこと。

「また月曜な、加賀見」

「じゃーねん」

「んー」

　昇降口の掃除を終えると、電車の時間が迫っている巽と
樋口が一足先に学校をあとにした。残った俺も、スクール
バックを取りに教室に戻る。

　そして教室に足を踏み入れた俺の視線は、自然と俺の隣
の席に向いていた。

　人が減ってきた教室の中、隣の席の白石さんが、机に置
いたスクールバックの持ち手を握りしめたまま、真っ青な
顔でなにやら挙動不審な動きを繰り返している。なにか緊
急事態が起こったらしいことは一目瞭然だ。

「白石さん。なんか、顔色悪いけど大丈夫？」

　思わず歩み寄りながら声をかけると、白石さんがびくっ
と肩を揺らして顔を上げた。

　ヘーゼル色の大きな瞳が、そこに映った俺を驚きの色に
染め上げる。

　新学期初日から２ヶ月くらいの間隣の席だというのに、
白石さんと話したのは、俺が教科書を忘れた時だけ。けれ
ど、長い睫毛に縁取られた大きく澄んだその瞳はひどく印
象に残っていた。

　一瞬動揺したように見えた彼女は、すぐに笑顔を取り
繕った。

「えっ……。そ、そうかな。べつに大丈夫だよっ」

「ほんとに？　無理してるようにしか見えないけど。もし
なにか困ってるんだったら、言ってみなよ。力になれるか
もしれないし」

　なにかを言いよどんでいるように見える彼女を、そう
言って促す。すると不意に白石さんが顔を上げた。その表
情には、迷いを押し殺し、藁（わら）にも縋（すが）るような必死さが滲ん
でいた。

「あ、あの……っ」

「ん？」

「加賀見くんにちょっと、お願いがあるんですけど……明
日って、空いてたりしますか？」

　やけにかしこまった口調で言われたその質問は、少し意
外なものだった。

「えっ、明日？　明日ならべつに空いてるけど……。お願
いって、なに？」

「え、えっと、その……っ。あ、明日1日だけ、彼氏のフ
リをしてくれませんか!?」

「……は？　なんで？」

　思わず、間の抜けた声が出た。

　するとその返事に我に返ったのか、俺の視線から逃げる
ように勢いよくうつむいた白石さんは、重い口をようやく
といったように割り、ぽつりぽつりと声をこぼしていく。

「えっと、実は、明日中学時代の友達とみんなで会う約束
をしてるんだけど、みんな彼氏を連れてくるから、私も連
れてくるように言われてしまって……」

「……マジか。でもそれ、彼氏いないって正直に言えばよかったんじゃないの？」

　ストレートに思ったままを言えば、ダメージを食らったように白石さんが一瞬言葉を詰まらせた。

「そ、そうなんだけど……そのメンバーの中で彼氏がいないのが私だけだから、ひとりで参加するのが気まずくて。言い出せないまま今日まできてしまって……」

「なるほどね」

　白石さんの言い分も理解できる。

「あ、でもほんと、無理だったら大丈夫だからっ！」

「──いいよ」

「……えっ？」

　今度は、白石さんが呆気にとられる番だった。

「べつにいいよ。1日くらいなら。ちょうど明日ヒマだったし」

　こんな切羽詰まっている人を前にして、今更見て見ぬフリできるほど冷徹人間じゃない。それに白石さんには、教科書を見せてもらった恩もある。

「ほ、本当に、いいの？」

「うん」

　念押しに対する俺の返事に、不安の糸が切れたのか彼女がふにゃりと破顔した。それはまるで花が綻ぶみたいに。

「加賀見くん、ありがとう……！」

　この何気ない約束が、俺の未来を大きく変えることになるなんて、この時は1ミリも思いもしなかった。

1日だけ、キミの彼女。 ≫ 61

　翌日──約束の土曜日。

　遊園地に向かう電車の中で白石さんと話し合い、付き合っている設定を仕上げた。

　そしていよいよ遊園地の最寄り駅に着いて改札を出ると、俺は白石さんに向かって手を差し出す。それに対して、きょとんと首を傾げる白石さん。だいぶというか、かなり察しが悪い。

「付き合ってるんだし、手繋ぐんじゃねぇの？」

「え、あ、うん……っ！」

　慌てて俺の手を握る白石さんの耳が、発熱したみたいに赤く染まっている。自分から彼氏のフリしてくれなんて、そんな突拍子もない提案をしておいて、その照れはなんなのだろう。

　俺の手にすっぽり包まれてしまうその手は、ひどく熱かった。


　遊園地に着くと、白石さんの友達カップル３組はすでに着いていた。

　白石さんの友人ということもあって、みんな感じが良く、初対面の俺のことも快く迎え入れてくれた。軽い自己紹介をすませ、さっそく８人でアトラクションに向かう。

　明るく賑やかな音楽が流れる園内。敷地はなかなか広く、一日潰すのには十分すぎるくらいだ。こんなに広いけれど、土曜ということもあって、どこもかしこも人がひしめきあっている。

久しぶりに旧友に会えたせいか、ぐいぐい俺の手を引く白石さんはいつもよりテンションと声のトーンが高くなっているようだった。

「ふふふ、璃久くん、楽しいね！」

「結奈、髪のリボンが緩(ゆる)んでる」

「あ、ほんとだ！　教えてくれてありがとう」

「直してやるから、こっちおいで」

「いいの？」

「ん、ほら」

　——正直、中学の時はうまくできなかった"彼氏"が俺に務まるのか、不安も少なからずあった。だけど白石さんの隣にいたら、なぜか自然と彼氏役として振る舞えている自分がいた。


　休む間もなくメリーゴーランドや観覧車、コーヒーカップなど、定番のアトラクションを制覇(せいは)していき、そして次は。

「じゃじゃーん！　お化け屋敷、行っちゃおー！」

　白石さんの友達のひとりである山本さんが、声高らかにお化け屋敷を指さした。

　壁を黒く塗り潰した古城のようないでたちのその建物は、まわりのカラフルな景観からは浮いていて、異様な雰囲気を纏ってそびえ立っている。

　ホラー好きの巽がここにいたら間違いなく食いついていそうだなと、そんなことを考えながら建物を見上げている

と、不意に白石さんがさりげなく、バレないようにといった具合に身を寄せてきた。ふと視線を下げれば、もともと色白の白石さんの顔が、真っ青になっている。

「大丈夫なのかよ」

　もしかしてホラー系苦手なんじゃ、と勘づいてさりげなく耳打ちすると、白石さんが顔を上げる。

　その顔には笑みが浮かんでいた。……とんでもなく引きつった笑顔が。

「ぜ、全然大丈夫……！」

　いや、どこからどう見ても大丈夫じゃないだろ。心の中で思わずそう突っ込む。だけど。

「結奈〜！　楽しみだね！」

「うん！　楽しみだね、希美ちゃん」

　友人に対して、にこにこ笑って見せる白石さんを見て、ああ、と思い知らされる。この子は、まわりの空気を壊さないために自分ががんばろうとする子なのだと。

　……こんなに手、震えてるくせに。

「結奈」

　まだ呼び慣れない名前を呼んで俺は、白石さんの震えを隠しきれていない手を取った。そして俺の服の裾を握らせる。

「俺につかまってて」

　きっと手を握ったら、俺に震えが伝わらないように、またがんばろうとするのだろうから。

　すると白石さんは、ホッと安堵したように笑みをこぼし

た。

「ありがとう」

　俺にすっかり気を許しているような、そんな緩んだ笑顔に、なぜか少しだけ胸の奥が疼いた。


　本当の恐怖を目の当たりにすると、人間、声も出なくなるらしい。白石さんは悲鳴ひとつ上げることなく、ただ尋常じゃないほど怯えながら、俺の裾につかまってついてきている。

「大丈夫？　もしダメそうなら、俺の背中に顔伏せてたら？」

「え？」

「暗闇なら、誰にもバレないし。俺がゴールまで連れてってやるから」

「璃久くん……」

　白石さんが、遠慮がちに俺の背中に顔を近づけてくる。

　こんな時にどうしてあげるのが一番いいのか、普段女子と関わらない俺はよくわからない。でも、白石さんの恐怖心を和らげてあげたいと、単純にそう思う自分がいた。

　そして、少しずつ出口が近づいてきた。わずかにもれている外の光を白石さんに教えようと振り返る。と、その時、突然白石さんの背後から血まみれの髪の長い女が姿を現した。

「ゆる……さない……」

「いやあぁぁ～～っ!!」

１日だけ、キミの彼女。 ≫ 65

　不意をつかれたように白石さんが悲鳴を上げ、突然抱き
ついてきた。
「結奈、落ち着け」
「た、助けて……っ！」
　俺にしがみつき、今にも泣き出しそうな声をもらす白石
さんの背中を、ぎこちなくも優しく撫でるようにトントン
と叩いてやる。
「大丈夫。俺がついてるから。あと少しだ、がんばれ」
「う、ん……」
　できるだけ柔い声音でそう囁くと、彼女はさらにきゅっ
と体を小さくして、俺に抱きつく力を強めた。


「……し、死ぬかと思った」
　出口を抜けた途端、膝に手をつき、ゼェハァと肩で大き
く息をする白石さん。地獄から生還したかのような切羽詰
まり具合だ。
　かと思えば、突然なにかを思い出したように慌てて視線
を上げて俺を見つめてきた。
「あ、あのっ……璃久くんっ」
「ん？」
「さ、さっきはごめんなさいっ！　私ったら、ビックリし
てつい、その、抱きついちゃったりして……」
　言いながら、気恥ずかしさが込み上げてきたのかだんだ
ん言葉尻が小さくなっていく。
　真剣な顔してなにを言い出すかと思えば、そんなこと。

俺は思わずかすかに苦笑した。

「べつに謝ることないだろ。彼女なんだから」

「えっ……」

「結奈、がんばった。えらいえらい」

　頭をぽんぽん叩きながら労いの言葉をかけると、白石さんがばっと勢いよく顔をうつむけた。

「結奈？」

　不思議に思い、軽く腰を曲げて顔を覗き込むと、白石さんの顔がりんごみたいに赤くなっていた。それは、思いもしない反応で。

「ゆ──」

　思わず声がもれかけた、その時。それにかぶさるように、後方から明るい声が聞こえてきた。

「さー、そろそろお昼にしよー！」

　それは第4陣で出動した山本さんの声だった。お化け屋敷を抜けすがら食事のことを考えているとは、なんてタフ。けれどそれが鶴の一声となり、少し遅めのランチをすることになった。


　ランチに選んだのは、園内にあったハンバーガーショップ。アメリカンスタイルの派手な店内で、各々が注文したハンバーガーを片手に話に花を咲かせる。話題はもっぱら馴れ初めについて。

「リョウスケくんとは、電車の中で出会ったんだよね！」

「そうそう！　俺が一目惚れしちゃって、猛アタック」

他のカップルの話を聞いているのはいい。けれどそういう話をしているということは、つまり、その話題はこちらにも及ぶわけで。

「で、で、で〜？　結奈は、どうやってこんなイケメン手に入れたの〜？」

「もう最初はビックリしたよね！　うちの結奈が、こんなイケメン連れてきた……！って！」

「ふたりの馴れ初め気になる！」

　こういう話題の時の女子は、どうしてこうもハイテンションになるんだろうか。次から次へと繰り出される質問の嵐に、白石さんも気圧され気味だ。

「え、えっと、それは……」

「——俺から告った」

「え？」

　ひと言発すれば、途端に好奇心旺盛な視線が俺に集中し、悲鳴が色めきだつ。

「やばい！　きゅんきゅんするー！　ねね、結奈のどういうところを好きになったの!?」

　……好きになった、ところ——。

「自分のことより、人のことを一番に考えるとこかな」

「うわー！　素敵ー！　結奈、愛されてる！」

「毎日可愛くて仕方ない」

「きゃー!!!」

　彼氏らしいことを言ってみると、それが余計に火に油を注いでしまったらしい。

「結奈！　ファーストキスはいつなのよ!?」

「へっ」

　思いもよらない質問が、白石さんに飛んだ。そんなところまで打ち合わせをしているはずがない。

「どうなのよ、結奈〜」

「そ、それはっ」

　一気にその顔に熱が差す。案の定りんごみたいに真っ赤だ。テーブルを囲む視線が、白石さんに集中して——気づけば俺は、着ていた上着を白石さんの頭にかぶせていた。そして。

「悪いけど、これ以上は俺のだから見せらんない」

　小さな肩を引き寄せ、そう言い放つ。

「……っ」

「きゃー！」

　黄色い悲鳴の中、上着の下で白石さんが微かに息をのんだのがわかった。

　……というか、なにしてんだよ、俺。

　偽のカップルだということを隠すためか、それとも白石さんの赤らめた顔を他の人に見せたくなかったのか。自分の行動の理由が、自分でもわからなかった。


　空がオレンジ色に染まり、夜の気配を纏いだした頃、遊び尽くした俺たちは解散することになった。

　反対方面に帰る６人がバスに乗り、残った俺と白石さんは駅に向かって歩く。混み合っていた朝とは反対に、行き

交う人の姿はほとんどない。薄暗くなってきた空模様も相まって、時間がゆっくりと流れている気がする。

「は〜、楽しかったなあ〜」

伸びをしながら、余韻に浸るように声を吐き出した白石さんが、柔らかそうな髪を揺らしてくるっとこちらを振り返る。

「今日は本当にありがとう、加賀見くん」

すっかり見慣れた笑顔が、俺に向けられる。彼女の瞳に映るのは、今、俺だけ。なぜか一瞬、世界にふたりきりにでもなったかのような感覚に陥った。だからなのか、

「——白石さん」

「ん？」

「俺のこと、本音吐き出せる場所にしてやっていいよ」

気づけば、そんな言葉が口をついて出ていた。

「加賀見くん？」

「俺の前でくらい、我慢すんなってこと」

今日、白石さんは何度も本心を押さえつけて、周りに合わせていた。でも、少しくらい本音を吐き出せる場所があればいいとも思ったから。

するときょとんとしていた白石さんは、ゆっくりとその言葉を心の中で咀嚼するような間を置いて、それからじんわりとした笑みに顔を染めた。

「加賀見くんは優しいね」

「え？」

優しい、なんて、初めて言われた。

大層なことなんて言ってないのに、そんな俺のことを優しいなんて、そう思える白石さんのほうがたぶんよっぽど優しい。

「加賀見くんに彼氏になってもらえて、本当によかった」

　さらに深めたその笑顔が、ひどく目の奥に焼きつく。その理由は、きっと、たぶん——。


「あー、月曜ってだりー」

「デートは楽しかった？」

「デートな……。それが……めっっっっちゃ楽しかった」

「ははー、それはよかったねー」

　登校して、SHRまでの時間、俺は巽と樋口と教室のベランダにいた。

　子どもと、それをからかう大人のような巽と樋口の会話を右耳で軽く聞きながら、俺は手すりに肘を突いて校庭に視線を向けていた。目下のグラウンドを、登校した生徒たちが続々と絶えることなく横切っていく。

「で？　かがみんは、なんでそんなにグラウンドにご執心なのかな？」

　俺の様子に気づいた巽の声に答えようとした、その時。俺は、友人とグラウンドを歩く、ダークブラウンの髪の彼女を見つけた。

　途端に、自然と足が動き出す。

「ちょ、どこ行くんだよ」

　ベランダを出ようとした俺は、その呼びかけにふたりを

振り返った。

「──見つけたっぽい」

「え？」

「俺のりんご飴」

　そう言い放つと、俺はきょとんとするふたりを置いて、ベランダを出た。

　脇目も振らず昇降口へ降りると、下駄箱の前でローファーを脱いでいた彼女が、気配に気づいて顔を上げた。そしてその瞳に俺を映したのと同時に、顔を綻ばせる。

「あ！　おはよう、加賀見くん」

　それが伝染したみたいに、自分の顔にも気づけば微笑が浮かんでいた。

　あの日、白石さんの笑顔が、ひどく目の奥に焼きついた理由は、きっと、たぶん。

「おはよ、白石さん」

　──恋ってやつに落ちてしまったから。


　それから俺たちは、学校でもよく会話を交わすようになった。

「結奈」

「……璃久くん」

「うわ、なんかこれ、謎に照れる」

「うん、恥ずかしい。この前は大丈夫だったのに」

　赤らめた頬を両手で押さえ、うつむく結奈。

　付き合っているフリをした時と同じ呼び方をしようとい

うことになったけど、お互い慣れない。

「こっち向いてよ、結奈。結奈ちゃん」

「あ。今の、わざとでしょー！」

「バレた」

　隣の席の結奈とそんなやりとりをしていると、数学科の教師・森やんが入ってきた。30代前半ながらベテラン教師のような貫禄のある森やんは、今日も肩で風を切って歩いている。

　森やんの登場に合わせて、どこからともなく日直の少しだるそうな号令が聞こえてきて、数学の授業が始まった。

「──ここがイコールになるため、Ｘは……」

　森やんののっそりした声を頭の片隅で聞きながら、俺は頬杖をついてぼんやりと外を見た。グラウンドでは、柔らかい日差しの下、他のクラスが体育でサッカーをしている。

　外あったかそうだなーと、そんなことをのんきに考えていた、その時。

「じゃあここの問い、白石、答えてみろ」

「は、はい……っ」

　隣で、森やんに指名された結奈がガタッと音を立てて立ち上がった音がした。そのせわしない音は、あきらかに動揺している。

「え、えぇっと……」

　やはり、結奈の声は焦って宙をさまよっていた。

　黒板に書いてある問いを確認し、頬杖をついたまま結奈にしか聞こえないよう小声で囁く。

「Ｘ＝13Ｙ＋11」

　すると、それが届いたのか結奈の背中がピンと伸びた。

「Ｘ＝13Ｙ＋11です」

「はい、そうだ。この答えが、13Ｙ＋11になるのは……」

　森やんの解説が始まると、役目を終えた結奈がほっと安堵したように席に座る音がした。

　何事もなかったように授業が再開し、またけだるい視線をグラウンドにやった時、俺の机の端になにかが置かれた気配がした。見れば、それは小さく折りたたまれたルーズリーフの切れ端だった。

　広げてみると、その中心に小さくまとまった女子らしい字が書かれている。

【教えてくれてありがとう（＞＜）】

　それはもちろん、結奈から。

【全然】

　結奈の字の下にそう書いて、机の下からそっと結奈の手へ渡す。

　すると間もなく、また返事が来た。

【いつも優しいね、璃久くん。今度は私が璃久くんの力になるからね！】

　ルーズリーフに踊る、さっきより力強い感じで書かれた文字。ふと視線を感じて隣を見ると、小さく拳を握った結奈がはにかんで笑っていた。

　……なんだよそれ。可愛すぎ。

【お人よし】

そう書いて返すと、ルーズリーフを開いた結奈が"ガーン"と効果音でも聞こえてきそうな表情をする。

　俺はそれがおもしろくて、思わずくすりと笑った。

　お昼前の教室には、速度の遅い森やんの声が響いている。それを聞きながら、たぶんそういうお人好しなところに惹かれてるんだよなと、そんなことをじんわり思った。


　——きっと、多少なりとも浮かれているところがあったのだと思う。だって俺は、ある事件が起きていたことに気づけなかったのだから——。

　朝、通学中に結奈の姿を探すことが、なんとなく日課になっていた。

　通学路のルートがかぶっているから、そのまま一緒に登校することもしばしばあった。

　大抵、先に見つけて声をかけてくるのは結奈のほう。

　そして今朝、先に相手を発見したのは俺のほうだった。前方にいるあのダークブラウンの髪は、間違いない。

　心なしか足を速め、先を歩いていた彼女に追いつき、声をかける。

「結奈、おはよ」

　俺の声に、いつも笑顔で答えてくれる結奈。けれど今日は、いつもと少し違った。なぜか怯えたように肩をびくっと揺らしたのだ。

「お、おはよう、璃久くん」

　けれどそれは、まだ疑念には至らなくて。

１日だけ、キミの彼女。 **≫** 75

　結奈が手にしている、携帯用の英単語帳が目に入る。
「そーいや今日、テストあったんだっけ。朝からだるいな」
「うん……」
　笑顔はかげり、その声に覇気はない。
　さっきから薄々覚えていた違和感が、少しずつ積もって
形となっていく。
　──ああ、そうだ。目が合わないんだ。
　いつもこちらを見上げてくるキラキラと澄んだ瞳が、不
自然に俺を視界に映そうとしない。
「結奈？」
　具合でも悪いのかと、腰を軽く曲げ、小柄な結奈の顔を
覗き込む。すると、そんな視線から逃れるように結奈がさ
らに顔をうつむけた。
「ごめん、ちょっと先行くね」
　そう言うが早いか駆け出そうとした結奈。けれどその先
にある曲がり角から、突然一時停止のラインを越えて、自
動車の鼻先が姿を現した。
「結奈……！」
　反射的に結奈の手をつかみ、引き寄せる。その勢いで、
結奈が俺の胸元へ収まった。
　突然現れた自動車は、ふてぶてしくも何事もなかったよ
うに大通りへ発進する。
　腕にこもる熱と感触に結奈の無事を自覚して、ほっと安
堵した瞬間。それはまるではっと我に返るみたいに、
「……っ、ごめんっ」

結奈が思いきり俺を突き飛ばした。

腕に残る感触を一瞬理解できず、俺は思わず目を見張る。

「え？」

「ごめんね……」

苦々しい声音で再び謝罪の言葉を口にして、結奈は逃げるように立ち去っていった。


……あれは避けてるよな、どう考えても。

登校しても、今朝のことがずっと引っかかっていた。

結奈は授業中もずっとあんな感じで、頑なに俺のことを見ないようにしているようだった。

原因に心当たりがない。けれど、たぶんというか100％俺のせいなんだろう。

らしくなく考えすぎてしまう思考の息抜きをしたくて、休み時間を迎えると、俺はベランダに出た。

そして手すりに頬杖をついてぼーっとしていると、なにも知らない賑やかな奴らが俺の周りを囲んできた。どうやらこいつらは、俺をひとりにさせる隙を与えるつもりがないらしい。

「憂いた表情なんてしちゃって、どしたの？」

「なんか気分落ちてね？」

左右から巽と樋口に同時に聞かれ、俺はぼんやり景色を見つめたまま答える。

「べつに」

「いーや！　絶対ウソだね!」

「そーそー。さすがにオレたちにもわかるって。ねぇ、ひぐっち」

　ひとつ返したら、10で返ってくる。騒がしくない瞬間なんてない。

　こうなると、口を割るまで尋問の手はやまないだろう。俺は観念して、正直に答えた。

「なんか、避けられてるっぽくて」

「わーお、この爆モテかがみんを避ける強者がいるなんてね」

「例の、加賀見のりんご飴ちゃん？」

「りんご飴ちゃん言うな」

「はは、ごめんって。でも心当たりとかねぇの？」

「それが俺にもさっぱり。昨日の朝話した時は普通だったし」

　すると、腕を組んで神妙な顔をしたまま、樋口がさらりと返してきた。

「がっつきすぎたんだろ」

「は？」

　まったく考えもしなかった角度からの答えに、思わず呆気にとられる。

「あの低体温かがみんが、がっつきすぎって。はは、だとしたらウケる」

「がっつかれすぎたら、大半の女子は引くんだからな！いくらイケメンだからって、そこら辺はわきまえろよな！」

「ひぐっち、最後のだいぶ私情含んでんね」

「ふ、含んでねーよ！」

　気づけばいつもの漫才が始まった横で、俺は樋口の言葉を反芻する。

　がっつきすぎた？　……がっついた記憶はないんだけど。

　無造作に髪を揺らしてくるいたずらな風が鬱陶しい。

　本当なら、本人に直接原因を聞いて、謝罪するなり弁解するなりしたほうが手っ取り早い。そんなこと頭ではわかっているはずなのに行動に移せない自分がいる。結奈の前では変にいろいろ考えて、余裕がなくなる。

　……あー、俺らしくない。

　どうしたものかと、俺は再び手すりに頬杖をついて、小さくため息をついた。


　そして翌日。最後の授業は、体育だ。

　体育館の至るところで、クラスメイトたちが授業開始に備えて、準備体操を始めている。

　ジャージに着替えた巽と樋口と俺は、だらだらと体育館を歩いていた。

「あー、ねみ」

　もう何度したかわからないあくびを、またもらしたのは、昨日の夜ふたりが泊まりに来て夜通しテレビゲームをしていたせいだ。何度も寝るって訴えたのに樋口が許してくれなくて、結局気づけば日が昇っていた。

　だけど平日からあんな無茶をしたのはたぶん、俺の気晴

らしのためという、ふたりなりの気遣いだったんだろう。

「昨日の夜は白熱したなー!」

「ひぐっち、ほんと夜行性だよね」

　力ない笑みを浮かべる巽も、寝不足のせいか声にいつもの鋭さがない。

　そんな中、俺の視線は自然と彼女を探していた。少しの間あたりをさまよった視線は、体育館の端で留まった。

　——結奈が、クラスメイトの古田さんと談笑しながら、準備体操をしている。

　不意に、俺の視線の気配に気づいたのか、楽しそうに笑っていた結奈が何気なくこちらを振り返った。

　目が合う予感を覚える。だけど、その時。

「璃久ー!　今日もかっこいいシュート決めてね!」

「あー、うん」

　視線が重なる寸前で、横から割り入ってきた女子の声に、視線が逸れてしまった。

　もう一度結奈のほうを見れば、結奈はもう、友達との会話に戻っている。

　——こんなに近くにいるのに、遠い。

　見えない壁に阻まれているかのようなもどかしさに、俺は焦燥感というものを知った。


　そして体育の授業が始まった。今日の競技内容はバスケだ。体育館の中央をネットで仕切り、女子も反対側のコートでバスケをしている。

１試合目からいきなり、俺と巽のチームがかりだされた。

　今日はこっそり手を抜くはずだったのに、試合が始まってしまえば、多少のだるさはあるものの眠気は飛んで思ったより動けた。

「かがみん、ぱーす」

　試合も中盤に差し掛かった頃、巽から的確なパスがまわってきた。受け取った流れのまま、ドリブルでゴールへ迫る。

「そのまま決めちゃって〜」

　巽の軽い声に背中を押されるまま、シュートを放つ。するとオレンジ色のボールは、放物線を描いてゴールを揺らした。

「寝不足なのに、さっすが〜」

　巽がニヤニヤしながら拳を合わせてくる。

「そっちこそ」

　そんなやりとりをしながら、巽とともに自分たちの陣地に戻る。

　と、その時。

「璃久〜！　私のタオル使って！」

　突然聞こえてきた女子の声に反射的に振り返ったのと同時に、突然前方からの衝撃が体を襲い、俺は構える間もなくうしろに倒れた。

「きゃー！　璃久、大丈夫!?」

「わ！　加賀見！　ごめん……！」

　どうやら自分たちの陣地に戻ってくる敵チームのひとり

とぶつかってしまったらしい。

「ケガないか!?　マジでごめん！」

「いや平気。こっちも前見てなかったし」

　土下座する勢いで謝ってくるそいつに、座り込んだまま

できるだけ軽い調子でそう返すけど、よろけた拍子に足首

を挫いたことに気づいていた。

　立ち上がろうと足首に力を込めた瞬間、動きに合わせて

走る鈍い痛みに思わず顔をしかめた時。

「璃久くん……！」

　どこからともなく、あの声が聞こえてきた。

　そちらに視線をやった瞬間、胸の奥が締めつけられるよ

うな感覚を覚えた。

　……なぁ、なんで——。

　視界を独占するのは、ネットをくぐってこちらに駆けて

くる結奈の姿。

　避けてたのに、なんでそんな必死な顔してるんだよ——。

　思い知らされた。やっぱり、避けられてるからって自分

から引くことなんてできない。

「璃久、大丈夫……!?」

「連れてってあげるから、保健室行こ！」

　アクシデントを知って押し寄せてきた女子の手が、次々

にこちらに伸ばされる。どっと流れ込んできた女子の波に

阻まれるようにして、結奈があとずさった。

　けれど俺は思考が動くのより早く、女子の手の中からそ

の手をつかんでいた。

「保健室、連れてって。結奈」


　職員室にでもいるのか、先生の姿は保健室になかった。
室内は、以前来た時よりもなぜか広く見える。
「璃久くん、ここ座って！　椅子よりも楽だと思うから」
　保健室に到着するなり、いつになく切羽詰まった調子で
一目散にベッドに俺を座らせる結奈。
　相当な心配性らしく、ここに着くまでもずっと顔面蒼白
で、ひたすら俺の心配ばかりしていた。
「足、まだ痛む？　湿布貼ろっか？」
「いや、軽く捻っただけだから」
「ほんと？」
「さっきよりも痛みも引いてきたし」
「よかった……」
　肩の力を抜いて、安堵のため息をもらした結奈の手をつ
かんで見上げる。視線と力で逃がすまいとするように。
「やっとふたりきりになれた」
「え？」
「ずっと、目合わせてくれなかったから」
「そ、それは……」
　わかりやすく動揺して口ごもる結奈。
「俺はずっと、結奈とこうやって話したかった」
　逃げ場のないこの状況で、結奈の顔がじわっと赤色を帯
びるのが、手に取るようにわかる。その反応が、期待して
いいということなのかわからない。

さらに畳みかけるように、俺は結奈の手を握る手にそっと力を込めた。
「俺のとこ来てくれたの、なんで？」
「……璃久くんがケガしたと思ったら、いてもたってもいられなくて体が勝手に……」
　言い終わらないうちに、もうこれ以上は限界だというように、結奈が俺の眼差しから視線をそらした。
「ね、寝不足なんだから、あんまり無理しないでね」
　たったひと言。けれどそれは、反応せずにはいられないものだった。
「なんで知ってるんだよ。俺が寝不足だって」
「……っあ、それはえっと」
　……俺のこと、見てたから？
　核心を突かれたみたいに結奈の顔がさらに赤くなり、視線がおどおどと挙動不審になる。それはもう、自白したのと同じだ。
　──気づけば、手が伸びていた。
「りく──」
　……ドサッ。
　結奈が無人のベッドに押し倒される重くて柔らかい音が、保健室に響いた。
　不意に、樋口の声が耳の奥でこだまする。
『がっつきすぎたんだろ』
　──がっつかないなんて、無理だろ。
　視線が絡まる。呼吸が詰まる。自分の中にこんな衝動が

あるなんて知らなかった。

「目の前にいるのが、男だってわかってる？」

「え……」

　目を見張った結奈の耳元に、覆いかぶさるようにして口を寄せ、そして。

「無防備すぎ」

「へ？」

　ひと言放って、俺は体を起こした。呆然とした結奈の表情が視界に収まる。

「もっと気をつけろよ」

「り、璃久くん」

　結奈のなにか言いたげな空気を感じながらも、起き上がった結奈の隣へ脱力したように寝転がる。

「俺はここでちょっと休んでいくから」

「え？　でも」

「足のことは大丈夫だから、もう戻っていいよ」

「……わかった……。先生が戻ってきたら、しっかり看てもらってね？」

　心配そうな色を残した声でそう言い、それでもまだ少し逡巡したあとで結奈がおずおずと保健室を出ていく気配がした。

　耳がキンとするような静けさが迫ってくると、俺は目元に腕を乗せたまま、ため息をもらした。

　……重傷だ。がっつけなかったからこそ重傷でしかない。

　大切にしたい。簡単に手を出せないほど、結奈が、可愛い。

１日だけ、キミの彼女。 **>>** 85

「あーあ。いつの間にこんなにやられてたんだよ……」

　弱々しくもらした声は誰に届くこともなく、保健室に充満する薬剤に染まった空気に溶けた。


　それから、結奈と俺の距離は平行線のまま。

　だけど今日、気になることがあった。それは、俺が廊下で結奈のヘアピンを拾った時のこと。

　俺がヘアピンを着けてやると、なぜか結奈が怯えたようにあたりを見回したのだ。結奈が振り返ったほうにさりげなく視線をやると、数メートル先の廊下に隣のクラスの香坂さんが立っていた。

　香坂さんとは、何度か話したことがあった。巽と樋口と遊んだ時、香坂さんと面識のある樋口が彼女をそこに誘ったのだ。遊んだのは１回きりだけど、それ以来話しかけられることもあり、彼女には明るいノリのいい子という印象を抱いていた。

　でも、遠目ではっきりとは見えなかったし、すぐに踵を返して立ち去っていったから見間違いかもしれないけど、今見えた表情は俺に向けるそれとはかけ離れていた。悪意を、その表情から感じずにはいられなかったのだ。

　なんとなく嫌な予感がして、それから俺は、結奈とそのまわりの様子に気をつけるようにした。表だって動くと結奈の立場が悪くなってしまうかもしれないから、影からそっと見守ることしかできないけど。杞憂だったらそれでいい。

　そんな不穏な気配の芽生えなんて気にも留めず、時間は

前だけを見て進んでいく。そして放課後がやってきた。

「加賀見、本当に助かるぞ。ありがとうな」

「あー、いえ。ヒマしてたんで」

　俺は担任の岡じいが持っていた教材を運んでいた。日直の仕事である日誌を職員室へ提出しに行こうと廊下を歩いていたら、たまたま大量の教材を運ぶ岡じいを見つけ、声をかけたのだ。

「これ、社会科準備室でいいんですか」

「ああ、そうだ。加賀見は本当に気が利くな」

　もうすぐ定年だという岡じいに、あんまり重たいものは持たせられない。

「またなにかあったら声かけてください。巽と樋口にも手伝わせるんで」

「ははは。本当にお前たちは仲がいいなぁ。その時は、ありがたくそうさせてもらうよ」

　岡じいと会話を交わしながら社会科準備室に到着し、教材を机の上に置いたところで、俺はふと何気なく窓のほうに視線をやった。——と、その視線が縫いつけられる。中庭を挟んだ向かい側の校舎の廊下の隅で、結奈が数人の女子に取り囲まれている。その中には香坂さんの姿もあった。

　これだけ離れていてもわかる。あきらかに普通じゃない空気だ。

　やっぱり。嫌な予感は的中した。

「結奈……」

　口の中でそうつぶやいたその次の瞬間にはもう、考える

より先に体が動いていた。

「おおっ？　加賀見？」

「すいません。またあとで」

　突然の俺の行動に驚く岡じいの声にそれだけ返し、俺は社会科準備室を駆け出た。


　放課後ということもあって賑やかな廊下を、人の流れをかいくぐって駆ける。

　──たぶん、この気持ちにケリをつけられるなら、とっくにケリをつけてる。でもそうしなかったのは、なかったことには到底できないくらい、その想いが大きくなっていたから。

　好きだとか独占欲だとかそういうものは、何事にも執着しない自分とはかけ離れたものだと思ってた。

　でも今は、気づいたら結奈のことしか考えてない。一番近くで、あの笑顔で笑っていてほしい。

　向かい側の校舎の廊下にたどりつくと、息をつく間もなく、結奈を取り囲む輪に近づく。

「おいっ、お前らなにやってんだよ!!」

　張り上げた声は、らしくなく荒れていた。


　女子たちが顔を青ざめさせて立ち去っていくと、俺は座り込んだままでいる結奈の前にしゃがみ込んだ。

「ケガはない？」

「うん、大丈夫」

「よかった」

「あのっ、ありがとう、璃久くん……」

　無事を確認して、とりあえずほっと息をつき、リノリウムの床に放り投げられていた花のついたヘアピンを拾って、結奈の髪にそっと着けてやる。もう少し早く気づいてやれていればと、自分を責めながら。

　それから俺は膝に頬杖をついて、あらためてことの次第を追及する。

「……もしかして、最近俺のこと避けてたのって、あいつらになんか言われたせい？」

「う、うん。ごめんなさい。私、ひどい態度取っちゃって」

　がくんとうなだれる結奈。だけどその反応に反して、俺は思わず安堵のため息をついた。

「よかった。急に話してくれなくなったから、嫌われたのかと思った」

　……ださすぎだろ、俺。

　勝手に焦って、勘違いして。自分の不甲斐なさをようやく思い知った。

　でも、結奈の前では余裕なんてあっという間になくなる。

「き、嫌いになんてなるわけないよっ！　ほんとは私、すごく嬉しかったの。璃久くんと仲良くなれて」

「……っ、マジで？」

「でも、私と違って璃久くんはみんなの人気者だから。やっぱり私なんかが璃久くんと一緒にいたらいけないような気がして……」

必死に頭の中から言葉を見つけて、想いを俺に伝えよう
としてくれる結奈。

結奈は、俺がどれだけ結奈のことを大切に想っているか、
たぶん全然気づいていない。そんなに必死にならなくたっ
て、キミの言葉はなにひとつこぼすことなく聞いてるのに。
「なに言ってんだよ。俺はむしろ、結奈じゃなきゃ嫌なん
だけど」
「えっ……？」
「結奈と一緒にいられないとか、俺が無理だから。いつの
間にか、そうなってたんだよ」

こんなはずじゃなかったのに、気づけば結奈の色に染
まってた。
「璃久くん……」

結奈の声は、信じられないというように打ち震えていた。

俺は、これから伝える言葉をより深めるように、華奢な
その体をそっと抱きしめた。陽だまりみたいな温もりと優
しい香りが、俺を包み込む。

考えるとか躊躇とか、そういう間はなかった。──まる
で泉から水が溢れるみたいに、心から声が溢れていた。
「好きだ。だから、今度は１日だけじゃなくて、ずっと結
奈の彼氏でいさせてくんない？　絶対、幸せにするから」

ああ、なんか今、心に湧いてくる感情で窒息しそう。
「璃久くん」

かすかに空気を揺らすささやかな呼びかけに答えてそっ
と体を離すと、そこには、今までに見たことがないくらい

幸せに満ちた笑みを咲かせた結奈がいた。

「私も。璃久くんの本当の彼女になりたい」

　少しでも刺激したらぽろっとこぼれてしまいそうなほど涙を浮かべ、だけど俺を見逃すまいと涙をこらえて、まっすぐな視線を惜しむことなく向けてくる結奈。

　──愛おしいと、心の底から思った。

　こんな笑顔、誰にも渡したくない。

　なあ、結奈。ずっと隣で笑っててよ。それだけでもう、他にはなにもいらないから。

　俺は結奈に出会ってようやく、誰かを好きになるということを知ることができた。


　コーヒーの中に落とされた角砂糖が音もなく溶けていくように、記憶の糸がほぐれていく。

「璃久くん、考えごと?」

　ずいっと俺の前に顔を寄せてきた結奈の声に、はっと意識が現在へと引き戻される。気づけば、大きな双眸が俺を見上げていた。

「結奈」

「ごめんね、お待たせ。掃除が長引いちゃって」

「いや、俺もさっき来たとこだし」

　俺たちの横を、多くの生徒が通り過ぎていく。

　自分が今いるのは校門前。日常の光景を前に、俺は一緒に帰る結奈のことを待っていたところだったことを思い出す。

「待っててくれてありがとう、璃久くん。さ、行こっか」

「ん」

　結奈にそっと手を差し出すと、結奈がにこっと笑ってその手を取った。とても自然な流れだ。

　通学路には、道路沿いに街路樹が等間隔で並んでいる。溌剌とした青葉が、頭上から降り注ぐ日の光を優しく鮮やかに彩っている。

　隣を歩きながら、結奈がふと思い出したように聞いてきた。

「そういえばさっき、ぼーっとしてたけどどうしたの？」

「あー。１年前のこと、思い出してた」

「１年前かぁ……。偽彼を頼んだ時は、璃久くんがこうして本物の彼氏になるなんて思ってもみなかったな」

「俺も」

　すると、結奈が空気に溶かすようなじんわりした響きで、一文字一文字を慈しむみたいにつぶやいた。

「隣にいてくれて、手を繋いでいてくれて、ありがとう」

「こちらこそ」

　そんなの俺のセリフだ。

　すると結奈が、頬を淡いピンク色に染めて「へへ」とはにかんだ。幸せが溢れてこぼれてしまったみたいに。

「璃久くんの手、独り占めできるって幸せだなぁ」

「なにそれ、可愛すぎるんだけど」

「えっ」

「手だけじゃなくて、俺の全部、結奈が独り占めして」

俺を仰ぐその頬に、じわーっと赤みが差していく。あまりにわかりやすい、そんな反応をごまかすことなく見せてくれる彼女を愛おしいと思う。

「あと、あんまり可愛いこと言うの禁止。俺の命に関わるから」

「ええっ、そんなこと言ってる自覚ないっ……」

「ふは」

「もう、ふふ」

　笑い合ってると、不意にズボンのポケットの中でスマホが揺れた。取り出して確認してみれば、ディスプレイに巽からのメッセージが表示されていた。

【主役さんたち、早くおいで＾＾】

　その内容を察したのか、隣で結奈が声をあげる。

「もしかして巽くん？　早く行かないと、巽くんと樋口くんのこと、待たせちゃうね」

「ああ」

　今日は、先日付き合って１周年を迎えた俺たちを、巽と樋口が祝ってくれることになっていた。樋口の両親が経営するレストランで、だいぶ豪華なパーティーを計画しているらしい。

　彼女ができたと巽と樋口に報告した時は、『あの低体温加賀見が!?』とだいぶ驚かれたし、だいぶ冷やかされもした。でもそれ以上に祝ってくれた。いつものあの漫才みたいなノリで。

「やっぱり嬉しいね、祝福してもらえるって」

1日だけ、キミの彼女。 >> 93

　歩くスピードを上げながら、結奈が嬉しそうに俺を見上げる。無邪気なその笑顔が眩しい。

　──好きだと想う気持ちが、唐突に溢れた。

「結奈」

「ん──」

　手を引いて、その体を引き寄せると、腰を軽く曲げてキスを落とす。

　重ねた唇の熱を奪ってそっと唇を離すと、耳までりんごみたいに赤くなった結奈が、口に手を当て驚いたように目を瞬かせた。

「不意打ち……」

　いつまで経ってもキスになれない結奈が可愛い。

「さ、行こ」

　そして俺は、いつまで経ってもキミへの熱に浮かされている。


End.

# 私だけのヒーロー

## ▶さゆ side presented by ばにぃ

　３組、３組、３組……あった！

　春休みが終わり、新学期とともに新しいクラスが発表され、高校２年生、初日がスタート。

　教室にはすでに何人かいて、楽しそうに話をしている。

　黒板の真ん中には、席順が書かれた紙が貼ってあり、３人の男の子ははしゃぎながら、その紙を見ていた。

　私は、その人たちのうしろに並び、順番を待つことにした。

「いえーい！　１番後ろの角ゲットー！」

　すると、ひとりの男の子が嬉しそうにそう叫びながら、勢いよく振り返り、教壇から私のほうへとジャンプしてきた。

　とっさに逃げようと体が反応したものの、自分の運動神経ではついていくことができず、見事に足が滑り、バランスを崩した。

　まるでスローモーションのように体がゆっくりと宙に浮き、天井が視界に入る。

　しかし、このあと、私が床に体を打ちつけることはなかった。

「相変わらずドジだね」

　頭上から聞こえたのは、聞き覚えのある声。

「……たっくん」

私を助けてくれた救世主の正体は、幼なじみのたっくん
こと、拓海だった。

　私の頭と太ももを抱え、お姫様抱っこ状態で私を支えて
くれていた。

　恥ずかしさから固まって動けない私を、たっくんは優し
くその場に立たせてくれた。

「あの、ありがとう……」

「ん……」

「ごめん、大丈夫だった？」

　私は目の前のたっくんしか見えず、ジャンプしてきた男
の子が謝ってくれたことに、気づけなかった。

「危ないから気をつけなよ」

「悪い悪い。今度からは本当に気をつけるよ」

　たっくんはその男の子と友達のようで、話しながら、そ
の男の子たちとうしろのほうへ行ってしまった。

　こうしてたっくんと話したのは、いつ振りだろう。

　幼なじみって言っても、特別仲がいいわけではない。

　親同士が中学の同級生で仲よくて、住んでいる家も近い
から、赤ちゃんの頃から繋がりがあるってだけ。

　幼小中高と一緒だけど、たっくんがそこまでしゃべるタ
イプではないから、正直あまり話したことがない。

　笑っているところも滅多に見ないし、なにを考えている
のかよくわからないし、まさに"無気力男子"とはたっ
くんのことだと思う。

　だから、こうして助けてくれたことにとても驚いている。

たまたま教室に入ってきたところだったのかな？

　そりゃ、目の前で人が頭を打って、のたうち回るところ
なんて見たくないもんね。

　だから、助けてくれたんだろうな。

　自分の中でなんとか解決し、座席表を見て自分の席へと
座った。

「あのー、ここ、私の席だと思うんだけど…………」

　その声に反応して横を見ると、長い黒髪の綺麗な女の子
が困った顔をして立っていた。

「えっ、あっ、ごめんね！　ここ、あ！　ほんとだ！　私
ひとつうしろだった！　ごめんね！」

「ううん、大丈夫だよー」

「今、移動するね！」

　急いでカバンを持ち上げ、ひとつうしろの席へ行こうと
した瞬間、手がすべり、カバンの中身が床へと散らばった。

　どうやら、カバンのチャックを閉め忘れたらしい。

　周りからの視線を、一気に感じる。

　私は恥ずかしさを押し殺して、黙々と散らばった私物を
カバンへと押し込んだ。

　自分のドジさには本当に呆れる。

　ため息をするのすら怖くて、小さく深呼吸をした。

　すると、黒髪の女の子がその場でしゃがみ、拾うのを手
伝ってくれた。

「ごめんね、大丈夫だよっ」

「なんで？　ふたりでやったほうが早く終わるじゃん」

女の子はそう言って、テキパキと私のカバンへ散らばった物をしまってくれた。
「ありがとう。それと、迷惑ばっかりかけちゃってごめんね」
　しっかりとカバンのチャックを閉めた私は、女の子へ向かって頭を下げた。
「んー？　迷惑なんてかけてないよ。むしろ、おもしろい子だなぁって思ってちょっと気になってる！」
　笑顔でそう言う女の子は『座って座って！』と私の席を叩いて、自分は私と向かい合うようにうしろ向きに座った。
「名前はなんていうの？」
「さゆ！　名前……聞いてもいい？」
「あたしは奈津子。よろしくね」
　こうして出会った奈津子とは、この日から仲よくなり、一緒に行動するようになった。


　新しいクラスになってから１週間が経ったある日、他のクラスであろう、見た目が派手な女の子３人が教室へ入ってきた。
　その３人が真っ先に向かったのは、一番窓側のたっくんの席。
　お昼の時間以外はほとんど寝ているか、ボーッとしているたっくんは、もちろん今も机に突っ伏して寝ている。
　廊下から２番目の列に座る私の席からはなにを話しているのか鮮明には聞こえないが、女の子のひとりがたっくんの背中をポンポンと軽く叩いたのは見えた。

すると、それに反応したたっくんは、ゆっくりと上半身を起こし、顔を女の子へと向ける。

　ひとりの女の子は、たっくんと目線が合うようにしゃがみ込み、他のふたりはたっくんの机を囲むようにして立っていた。

　なにを話しているんだろう……。

　すごく気になってしまい、今すぐにでも近くへ行きたいが、その気持ちをなんとか抑えた。

　この光景に驚きはなかった。

　たっくんは背が高くてかっこいいのに加えて、同学年の男の子と比べて落ち着いているから、モテるのは知っている。

　私とたっくんの親同士が仲よしなため、幼小中のたっくんのモテ伝説を、たっくんママからたーくさん聞かされていた。

　容姿端麗で、無気力でやる気がないのにスポーツも勉強もできて、まさに、文武両道とはたっくんのためにあるような言葉。

　こんな完璧な人が、モテないはずがない。

　だから、派手な女の子たちがたっくんの知り合いだとしても、おかしくないのだ。

　男の子とコミュニケーションをとれない私にとって、たっくんは遠い存在。

　想像でしかないけど、きっと、たくさんの女の子と遊び放題の生活をしてきたんだろう。

私は自分のカバンからスマホを取り出し、パズルゲーム
のアプリを起動した。

これ以上たっくんたちを見ていたら、さすがに変質者に
なってしまうと思い、ゲームで気をまぎらわせることにし
た。

それと同時に、胸の奥が締めつけられるような感覚に
陥った。

ん？　これはなんだ……？

初めての感覚に、とっさに自分の胸を左手で触った。

風邪かな？

私はまだこの時、この気持ちがなんなのかわかっていな
かった……。


帰りの挨拶が終わり、奈津子に別れを告げ教室を出た。

「スマホがない！」

下駄箱まで来て、カバンの中にスマホが入っていないこ
とに気づき、教室まで走った。

教室には誰もいなくて、静まりかえっていた。

……と思いきや、窓際の席にひとつの背中を見つけた。

「たっくん？　もう授業終わったよ？」

まだ机に突っ伏して寝ているたっくんに、少しかがんで
声をかけた。

でも、たっくんは爆睡しているらしく、応答がない。

もしこのまま夜まで起きなくて、学校から出られなく
なったらどうしよう……。

先生に見つかって反省文を書かされるかもしれない。

たまたま今日、悪い人が学校に侵入して、たっくんが鉢合わせして襲われちゃうかもしれない。

そう思ったら、いてもたってもいられなくなった。

「たっくん！　起きて！　怖い人に襲われちゃうよ！」

たっくんの背中を、少し強めに揺らした。

すると、たっくんの頭が少し上がり、隙間から覗く目が私をジッと見た。

ゆっくりと起き上がるたっくんに、心底ホッとした。

たっくんは、本当に爆睡していたらしく、重そうなまぶたをゆっくりと動かし、大きなあくびをした。

両腕を伸ばし、首を左右にかしげ、コキッコキッと骨を鳴らすと、どうやらスッキリしたのか、再びたっくんの視線は私へと向かった。

「怖い人？　って誰のこと？」

「へ？」

「さっき、怖い人に襲われるよって言ってなかった？」

不思議そうに私を見てくるたっくん。

かっこよすぎるその顔に、私は、思わず目をそらした。

「あのね、このまま起きなくて夜になっちゃったら……っていろいろ想像して、そしたら怖い人に襲われちゃうかもしれないなって思って……」

「じゃあ、俺のことを心配して起こしてくれたの？」

「うん」

チラッとたっくんを見ると、まだまっすぐ私を見ていた。

私だけのヒーロー >> 103

　不覚にも、ドキッとしてしまった。

　どうしよう、どうしよう、どうしよう……。

　いっこうに収まらない、はじめてのドキドキに戸惑いを隠せない。

　もう……こんなかっこいい人に見つめられたら、誰だって好きになっちゃうよ。

　こうしてたっくんの顔を見ていると、ただただイケメンって罪だなぁと思う。

「さゆ？」

「はい！」

　消えないドキドキと格闘している私なんか知る由もないたっくんは、私のほっぺを人さし指で突っついてきた。

　この人は……素でこんなことしてきてるの？

　早くなった心臓の鼓動が、さらに加速する。

「心配してくれてありがとう、おかげで助かったよ」

　笑ってそう言うたっくんに、私は心臓の音が聞こえないように、ただただ平常心を装いながら『どういたしまして』と言うしかなかった。

「じゃあ、私帰るね」

　これ以上この人といたら危険……そう、私の脳が判断したので、私は早く帰ろうとその場を動こうとした。

　その瞬間、たっくんに手首をつかまれた。

「家近いんだし、一緒に帰ろうよ」

　突然の展開に驚きを隠せない私をよそに、たっくんは当たり前のようにとんでもないことを言ってきた。

たしかに、お互いの家の距離は、歩いて5分くらいと近い。

　だけど、たくさんの女の子と遊んでいるであろうモテ男のたっくんと、ふたりで帰るなんて、私にはハードルが高すぎる。

　男の子とまともに話したこともなければ、ふたりきりで帰ったことだってもちろんない。

　こんな時どうすればいいかわからず、ただその場で立ち尽くしていると……再びたっくんにほっぺを指で突かれた。

「なっ、なんでほっぺ!?」

「んー、なんでだろう」

　ボディタッチならぬ、ほっぺタッチを不意打ちで、しかも2回もやられてドキドキが止まらない。

　私がそんな状態なのも知らずに、たっくんは真剣に質問について考えているのか、私のほっぺをジーっと見つめてきた。

「あ、わかった」

　ひらめいたと言わんばかりに、少し嬉しそうにするたっくん。

「さゆのほっぺ、柔らかそうだから、つい触りたくなっちゃうんだよね」

「……」

「今、さゆがボーッとしてたから、あ、隙ができた、触っちゃおうって思った」

淡々と他愛もない会話をするように、たっくんは恋愛初心者の私に向かって爆弾発言を振りかけてくる。

さ、さ、触りたくなっちゃうだって……!?

もしかしてだけど、今までも私のほっぺを見るたびに、柔らかそうだなぁーって思っていたんだとしたら、これからは、たっくんとまともに話せそうにない!

普通に話していたとしても、私のほっぺを見てるんじゃないかって、そっちにばかり気がとられて、会話の内容なんか入ってくる気がしない。

なんにも興味がなく、やる気がない無気力男子に見えて、たっくんは天然のモテ男なんだと、あらためて確信した。

こんなこと言うのは私だけじゃなくて、きっと他の女の子たちにも言ってるんだろう。

ここで変に期待しちゃダメだ。

モテ男＝遊び人に違いない。

ツラくなることがわかっている恋愛をするほど、私は器用じゃない。

好きになっちゃいけない、好きになっちゃいけないと、心の中で何度も呪文のように唱えた。

「よし、じゃあ、家も近いことだし一緒に帰ろう!」

自分の中で、たっくんとの間にひとつ線を引いたら、気持ちが落ち着いてきた。

ただの幼なじみと、家が近いから一緒に帰るだけ。

……そう、何度も言いきかせ、教室を出ようとした。

「そういえばさ、さゆは何で教室にいたの?」

たっくんのそのひと言で、ハッとさせられ、忘れていた
大事なことを思い出した。
「スマホ！　スマホを教室に忘れてたからそれを取りに来た
んだった……」
　早足で自分の机の中からスマホを取り出してきた。
　あまりの自分のドジっぷりに、たっくんを見ることがで
きず、自分のカバンで自分の顔を隠し、蚊の鳴くような声
で「ごめんなさい」と謝った。
「スマホの存在、忘れてたんだ？　本当にさゆはおもしろ
いなぁ」
　たっくんはツボに入ったらしく、下駄箱に着くまで、ずっ
と笑っていた。
　こんなに笑っているたっくんを見るのは、初めてだった。
　自分が笑わせたことは嬉しかったけど、内容が内容なだ
けに、内心ちょっと複雑な気持ち。
　昇降口を出て、私は待っていてくれたたっくんの元へ駆
け寄る。
　しかし、スーパードジ＆不運の持ち主な私は、たっくん
にたどりつく前に、その場に落ちていた少し大きめの石に
つまずいた。
　案の定、私はたっくん目がけてダイブし、たっくんはそ
んな私を両手で受け止めてくれた。
「大丈夫？」
「あ、ありがとう！」
　たっくんに抱きつく形になった私は、すぐに離れた。

私だけのヒーロー ≫ 107

　手にまだ、たっくんに触れた感触が残っている。

　新学期初日に受け止めてもらった時は、抱えられる感じ
だったからわからなかったけど、一瞬触っただけでも、細
身なのに筋肉質なのがわかった。

　たっくんもちゃんと男の子なんだ……と思ったら、急に
意識し始めてしまう自分がいた。

　やっと、さっきのドキドキが収まってきたのに……。

　それに加えて、抱きついた時にほのかに香った甘い匂い
が、ドキドキを加速させる。

「たっくん、なにか香水つけてる？」

　ドキドキをかき消すように、話をして気をまぎらわせる
ことにした。

「香水？　つけてないよ？」

「そうなんだ。さっき抱きついた時に甘い匂いがしたから、
香水つけてるのかなぁって思って……」

「あ、じゃあ、ボディソープだ。家族で同じの使ってるか
らそれの匂いだと思う」

　甘い匂いの正体が、香水ではなくボディソープというと
ころが、なんともたっくんらしい。

「でも、甘い匂いする？」

　自分の腕を嗅ぎながら、たっくんはそう言って、私の鼻
に右腕を近づけてきた。

「するする！　すごい甘い匂いするよ！」

　突然のことに驚いてしまい、本当は匂いを嗅ぐ余裕なん
てなかったけど、とっさにそう答えた。

新学期初日、助けてくれた時から思っていたけど……
やっぱりたっくんは、女の子慣れしている。

　たっくんにとって、私は数多くの女友達のひとり。

　だからこそ、たっくんはこんなに近距離でも、余裕があ
るんだ。

　そんなこと、ずっと前からわかっていたはずなのに……
わかっていたことなのに、なぜかショックを受けている自
分がいた。

　あぁ、そうか。

　私自身、過去のトラウマから男の子が苦手で話すことす
らできないから、異性と普通に接することができるたっく
んのことが羨ましいんだ。

　私とは違う生き方をしているたっくんに、私は嫉妬して
いるんだ。

「とりあえず、駅に向かおう」

　そう言って歩き出すたっくんの背中は、西日に照らされ
てオレンジ色になっていた。

　男の子とふたりきりで帰るなんて、人生で一度も経験す
ることないだろうと思っていた。

　この数日間で知った、たっくんの優しさが私を変えて、
歩き出したたっくんの背中を、小走りで追いかけた。


　高校から徒歩５分の距離にある最寄駅に着き、ホームで
たっくんと同じ電車を待っていた。

　先頭で左にたっくん、その右隣で待つ私。

まさか、男の子と並んで同じ電車を待つ日が来るとは、思ってもみなかった。

　周りから見たら、私たちはどういう関係に見えるんだろう？

　カップルに見えるかな……。

　不思議とそんなことを考えていた。

　そんな時、突然うしろから声が聞こえた。

「小川？」

　小川とは、たっくんの名字。

　私とたっくんが振り返ると、そこには、小学校の同級生の羽鳥が立っていた。

　私はその顔を見た瞬間、すぐに目を逸らして、羽鳥に顔を見られないようにした。

「やっぱり小川じゃん！　卒業以来だよな？　久しぶりー！」

　久しぶりの再会にテンションが上がっている羽鳥に対して、たっくんは表情をいっさい変えずに、「久しぶり」と小さくつぶやいた。

　早くどこかへ行って。

　私にはどうか気づかないで……。

　そんな私の願いも虚しく、羽鳥は、私の顔を覗き込むように見てきた。

　そして、驚くように「え!?　パー子!?」と、大きな声を出す。

　その声と言葉のせいで、小学校の嫌な記憶を一瞬で思い

出した。

きつめの天然パーマの母をもつ私は見事にそれを受け継ぎ、生まれた時から髪の毛はくるくるだった。

とくに生え際のパーマがきつくて、短い前髪は踊るようにパーマがかかっていた。

幼稚園の頃は、とくに気にしたことがなかったけど、小学校に上がり、ある日を境にこの天パが嫌いになった。

1年生の時、同じクラスだった羽鳥に「お前の髪の毛、犬みたいだな！ くるくるしてておもしろー！」と、バカにするように髪の毛を触られた。

やめて！と嫌がる私に、羽鳥はさらにおもしろがるようにして「こういう髪の毛って、天パって言うんだろ？ 今日からお前の名前はパー子な！」と、無理やりあだ名をつけられた。

それからというものの、大勢で私1人を囲んで、からかうように髪の毛を触ってきたりあだ名を大きな声で呼ばれたりした。

周りの男の子たちも便乗して、私を"パー子"と呼んできた。

それ以来、男の子と話すことが怖くなり、この髪の毛が嫌いになった。

トラウマはなかなか消えず、今現在まで、男の子とはまともに話したこともなければ、男の子を好きになることもなかった。

それほど大きな傷を私につけたことなんて、当の本人は

知らないだろう。

　おそるおそる羽鳥の顔を見たけど、からかうような笑顔が昔と変わっていなくて、私はすぐに顔を逸らした。

「なんで逸らすの!?　やっぱりパー子じゃん！　ていうか、くるくるパーマはどこいった？　あれがおもしろかったのによー」

　足元にうつる影で、羽鳥の手が私の頭に触れようとしているのがわかった。

　逃げたいのに、当時の自分に戻ってしまったのか……体が思うように動いてくれない。

　だから、私はただただ目をギュッとつぶった。

　だけど、いっこうに頭を触られる気配がない。

「人が嫌がってることはしちゃいけませんって、親に教わらなかった？」

　隣から聞こえたのは、少し怒ったような低い声。

　そっと目を開け、ふたりを見ると……たっくんが羽鳥の手首を掴んでいた。

　まさかの、たっくんが制御してくれていた。

「ちょっとちょっと、本気で怒ってる感じー？　冗談に決まってるじゃん！　あ、もしかして、ふたり付き合ってる感じか！」

　無言の威圧をかけるたっくんに、さすがにやばいと思ったのか、羽鳥は一歩下がり、今度は私たちふたりをからかい始めた。

「付き合ってないよ。たまたま一緒に帰ってるだけ」

この人は、あっという間に根も葉もない噂を広めかねない。

　たっくんが私と付き合ってるなんて、そんな迷惑きわまりない噂を流されたら、たまったもんじゃない。

　自分のためには無理でも、"たっくんのため"と思ったら、勝手に口が動いた。

　羽鳥は、私に反論されたことがよほど悔しかったのか、それ以上はなにもしてこず、あっけなく、どこかへと行ってしまった。

　羽鳥がいなくなったことで、張り詰めていた気が緩み、私はその場にしゃがみ込んだ。

「さゆ、大丈夫？」

　たっくんは、私と同じようにしゃがんで、私の頭を優しく撫でた。

「うん、大丈夫。ありがとう。たっくんのおかげで、勝てた気がする」

「完全に勝ってたよ。最後のさゆ、かっこよかった」

　そう言ってくれるたっくんに、私はどれだけ救われただろう。

　私の気持ちも落ち着いた頃、たっくんのスマホの通知音が鳴った。

　たっくんはスマホを見たあと、「ちょっと電話してもいい？」と私に確認し、誰かに電話をしはじめた。

『そのチケットって、あと２枚余ってる？』

　チケット？　友達とどこかに行くのかなぁ。

私だけのヒーロー ≫ 113

　たっくんと出かけられたら、どこでも楽しいんだろう
なぁ。
　たっくんの電話が終わるまで、たっくんとならどこに行
きたいかなぁなんて、勝手に想像していた。
「待たせてごめん」
「大丈夫だよ！」
　電話が終わったたっくんは、スマホをギュッと握りしめ
たあと、私をまっすぐに見つめてきた。
　それにドキッとする私。
「あのさ、今週の土曜日空いてる？」
「え？　空いてる……けど、なんで？」
「友達が水族館の無料チケットをもらったらしいんだけど、
余ってるみたいで……」
「……うん」
「よかったら、さゆの友達も誘って一緒に行かない？」
　え!?　これって、お出かけのお誘い!?
「もちろん！　友達にも聞いてみる！」
「よかった。じゃあ、詳しくは、また決めよう」
「うん！」
　今日、生まれて初めて男の子と一緒に帰って、土曜日に
は、みんなでだけど、水族館に行くことになった。
　私にしては……大きな一歩。
　これも、たっくんだからであって、他の男の子に誘われ
ても、行く気にはなってなかったと思う。
　帰ってすぐ、奈津子にトークアプリで土曜日が空いてる

かと、たっくんたちと水族館に行かないかと聞くと、喜び
のスタンプ付きで【もちろん空いてるし行く！　楽し
みー！】と、返ってきた。

　たっくんとは電車の中で連絡先を交換し、前日に時間や
待ち合わせ場所を決めた。

　たっくんの友達はふたりいて、2人とも、高1の時に同
じクラスで、今も仲がいい友達だと教えてくれた。

　男の子だからという不安な気持ちより、たっくんの友達
を見てみたいという気持ちのほうが断然に優っていた。

　遊ぶ日の前日、寝る直前まで着る洋服を迷って、寝よう
と目を閉じてからも頭の中でコーディネートを考えてい
た。

　誰かと出かけるのが、こんなに楽しみで仕方がないのは、
初めて。

　なかなか寝れないけど、たまにはこんなのも楽しいなぁ
と感じた夜だった。


　土曜日、雲ひとつない晴天で、私はいつもより張りきっ
て、くるくるした髪の毛をストレートアイロンでまっすぐ
にした。

　縮毛矯正が取れてきてしまったため、少しずつくるくる
の髪の毛が顔を出している。

　癖を抑えるスプレーとワックスで根元のくるくるをなん
とか抑え、ちょうど家を出る時間になった。

　奈津子は一駅隣に住んでいるため、電車の中で合流する

ことになっていた。

　乗った電車の場所をトークアプリで教え、隣の駅に着き、ドアが開いた瞬間、奈津子がニコニコの笑顔でこっちへ向かってきた。

「いよいよデートだねっ」

「デート!?　これって、デートなの？」

　たっくん以外にも、たっくんの友達や奈津子がいるからデートという認識はまったくなかった。

「デートに入るでしょー。だって、さゆの服もいつもと違って気合が入ってる気がする」

「そうかなっ!?　へ、変？」

「可愛い！　これは、小川も好きになっちゃうと思うなぁ」

「すすす、好きっ!?」

　奈津子の口から出た〝好き〟の2文字に、不覚にも反応してしまった。

　驚く私に、キョトンと不思議そうな顔をする奈津子。

「小川に、好きになってもらいたいんでしょ？」

「そんな大それたこと思ってないよっ」

「え？　さゆって、小川のことが好きなんじゃないの？」

　つり革につかまりながら、電車に揺られる私と奈津子。

　ズバリと、そう言われた私は、なにも言い返すことができなかった。

　心のどこかで、自分の気持ちには気づいてた。

　男の子が苦手なはずなのに、なぜかたっくんといる時は安心して、自然と笑っている自分がいる。

たっくんが近くにいるだけで、ドキドキして、たまに胸が苦しくなる。

　初めての感情にとまどって、この気持ちはいったいなんなんだろう……って、ここ最近、家に帰るとよく考えていた。

　恋愛をしたことがない私が、男の子とまともに話すらできない私が、誰かを好きになるなんて、思ってもみなかったから。

　ましてや、誰かを好きになる日が、こんな近くにあるなんて考えたことがなかったから。

　自分自身、とてもとまどっている。

　この気持ちに名前をつけてしまったら、いつか終わりにしなければいけないような気がして……。

「好きって、その人のことばっかり気になっちゃう？」

　それでも、この気持ちの正体がわからないうちはモヤモヤが消えないと思うから、この際、奈津子に相談して決着をつけたい。

「そうだね。気づいたら、その人のことばかり考えてたり、見てたりするよ」

「そっかぁ。その人と他の女の子が話してたら、嫌な気持ちになったんだけど、それも好きだから？」

　恋愛初心者の私の質問に、思わず吹き出すほど笑う奈津子。

　そんなに変な質問したかなぁ？

「小川が他の女の子と話してるところを見て、さゆは嫌な

気持ちになったの？」

「……うん」

「それが、ヤキモチって言うんだよ」

「あ！ よく聞く！ そっかぁ。私、知らないうちにヤキモチやいてたんだ……」

　人生初のヤキモチに、感動する私。

「もうほんとに純粋で可愛いなぁ」

　そう言いながら、私の頭を撫でてくる奈津子。

　初彼は小学校６年生の時にできて、それから６人の男の子と付き合ったことがあるらしい奈津子は、恋愛においては大先輩。

「ねぇ、さゆ。これはもうさすがに、好きって認めるよね？」

　そんな大先輩の奈津子にそう言われたら、認めざるを得ない。

「たっくんのことが……好きです」

「でもさぁ、なんでそこまで好きって認めたくないの？」

「たっくんって、モテるから、たくさんの女の子と遊んでるイメージがあって……」

「あぁー、そういうことね」

　奈津子もそれには納得して、少し考えるそぶりをしていた。

　そうこうしているうちに、水族館の最寄駅に到着し、私たちは電車を降りた。

　改札を出てすぐにあるコンビニの前には、すでに、たっくんとたっくんの友達であろう男の子ふたりが立ってい

た。

　たっくんが私にすぐに気づき、軽く手を振る。

　小走りでたっくんたちの元へ行き、たっくんが友達を紹介をしてくれた。

　黒髪で緩くパーマをかけているのが雄太くんで、茶色い短髪で右耳にピアスをしているのが春くん。

　ふたりとも優しそうで、ずっとニコニコしているから、すぐにいい人だとわかった。

　たっくんの友達という時点で、目を合わせることはできた。

　たっくんのおかげで、たっくん以外の男の子とも、こうしてコミュニケーションを取れている。

　そんな自分に驚きつつ、たっくんにも感謝した。

　私と奈津子も名前を言って、挨拶をし終わったところで、さっそく水族館へ行くことになった。

　駅から歩いて5分のところにある水族館は、小さい頃に何度か来たことがある。

　最後に来たのは小学校低学年の頃だったから、正直あまり記憶にはない。

　だから、たっくんと出かけることもそうだけど、水族館に行けることも今日はとても楽しみにしていた。

　水族館に着き、春くんが人数分の無料チケットを入り口でスタッフさんに渡す。

　無事に中へと入ることができ、最初は小さな魚たちの展示ゾーンを見ることになった。

それぞれの住んでいる地域別に展示されていたり、魚の種類別だったり、久しぶりに来た水族館は純粋にとても楽しかった。

途中、イルカショーを見たり、魚たちに触れるコーナーでは、実際に魚やヒトデを触ったりもした。

お昼ご飯は水族館の中にあるレストランで食べ、ここでは他愛もない話で盛り上がり、男の子がいる空間で、こんなに楽しめたのは初めてのことだった。

好きな人といるだけで、こんなにも幸せになれるなんて。

……恋って偉大だなぁと、あらためて感じた。

「ここから先はペンギンのコーナーだって」

雄太くんが先頭を切って歩き、たっくんと春くん、奈津子と私が隣同士で歩いた。

水族館もそろそろ終盤。

終わってほしくないなぁ。

誰かと出かけてそう思ったことも、今までは一度もなかった。

だけど、本当にこの時間が永遠に続けばいいのにとさえ思ってしまうほどに、たっくんと一緒にいるこの時間が幸せ。

ペンギンのコーナーに着き、たくさんのペンギンたちが水槽の中を勢いよく泳いでいた。

近くにトイレがあったため、私はみんなに言ってからトイレへ行った。

帰ってくると、たっくんがひとりでペンギンの水槽の前

にいた。

「このペンギン、ずっとここ泳いでる」

　ある1匹のペンギンが、たっくんの目の前を行ったり来たりしながら泳いでいて、まるで遊ぼうよーと誘ってるかのようにずっとそこにいた。

　そのペンギンももちろん、ペンギンに夢中になるたっくんもなんだか可愛く思えてきて、私は1歩うしろでそれを見ていた。

「さゆ、こっちにおいでよ」

　そんな私に、急に声をかけてきたたっくん。

　そう言われ、自然と体がたっくんのほうへと動く。

　暗さのせいで、ペンギンの水槽が一段下にあることを気づかなかった私は、見事に段差を踏みはずした。

　土曜日ということもあり、他にもたくさんの人がいる中で、まあまあ派手に転んだ。

　恥ずかしさから、すぐに起き上がれずにいると、たっくんが手を差し伸べ、起き上がらせてくれた。

　そのまま水槽の前まで来た私たち。

　私の腕とたっくんの腕が当たるほどの近距離に、私の鼓動は速くなる。

　もはや、さっきまで本気で可愛いと思えたペンギンさえも視界に入らないくらい、隣にいるたっくんに意識が集中してしまう。

「あ、今度はさゆのところにずっといる」

「そうだねー」

完全に、心ここにあらず状態の私は、助けを求めるために奈津子を呼ぼうとした……けど、そういえば少し前から奈津子が見当たらない。

　そういえば、雄太くんと春くんもいない。

「あれ？　そういえば、3人ともどこ行っちゃったの？」

「さっき、トイレ行くって言ってたよ」

　ともかく、3人がトイレにいるとわかって、安心したとともに……今、自分が置かれている状況のせいで、プチパニックになりそう。

　まさかの水族館で、たっくんとふたりきりなんて。

　こんなの、た、ただの、ただの……。

　心の中でも簡単には出てこないワード。

「なんか、ふたりだけだとデートみたいだね」

　そのワードを、いとも簡単に言ってしまうたっくん。

「そっ、そうだね！　あ、えっ!?　デート!?」

　"デート"って言葉に敏感になっている私は、あからさまに変な反応をしてしまった。

　奈津子や雄太くん、春くんがまだいたからこそ、たっくんとのお出かけに余裕を持って挑めていたことを、今さら知る。

　本当にたっくんとふたりきりになって、まさかたっくん側からデートの言葉が出てくるなんて想像もしてなかったから、どうしていいかわからない。

　昨日の夜、いろいろシミュレーションもしたけど、ふたりきりになることは、まったくの想定外。

「俺とデートは嫌だった？」

　私のことを、子犬のような目で見てくるたっくん。

　嫌なはずがない！

　なんて言ったらいいかわからなくて、とりあえず、全力で頭を横に振って嫌なわけじゃないんだとアピールした。

「ならよかった。俺も、さゆとこうして出かけられて嬉しい」

　こんな私なんかに、そんなことを言ってくれるたっくんは、本当に底なしの優しさの持ち主。

　こういう時、なんて返事したらいいのかわからず、いつも無言になってしまう。

　さすがに沈黙が続くのは申し訳ないので、私なりに話題を作ってみた。

「ここは、デートで来たことあるの？」

　だが、絞りに絞って出た質問は、今一番聞きたくないことで、心の中では“自分のバカ野郎ー！”と叫びまくった。

　モテモテなたっくんのことだから、何回も来たことがあるに決まってる。

　きっと水族館や動物園なんて、女の子と数えきれないくらい来たことがあるだろう。

　聞かなくても知っていることなのに、どうして私ってば、あらたまってこんなこと聞いちゃうんだ……。

　自分のドジ加減に呆れる。

　たっくんの口が開くのを見て、聞こえないように両耳を塞いでしまいたい気分だけど、さすがにそれは失礼だから、しっかりと現実を受け止めることにした。

「ここっていうか、デート自体したことない」

「へ？」

「デート以前に、女の子と出かけたことがない」

　私だけ、時間が一瞬止まった。

　たっくんが……まさかのデート未経験!?

　そんなこと、ある？

　なにかの聞き間違えかと思って、確認のため両耳やほっぺを引っ張ってみた。

「デート、したことないの？」

「うん」

「一度も？　女の子と遊んだことは？」

「一度もないし、遊んだこともないよ。そもそも、友達と遊ぶ時に女子がいたら断ってる」

　あらためて聞いても、聞こえてくることは変わらない。

　たくさんの女の子と遊んでると思っていたたっくんが、むしろ、一度も女の子と遊んだことがないなんて。

「付き合っていた人は、いるよね？」

「いないよ。彼女ができたことない」

　今までの私の中のたっくん像が、一瞬にして崩れていく……。

「モテるから、たくさんの女の子と遊んでて、彼女もたくさんいたんだと思ってた……」

「待って待って。それ、さゆの中の俺のイメージ？」

「うん」

「遊び人で、付き合った経験もたくさんあるんだろうなっ

て思ってたってこと？」

「うん」

　うなずく私に、たっくんは相当ショックだったのか、その場でしゃがみ込み、うなだれた。

「あのー……、ごめんなさい」

　頭を抱えるたっくんを見て、さすがに失礼なことを言ってしまったと思い、私も同じようにしゃがみ、背中をそっと撫でた。

　腕から少し顔を上げ、こっちをチラッと見るたっくん。

　どうやら、完全に拗ねちゃったらしい。

　そりゃそうだ。

　勝手に遊び人扱いされてたら、誰だって嫌な気持ちになる。

「ごめんね。たっくんモテるから、てっきり、女の子には慣れてるのかと思って。ほら、私を助けてくれる時も、なんだか慣れてるから……」

「そもそも、俺が基本興味ゼロなのは、さゆだって知ってるでしょ。モテるかどうかもどうでもいいし、俺は、興味があるものにしか自分から動かないよ」

　え？　ってことは、私を助けてくれたのは、私に興味があるからってこと……？

　たっくんの言葉をどう解釈すればいいのかわからず、必死に考えてみるけど、答えは出ない。

「さゆのこと、ずっと好きだったんだけど、気づいてた？」

　周りにいる人たちの話し声の中で、たっくんの声だけが

鮮明に聞こえる。

　恋愛経験がない私でも、今のがどういう意味かは……聞かなくてもわかる。

「私のことが好き？　たっくんが？」

「うん」

　私のことを、まっすぐな目で見てくるたっくんから、不思議と目をそらすことはできなかった。

「小さい頃から、ドジなさゆが放っておけなくて、可愛くて、ずっと好きだった」

　たっくんが、私を好き。

　夢のようなその現実を、あまりにも恋愛から離れすぎてた私は、すぐに受け止めることができなかった。

「ずっと、言おうと思ってたんだけど……」

　返事をするタイミングを完全に失い、ここで、奈津子と雄太くんと春くんがトイレから戻ってきた。

　次のコーナーへ行くために、その場を動こうとしたら、たっくんに優しくて手を握られた。

「危ないから、手繋ごうか」

「いいよいいよ！　大丈夫だよ！」

　それでも、たっくんは離してくれることなく、結局、水族館の最後まで私たちは手を繋いでいた。

　どうやら奈津子たち3人は、私とたっくんが手を繋いでるのを知っていたらしいが、気をつかって、気づかないフリをしてくれたらしい。トイレに行ったのも、私とたっくんを2人きりにするためだと後から聞いた。

家に帰ってから、奈津子に電話で報告と相談をした。

『きゃー！　おめでとう！　それはもう付き合う以外ない
でしょ！』

　奈津子に報告して初めて、たっくんから告白されたこと
を実感。

　両想いって嬉しい。

　まるで、夢の中にいるような気分……。

　次の日の日曜日は、柄にもなく夕飯を作ったりなんかし
ちゃって、お母さんとお父さんには当然不思議がられたけ
ど、私の頭の中はたっくんのことでいっぱいだった。

　次会ったら、ちゃんと返事しなくちゃ……！

　そう決意した。


　ウキウキしながら迎えた月曜日、自分の机に座るや否や、
たくさんの女の子たちに一瞬にして囲まれた。

「ねえねえ、拓海くんに告白されたって本当!?」

　ひとりの女の子がそう言ってきて、おもしろがるように、
周りの子たちも私のことをじっと見てきた。

「えっと、それは……」

　笑われながら、大勢に囲まれるこの感じ……天パをバカ
にされたあの頃を思い出して、すごく嫌な気持ちになった。

　落ち着くために、目をギュッとつぶってみるものの、ト
ラウマになったあの時の場面が、脳裏に浮かぶ。

「はいはーい。もうホームルーム始まるから、自分のクラ
スに戻ってー」

そこで、現れた奈津子が、私を取り囲む女の子たちを追い払ってくれたおかげで、私は、なんとかパニックにならずに済んだ。

しぶしぶ、その場からいなくなった女の子たちが、口々に「あんな子が好きなの?」「拓海くんがあんな子好きになる?」と言っているのが聞こえ、精神的にはかなりやられた。

「ありがとう、奈津子」

「いや、むしろ、さゆ大丈夫? ああやって囲まれると昔のこと思い出しちゃうんじゃない?」

天パをバカにされた過去のことを、奈津子には話し済みで、優しい奈津子は助けてくれた上に、心配までしてくれた。

「でも、なんでたっくんが告白したこと知ってるんだろう」

「さっき、他のクラスの友達に聞いたら、あたしたちが水族館に行ってた日、同じ学校の女子たちも水族館に来てて、小川拓海のことが気になってたからか、ずっと私たちのあとをつけてたらしいんだよね」

「そうなの!? じゃあ、私たちの会話、聞かれてたってことか……」

きっと、その女の子たちが噂を広めたに違いない。

たっくんはモテるから、こんなことがあってもしょうがないとは思う。

でも、さっきみたいな怖い思いは……もうしたくない。

誰かを好きになるって、大変なんだな。

授業の間の休み時間も、他のクラスから私を見に来る人が何人かいて、お昼の時間は、お弁当を集中して食べられそうになかったから、奈津子とふたりで中庭に行って食べた。

「さゆ、大丈夫？」

　この半日だけで、10歳くらい老けたんじゃないかって自分でも思う。

　それくらい疲れた。

「もし、もしも、このままたっくんと付き合うってことになったら、きっと、今日みたいな騒ぎじゃ……済まないよね」

「そうだね。大多数の女子を敵にすることになるだろうし、覚悟しておかなきゃいけないと思うよ」

　付き合うって、お互いが好き同士だから、はい、付き合いましょうって簡単にいくものだと思っていたけど……そうじゃないらしい。

　果たして、今の自分に、あの女の子たちの威圧感に勝てる力があるのだろうか。


　帰りのホームルームが終わり、女の子たちに囲まれる前に帰ろうと席を立つと、目の前には、たっくんがいた。

「あのさ、今日、一緒に帰らない？」

　まさかの、帰りのお誘いで、正直とても嬉しかった。

　でも、頭をよぎるのは……今日１日付きまとってきた、たっくんを好きな女の子たち。

「ごめんね。今日はちょっと用事があって……」

これで一緒に帰ったりなんかしたら、さらに、明日質問攻めにあうんじゃないかと思い、とっさに断ってしまった。

悲しそうなたっくんの顔を見て、心が痛み、いてもたってもいられず、その場から逃げるように教室をあとにした。

……きっと、嫌われただろうな。

けど、一緒に帰る覚悟もできない私なんか、嫌われたほうがいいのかもしれない。

そもそも、たっくんと私が釣り合うわけがないんだ。

それでも……さすがに逃げるように出てきちゃったのは悪かったなと思って、たっくんに謝ろうとした。

次の日、タイミングを見て、たっくんに声をかけようと思ったけど、私もたっくんも女の子たちに囲まれていたため、近づくことさえできなかった。

謝ることも、告白の返事をすることもできず、私とたっくんの間には、距離ができてしまった。

私は、周りにいる女の子たちの視線が気になってしまい、無意識のうちに、たっくんが近くにいると、避けるようになった。

申し訳なく思いつつ、自分の心の弱さに勝つことができず、約1週間、たっくんとはひと言も話すことなく、時間が過ぎた。

そんなある日、家庭科の授業を受けるため、家庭科室まで移動している時、持っていた教科書と筆箱が手から滑り落ちた。

奈津子は風邪で休んでいて、私ひとりでいたため、恥ず
かしさから、急いで拾おうとした……その時、うしろから
同じクラスの男の子３人が拾ってくれた。

「あ、ありがとう……」

「いいよいいよー。ほら、最近小川と一緒にいないから、
俺らが助けてあげなきゃってて、話してたんだよね」

話したこともない男の子たちが、拾ってくれた教科書や
筆箱を渡してくれた。

そして、流れで私の両隣に並び、そのまま歩き始める男
の子たち。

たっくんは、どんなに近くにいても平気だったのに、やっ
ぱり、たっくん以外の男の子は、どうも苦手で……隣で歩
いてるだけでも、違和感を覚えてしまう。

「小川に告白されたって、本当？」

「今一緒にいないってことは、さゆちゃんが小川のことフっ
たの？」

「じゃあ、俺らの誰かも、さゆちゃんと付き合える可能性
があるって思っていい？」

初めて話すのに、ウソを本当のことのように話す男の子
たちに、だんだん苛立ちを覚えた。

たっくんと普通に話せるから、もしかしたら男の子が苦
手なのも克服できたんじゃないかって思っていたけど、そ
れは、どうやら違ったみたいだ。

「ほんと、たっくんとはなにもないから……」

「え!?　たっくん!?　たっくんって呼んでるの!?　なら俺

私だけのヒーロー　》》131

も敦だから、あっくんって呼んでほしいなー」
　とっさに出てしまった"たっくん"に注目され、恥ずか
しくなって、歩いていた足を思わず止めた。
「あれ？　どうしたの？」
「大丈夫！　あの、先に、行っててください……」
「ええー、いいよ、待ってるよー！」
　私が嫌がってるのに、まったく気づかない男の子たちは、
再び私の近くまで来て、今度は「どうしたの？　具合悪い
の？」と顔を近づけてきた。
　近い近い……！
　今度こそ、本気で無理!!!
　あと少しで逃げ出そう……としたその時、「さゆの代わ
りに俺が呼んであげようか？　あっくん」と聞き覚えのあ
る声が聞こえてきた。
　その声の主はたっくんで、まさかのたっくん登場に驚き
を隠せない男の子たちは、「俺ら、失礼しまーす！」と、
小走りでその場に立ち去っていった。
　久しぶりのたっくんに、どうしていいかわからない私は、
ただただその場に立ち尽くした。
「さゆ、気づいてないみたいだけど、クラスの男子たちか
ら密かに人気あるよ」
「え？」
「今のやつらも、さゆのことが気になってるんじゃない？」
「そんなことないよ……」
　チラッと横を見ると、不機嫌そうなたっくんがいた。

「まぁ、俺には関係ないか」

　たっくんはそう言って、先をどんどん歩いて行ってしまった。

　助けてくれたのかと思いきや、最後はなんだかイライラした口調で、いつもとあきらかに違うたっくんに、戸惑いを隠せなかった。


　初めての恋に初めてのデート、そして初めてのすれ違い、初めて尽くしの生活を送っていたせいか、ある日、私は熱を出して学校を休んだ。

　ちょうど、女の子たちに囲まれることが苦痛になっていたので、学校を休めて、内心ホッとした自分がいた。

　久しぶりの熱に、午前中はほとんど寝て過ごし、お昼ご飯のおかゆを少し食べ、再び眠りについた。

　コンコン、というドアを叩く音で起きた私は、ふと時計に目をやる。

　夕方の４時。ご飯を食べてから、約２時間半も寝ていたらしい。

　たくさん寝たからか、なんとなく体が楽になった気がした。

「さゆ、ちょっと入るわよー」

　そう言って入ってきたのはお母さんで、ドアから顔だけ出して、ゆっくりと部屋を見回し始めた。

「うん。部屋はきれいだから大丈夫よね。体調はどう？」

「体調？　寝たらだいぶよくなったけど……部屋は大丈

夫って、なんで？」
「わざわざお見舞いに来てくれたのよ」
　そう答えたお母さんのうしろから登場したのは……。
「た、たっくん……！」
　縮毛矯正が取れかけている天パに、すっぴんにパジャマ
姿。
　今の私は、見せられる状態ではまったくない。
　かといって、わざわざ家までお見舞いに来てくれたたっ
くんを、送り返せるほどの度胸は持ち合わせておらず、と
りあえず、たっくんには部屋に入ってもらった。
　掛け布団を鼻までかぶり、なるべく、すっぴんパジャマ
姿を見られないようにした。
　たっくんは、部屋の真ん中に置いてあるローテーブルの
近くに、私のほうを向いて座った。
「体調は、どう？」
「とりあえず、熱は下がったよ」
　そこから会話が続くことはなく、気まずい時間が流れ、
しばらくしてたっくんが沈黙を破った。
「なんで布団で顔隠すの？」
「それは……すっぴんだし、パジャマだし、髪の毛もなに
もしてないから」
「気にしないのに。髪の毛も……くるくるなの可愛いと思
うよ」
「この天パ？」
「うん」

「可愛いなんて……初めて言われた。いつも、この髪の毛のせいでバカにされてたから」

　たっくんは、相変わらず優しい。

　だから、素を見せてもいいんじゃないかって思ってしまう。

「たぶん、羽鳥ってやつも、可愛いって思ってたんだと思うよ。素直になれなくて、からかっちゃったんじゃないかな」

「絶対ないよ。こんな私を好きになる人なんていない」

　私がそう言った瞬間、たっくんが立ち上がって、こっちに近づいてくるのがわかった。

　たっくんは、ベッドの隣にあぐらをかいて座り、チラッとこっちを見てきた。

「ここにいるよ。さゆのこと、好きなやつ」

「……」

「さゆのこと、ずっと好きなんだ」

　たっくんの切ない声に、私まで切なくなってくる。

　私だって、たっくんのことが好き。

　大好きだ。

　でも、どうしても、あと一歩が踏みきれない。

「私には、恋愛できる勇気がない。素の自分を見せる勇気だってないんだもん」

「そんなの俺だって同じだよ」

「え……？」

「コンプレックスがない人なんて、この世にいないと思う

私だけのヒーロー ≫ 135

よ。俺だって、もっと話し上手になって、さゆのこと笑わせたいなぁとか思うよ」

　たっくんが、そんなことを思ってくれていたなんて知らなかった。

　素直に嬉しいと思った。

「俺はどんなさゆも好き。さゆっていう、存在が好きなんだよ」

「たっくんに、私はふさわしくないよ」

「……女子に言われたことを気にしてるなら、もう怖い思いはさせない。俺から言っておくよ」

「どうして、そのことを……」

「さゆの友達に聞いた」

「でも、迷惑かけたくない……」

「迷惑なんて思わない。俺が守るって言ってるじゃん。お願いだから……さゆの本当の気持ちを、教えて」

　たっくんの想いが、まっすぐに伝わってくる。

　周りに振り回されて、一度はたっくんのことを諦めようかと思ったけど、やっぱり最後に残る気持ちは……たっくんを好きって気持ち。

　私は、軽く手で髪の毛を整え、勇気を出して、鼻までかぶっていた布団を取った。

　そして、ベッドから出てたっくんの隣に座り、彼の目をまっすぐ見つめた。

「私も、たっくんのことが、大好きです。私と、付き合ってくれますか？」

心臓の音がたっくんに聞こえるんじゃないかってくらい、過去最高にドキドキしている。
「こんな俺でよければ、よろしくお願いします」
　そんな私に、たっくんは深々とお辞儀をし、私たちは笑いあった。
「16年間生きてきたけど、今、初めて、女の子に生まれてよかったって思えたかもしれない」
　過去のトラウマも関係ないと思えるくらい、たっくんとは、一緒にいて心地がいい。
「たっくんのことを好きになって、たっくんに好きになってもらえて、すごく幸せ」
　心の声が自然と溢れる。
「さゆは知らないかもしれないけど、小学校の頃から、俺はさゆのことが好きだったよ」
「そ、そうなのっ？」
「なにに対しても興味が持てないこの俺が、さゆのことは、だんだん気になるようになってて」
「……」
「いつもニコニコしてるのを見て、いつの間にか好きになってた」
　今日は驚くことばかりで、私の頭の中がパンクしないか心配になってしまう。
　小学生の頃から私のことを好きでいてくれたなんて……過去に戻れる機会があったら、小学生の私に、今すぐその事実を教えてあげたい。

「なんか……ありがとうございます」

とりあえずなにか言わなきゃと思い、とっさにお礼が出た。

たっくんは、それに対して、うつむきながら声を出して少し笑った。

そして、ゆっくりと私のことを見つめて、再び口角を上げた。

「今年同じクラスになって、ドジすぎるさゆを見るたびに放っておけなくて、気づいたら、助けに行ってた」

「その節は、本当に助かりました」

「ははっ。なに、その堅苦しいお礼」

深々と頭を下げる私に、おかしそうに笑い始めたたっくん。

「本当だよ？　本当に助かってるんだよ！」

「わかってるよ。俺も、さゆが可愛いから助けてるんだよ」

か、かか、可愛い……。

たっくんからの"可愛い"は、威力が本当にすごい。

「さゆ？」

キュンキュンのし過ぎで、胸が苦しくなってきた私。

たっくんは、そんな私を心配するように、私の頭をそっと撫でてきた。

「なんでもないよっ。ありがとうっ」

そう言って、頭に触れていたたっくんの手首をつかんだ瞬間……思ったよりも、たっくんの顔が近いことにビックリしてしまい、そのままうしろにバランスを崩し、うしろ

へと倒れてしまった。

　たっくんの手首をつかんだまま倒れてしまったので、も
ちろん、たっくんも道連れになってしまった。

「キャッ」

　背中をつけて寝っ転がる形になった私の上に、覆いかぶ
さるように、たっくんが倒れてきた。

　私の顔の横で肘をついたたっくんも驚いていて、顔の距
離は、ほんの数センチ。

　恥ずかしくて顔をそらしたいけど、いまだかつてないほ
どに速くなる鼓動と、突然の出来事に脳が完全に思考停止
した。

　そのせいで、体はまったく動かず、胸の前で両手をギュッ
と握ることしかできなかった。

　うしろに倒れたのに痛くないのは、どうやらたっくんが
手で私の頭を支えてくれているからみたい。

　変な空気が流れる。

　こ、これって、もしかして……。

　すると、たっくんの顔がさらに近づいてきて……私は、
流れに身を任せ、目をつぶった。

　けど、たっくんの唇が当たったのは私の鼻で……思わず、
目を開けてしまった。

　至近距離で合う目と目。

　まさかの鼻チューに、私もたっくんも緊張が一気に解け、
「ふふっ」とふたりして笑いが込み上げてきた。

「さゆ、大丈夫？」

私の腕を引っ張り、起き上がらせてくれるたっくん。

「うん。ありがとう」

　恋愛初心者同士の私たちは、自分たちのペースで進んで
いけたらいいね。

　たっくんの温かい手を握りながら、そう思った。

## ▶拓海 side presented by みゅーな＊＊

　ある日の放課後のこと。

　さゆと想いが通じ合って、1ヶ月と少しが過ぎた頃。

　付き合うまでは、お互い話すことも一緒にいる時間も少なかったけれど、最近はそんなことはなく、登下校を一緒にするようになったし、よく話すようにもなった。

　付き合い始めの頃は、さゆが周りの目を気にして一緒に登下校をするのに抵抗があった。けれど、案外周りって自分が気にしている以上に他人を気にしていないところがあるから、俺とさゆが一緒にいてもなにか言ってくるやつはいない。

　なんなら俺は付き合ってるってはっきり言ってもいいと思うくらい。そうすれば、さゆに近づく男も減るだろうから。

　まあ、でもそんな目立つことをしたら、さゆが嫌がるだろうからしないけど。

　今はさゆとふたりで並び歩いて、家に帰っているところ。

　隣にいるさゆは、なにか言いたいことがあるのか、俺の顔をチラチラ見たり、目が合えば慌ててそらしたり。

「さゆ？」

「は、はい……っ！」

　名前を呼んで顔を覗き込んでみると、あからさまな動揺っぷり。いつものさゆらしくない。

私だけのヒーロー ≫ 141

「……どうかした？　なにか言いたいことある？」
　聞き出そうとすると、さゆが足をピタッと止めて下を向いた。
「……？」
　いったいどうしたんだろうと、同じように足を止める。
　再び顔を見ようとしたら、さゆの顔が突然パッと上がって、しっかり目があった。
「あ、あのね、たっくん！　今週の日曜日ってヒマだったりする……かな？」
「今週？　んー、とくに予定ないけど」
「たっくんさえよければ……その、よかったら日曜日私の家に遊びに来ない……っ？」
　頬を赤くしながら、誘ってくれている様子から、おそらく勇気を出して言ってくれたんだと思う。
　付き合ってからは、学校帰りに、たまにさゆが俺の家に来ることはあったけれど、俺がさゆの家に行くのは初めて。
「だ、ダメかな？」
「いいよ。さゆからの誘い断るわけないじゃん」
「ほ、ほんと……っ!?」
「ほんと。俺さゆには嘘言わないよ」
「やった……！　嬉しいなぁ、お休みの日もたっくんに会えるなんて」
　ニコニコ笑いながら、その場でピョンピョン飛び跳ねているさゆ。
　これくらいで喜んでもらえるなら、いくらでもさゆのお

願いは聞いてあげたいと思う。

　こうして付き合い出して初めて、さゆの家にお邪魔することになった。

　さゆのことだから、変な意味で誘ってきたわけじゃないのは承知してるつもり。

　けど、少しの時間だけでも、さゆを独占できたらいいかも……なんて。


　そして迎えた日曜日。

　自分の家を出て、徒歩５分足らずでさゆの家の前に着いた。

　インターホンを鳴らして数秒後。中からドタドタと音が聞こえてきて、その直後ドンッと鈍い音がした。

　……たぶん、慌てたさゆが転んだに違いない。

　心配になり扉に手をかけたけれど、先にさゆの手によって扉が開いた。

「あっ、待たせてごめんね……っ」

「いや全然。さゆのほうこそ、だいじょ──」

　中から出てきたさゆの姿を見て思わずフリーズして、途中で言葉を失った。

　ピンクの薄手のパーカーに、中はたぶんキャミソール１枚に、下は短パンだし……。

　なんかいろいろやばいような気しかしない。

　いつもよりだいぶ無防備な姿に、さっそくグラッとくる情けない自分の理性。

私だけのヒーロー ≫ 143

　可愛すぎてずっと見ていたいと思うけれど、ずっと見て
いたらそれこそ手を出してしまいそうという、なんともい
えない状況。

「たっくん……？」

　俺がなにも言わないから不安になったのか、首を少し傾
げてこちらを見てくる表情にすらクラッとくる。

　無自覚って罪……。

　ここは冷静になにか他のことを考えて、会話をうまく続
けるしかない。

「さゆケガしてない？」

「な、なんで？」

「出てくる前、転ばなかった？」

「あっ、慌てたら転びそうになったけど大丈夫！」

「慌てなくてもよかったのに」

　さゆは昔から本当にドジだから、目が離せない。

　すると、頬を少し膨らませて小さな声で……。

「だって、たっくんに早く会いたくて」

　だんだん赤くなっていく頬。こういう可愛いことを言う
のは計算なのって疑いたくなる。だけど、さゆがそんなあ
ざとさを持ち合わせているわけないから、天然って恐ろし
いなって思う。

「……俺もさゆに会いたかったよ」

「っ……！」

「ドジなのも可愛いけど、ほどほどにして。心配するから」

「たっくん優しすぎるよ……っ」

「さゆ限定だよ」

　頭を軽くポンポンッと撫でると、さっきよりも頬が赤く
なっていく。それを隠すように顔を手で覆う仕草すら可愛
い……なんて思いながら、さゆの部屋に通された。

「あ、ゆっくりくつろいでね」

「……ん、ありがと」

　とりあえず、ずっと突っ立っているわけにもいかないの
で、ベッドのそばに腰を下ろした。

　さゆも俺のそばに座ってくれればいいのに、なにやらそ
わそわして、落ち着かないのか部屋中をうろうろ。

「さーゆ？」

「えっ……うわっ！」

　しまいにはなにもないところで足を滑らせて、転びそう
になる。とっさに体が動いて間一髪、転ぶ前にさゆの体を
キャッチできた。

　……本当に危なっかしい。

　そのままうしろからギュッと抱きしめた。

「はい、つかまえた。相変わらずさゆはドジだから目が離
せない」

「う……っ」

　俺の腕の中にすっぽり収まる小柄な体。

　華奢すぎて、強く抱きしめたら折れてしまうんじゃない
かってくらい。

「さゆ細いし軽すぎ」

「細くないよ。むしろもっと痩せないとって思うもん」

私だけのヒーロー ≫ 145

「十分細いのに」

「男の子にはわかんないことなの」

　どうやら俺には理解できない事情があるっぽい。

　さゆの頬を軽く、むにっと引っぱると。

「いひゃいよ……」

　痛くない程度に触れたつもりだったけれど、さゆはとても嫌そうな声で言った。

「ほっぺ触られるの嫌なの」

「なんで？」

「だって、ぶにょぶにょしてるから」

　……ぶにょぶにょってすごい効果音が独特。

　そんな気にするほどでもないし、むしろやわらくて程よい感じなのに。

「そんな気にする？」

「気にするの……っ！　もう触っちゃダメだよっ」

　体の向きをくるりと変えて頬を触る俺の手を、小さな手で必死につかんできた。

　おまけに頬を膨らませて、俺を見上げてくるから。

「あー……、もうちょっと限界」

　我慢なんて言葉が一瞬どこかへ吹き飛んでしまい、隙をついてさゆの頬に軽くキスを落とした。

「っ……！」

「……頼むからあんま煽んないで」

「あお……る？」

　ポカンとしている様子から、俺の言っていることがいま

いち理解できていないんだと思う。

そりゃそっか。俺が知る限り、さゆって絶対天然だし、こういうこと慣れてないだろうし。

まあ、俺も恋愛経験が乏しいから、リードできるほどじゃないけど。

「んー……、いや、なんでもない。俺が我慢できるようにがんばることにする」

「……？」

にしても、ここまでくるのに本当に長かったと思う。

今、俺の腕の中にさゆがいて、こんなふうにさゆに触れているなんて、少し前の俺じゃ考えられなかったと思う。

もともと近所に住んでいて、幼小中高と一緒だったし、親同士が仲がよかったけれど、さゆと俺の接点はほとんどないに等しかった。

小さい頃は、家族ぐるみで一緒に出かけたりすることはあった。その頃から、さゆのドジさは変わらない。

幼いながら、ドジなさゆを守れるのは自分しかいないとか勝手に思い始めて、気づいたらさゆを好きになっていた。

けど、さゆは俺のことをそんな対象では見ていなくて。

気づいたら想い続けて何年も過ぎていて、なにも進展することなく迎えた高2のクラス替え。

同じクラスになることができて、少しずつさゆとの距離が縮まった。

たぶん、いい感じになれたきっかけは、さゆと行った水族館での出来事。

一緒に来た雄太と春は、俺がさゆのことを好きだと知っているから、気を遣って俺とさゆをふたりっきりにしてくれた。

でも正直、さゆをずっと好きだった俺からしてみれば、誰とも付き合ったことがなくて、扱い方とかがさっぱりわからない。

水族館で、さゆのドジぶりが発揮された時も、俺から手を繋げば、とても恥ずかしそうにしていた様子から、たぶんさゆも恋愛にはあまり慣れていないと思った。

けど、ゆっくりでいいから……なにも急がなくても、時間をかけて距離を縮めていければ、それでいいと思っていた。

けれど、事態は急変。

俺がさゆのことを好きだと聞きつけたやつらが、変に噂を立てたせいで注目を浴びてしまい、それを気にしたさゆが俺と距離を置くようになった。

せっかく近づけた距離は、周りのちょっとしたことで、あっけなく溝が深まる。

これじゃ、また過去に戻ってしまうと焦ったけれど、さゆは俺のことを避けるようになったから、思うように行動に移すことができずにいた。

そして、さゆが熱を出して学校を休んだ時。

避けられていたけれど、どうしても顔が見たくて、さゆの家に行った。

会いに行って、もしかしたら会いたくないと拒絶される

かもしれないとか思ったけど、事情を知らないさゆのお母さんは、気を利かせて俺をさゆの部屋に通してくれた。

この時、さゆは周りの目と過去のことを気にして、自分に自信がないこと、素の自分を見せる勇気がないことを俺に打ち明けてくれた。

さらに、「たっくんに私はふさわしくないよ」とまで言った。きっと、周りにどう見られるのか気にしているんだと思った。

だけど、ふさわしいとか、ふさわしくないとか、そんなの周りが決めることじゃない。俺がさゆのことが好きで、そばにいてほしいと思ったから。

もし、さゆが少しでも俺を想う気持ちがあるのなら、受け入れてほしかった。だって、何年もかけて手に入れたいと思った存在だから。

万が一、俺たちをよく思わない周りのやつがさゆに危害を加えるなら、俺がさゆのことを守るって決めたから——。


「たっくん……？」

さゆの声を聞いて、ハッとした。

さゆを抱きしめたまま、過去のことを思い出しながら、完全に自分の世界に入り込んでいた。

さゆが不思議そうな顔をしながらこちらを見てくる。

「どうかしたの？　なにか考えごとしてたの？」

「考えごとっていうか……さゆが今こうして俺のそばにいることが幸せだなって」

私だけのヒーロー ≫ 149

　さゆに好きだと伝えずに、なにもなく終わっていたら、
この時間を過ごすことすらできなかった。
　まあ、もっと早くから行動に移していればよかったんだ
けど……。
　すると、さゆが俺の瞳をしっかり見ながら。
「わ、私も、たっくんのそばにいられて幸せだよ……っ」
　そう言いながら、ギュッと抱きついてくるから、可愛く
て仕方ない。
　天然と可愛さの融合って、思った以上に破壊力がすごい。
　なんとか意識を他に向けるために、さゆの髪に触れてみ
ると、ちょっとだけ浮かない顔をされた。
「髪触られるの嫌だった？」
「い、嫌ってわけじゃないけど……」
　そういえば、熱で学校を休んで俺がさゆの家に行った時、
たしか髪のことを気にしてたっけ。
　今も髪のことを気にして、学校に行く時は時間をかけて
直しているみたいだし。
　本人はすごく気にしているかもしれないけれど、俺から
してみれば、それも全部含めてさゆの可愛さだって思うの
に。
「私、自分の髪あんまり好きじゃない……から」
「なんで？」
「だって、他の子と違って髪質あんまりよくないし……。
それに昔、この髪のせいでいろいろ言われた……から」
　きっと、さゆが自分に自信がないのも、周りの目を気に

するのも、原因は昔のことがトラウマっぽい。

　人の容姿について、とやかく文句を言ったり、からかったりするやつらは本当にくだらないと思う。

　それでさゆが傷ついていると思うと、なおさら腹が立つし、なにもしてあげられなかった自分にも腹が立つ。

「……ごめん、なんか嫌な気分にさせて」

「う、ううん。たっくんは悪くないよ……！　ただ、どうしても過去に言われたことって、ずっと気になっちゃって」

　精いっぱい俺に気を遣って、振る舞ってくれる姿を見たら、それを全部包み込んでしまいたいと思う。

「……さゆは可愛いから。もっと自分に自信持っていいのに」

「そんな可愛くないよ……っ！」

　本当にお世辞抜きで、さゆは誰が見ても可愛いから。

　狙ってる男だって多いし。

　まあ、自分の可愛さを自覚してないところも、また可愛いんだけどさ。

「俺はどんなさゆでも好き。さゆの全部が可愛いと思う」

　髪に軽く触れながら、そのまま髪にキスを落とすと、カァッと紅潮していくさゆの頬。

「そんなストレートに言われたら恥ずかしいよ」

　少し潤んだ瞳で上目遣いで見てくるし、体が密着してるし、なんだかいろいろまずくなってきた。

　すると、さゆが突然なにかを思い出した顔をして、手をポンッと叩いた。

「あっ、そうだ！ 実はね、お母さんがケーキ買ってきてくれてたの。よかったら一緒に食べよ？」

「あー……うん」

「じゃあ持ってくるね！」

　俺の腕の中からスッと離れて部屋を出ていったさゆ。

「はぁ……あぶな」

　さゆが出ていった途端、ため息がもれて頭を抱えた。

　正直、このタイミングで離れてくれてよかった。

　あと少し遅かったら、変な気を起こしていたかもしれない。

　ってか、この状況で俺あと何時間持つんだろう。

　ふたりっきりでいられるのは嬉しい反面、さゆのことを考えたら簡単に手を出せないから拷問っていうか。

　まだ付き合いだしてから日は浅いし、手を繋いだり、抱きしめたりするだけで赤面状態になるさゆ。キスだって数えられるくらいしかしてない。

　さゆのペースに合わせたいし、焦って怖がらせるようなことだけはしたくない。

　そういえば、今日この家ってさゆ以外いないわけ……？

　いつも出迎えてくれるさゆのお母さんの姿を見ていないことに今さら気づいた。

　まさか、この家でさゆとふたりっきりって？

　ますますやばい……何か起こってもおかしくないこのシチュエーション。

　男ってほんと苦労する生き物なんだな……と。

再びため息がもれそうになったところで、部屋の扉がガチャッと開く音がして抑えた。
「あ、お待たせ。たっくんはコーヒーでよかった？」
「あー……うん」
　俺があまり甘いのが得意ではないのをさゆが知っていてくれたから、コーヒーを淹れてくれたに違いない。
　テーブルに置かれた、生クリームがたっぷりのフルーツケーキと、アップルパイ。
　さゆは俺と違って甘党だから、スイーツとかには目がない。
　これ、両方ともさゆが好きそうなやつな気がする。
「たっくんはどっちがいい？」
「さゆは？」
「うーん……迷っちゃうなぁ」
　ケーキをジーッと見比べている姿すら可愛い。
「じゃあ、どっちも食べられるように半分こする？」
「うんっ！」
　正直、俺は食べなくてもいいんだけど、せっかくさゆが一緒に食べようと言ってくれたので断るわけにもいかない。
　ふたつあるケーキをどちらもフォークで半分に切り分けて、さゆが目をキラキラさせながらパクッと口に運ぶ。
「んー！　たっくん、このフルーツケーキすごくおいしいよ！」
　おいしいことをわかってほしいのか、共感を求めて俺の

ほうを向くけど、口の端っこに生クリームがついているこ
とにまったく気づいていない。

「さゆ……そのまま動かないで」

「へ……っ？」

　さゆの可愛さって底が知れない。

　たぶん、俺にはさゆがなにをしても可愛いの対象にしか
見えないんだと思う。

　スッと、さゆの頬に優しく手を伸ばして、顔を近づける
と、一瞬ピクリと動いた。

「た、たっく──」

「さゆはドジだね」

　ポカンとした顔で、なにが起きているのか理解できてい
ないさゆを差し置いて、唇の横についた生クリームをペ
ロッと舐めてあげた。

「っ……!?」

　いきなりのことにびっくりしたのか、大きな目をさらに
見開いて固まった。

「い、今……、く、唇……っ」

「……クリームついてた」

「ぬぅ……っ」

　あ、照れた。本当にわかりやすい。

　さゆは顔に出やすいから、絶対嘘をつけないタイプ。

　言い換えるなら素直。それに加えて天然。

「さゆは反応がいちいち可愛いから」

「うぅ……、からかってるの？」

「からかってないよ。思ってること言っただけ」

　本当は恥ずかしがるさゆをもう少し見たいと思ったけれど、これ以上やって嫌われたりしたら元も子もないので、この辺にしておかないと。

　すると、さゆが急にうつむいて、自分の服の裾を小さな手でギュッと握りながら言った。

「私は……たっくんみたいに慣れてないから。いつも私ばっかりが恥ずかしくて、いっぱいいっぱいだから。たっくんみたいに余裕ないもん……っ」

　余裕……？　さゆから見たら俺は余裕があるように見えるってこと？

「俺さー……さゆが思ってるほど余裕ないよ」

「う、嘘だ」

「ほんと」

　少し強引にさゆの手を、自分の胸元へ持っていく。

「ほら。俺だってさゆとふたりでいたら結構余裕ない」

　ただ、顔に出ないだけ。

　というか、出さないようにしてるんだけども。

「たっくんも、ドキドキしてるの？」

「そりゃするよ」

「全然そんなふうに見えないのに」

「隠してるだけ」

　まだなにか納得がいかないのか、少し不安そうな表情を浮かべながら、唇をムッと尖らせるさゆ。

「でも……、女の子の扱い慣れてるような気がする」

私だけのヒーロー ≫ 155

「ないって。だって俺、小さい頃からずっとさゆのことしか見てなかったし」

　さゆ以外とか眼中にもなかった。

　これは今も昔も変わらない。

　大げさかもしれないけれど、さゆ以上の子なんてこれから先現れると思えない。

「ほ、本当に私以外の子と付き合ったことないの?」

「ないよ。……だって、俺にはずっとさゆだけだから。前にも言ったじゃん」

　この言葉に嘘偽りはないから。

　それくらい、俺は目の前のさゆしか見ていない。

　すると、さっきの不安そうな顔から一変、ふわっとやわらかく笑いながら。

「よかった……っ。もしね、たっくんが他の女の子ともこういうことしてたらすごく嫌だって思っちゃって。過去のことにヤキモチとか変……かな」

「あー……もう、さゆって俺を翻弄するのが得意なの?」

「えっ?」

　普通なら言うのをためらうことをストレートに言ってくるから、俺の心臓は持ちそうにない。

「……さゆからのヤキモチならいくらでも嬉しい」

「えぇ……っ!」

　ギュウッとさゆを抱きしめると、「たっくんに抱きしめられるのすごく好きなの」なんて、可愛いこと言うから離してあげられなくなる。

しばらくして、再びケーキを食べ進めてから、映画の
DVDを見たり、ゆっくりふたりっきりの時間を過ごした。


　そして、さゆと順調にきていたある日。
　自分の部屋のベッドで寝転びながら、ふとスマホのカレ
ンダーを見て、あることに気がついた。
「……もうすぐさゆの誕生日」
　あと１週間後に、さゆの誕生日が迫っていた。
　せっかくだから、誕生日はどこかデートにでも行けたら
いいとか考えてはいるけれど、どこに行くかまだ決めてい
ないし、肝心のプレゼントも買えていない。
　ちなみに、さゆの誕生日はたまたま日曜日なので、さゆ
の予定が埋まっていなければ１日一緒に過ごせる。
　とりあえず明日、学校でさゆの予定を聞いてみようと決
めて、その日は眠りについた。


　そして迎えた翌日の昼休み。
　いつも昼は別々に食べているけれど、今日はさゆを屋上
に誘ってふたりで食べることに。
　教室だと騒がしいし、落ち着いて話せないだろうから。
　屋上の出入りは少なく、今日はラッキーなことに俺とさ
ゆ以外、誰もいない。
　壁を背にして、そのまま隣同士で腰を下ろす。
「珍しいね、たっくんが一緒にお昼食べようって誘ってく
れるなんて」

さゆは持ってきた弁当を自分の膝の上に置いて、さっそく食べ始めていた。

「教室だと騒がしいし、たまにはふたりでお昼もいいかと思って。聞きたいこともあるし」

「聞きたいこと？」

　首を傾げながら、キョトンとしているさゆ。

「さゆさ、今週の日曜日って予定あったりする？」

「今週？　うーん、たしかなにもなかったと思う！」

　スカートのポケットからスマホを取り出し、スケジュールを確認しながら言う。

「じゃあ、ふたりでどっか行こっか」

「えっ！　ほんと？」

　あきらかに、さっきよりも明るい笑顔を見せてくれた。

「うん、ほんと。さゆは行きたいところとかある？」

「行きたいところかぁ……。たっくんと一緒だったらどこでもいいよ！」

　本当、よくできた彼女だと思う。

「そっか。じゃあ、俺が行き先考えとくから」

「うんっ、楽しみにしてるね！」

　ってか、ふと思ったんだけど、さゆって自分の誕生日ちゃんと覚えてる？

　今の反応だと、誕生日だからとかじゃなく、普通にデートに誘ってもらえたって感じがしたし。

　天然なさゆのことだから、当日まで自分の誕生日に気づかなそう。

こうして、誕生日当日デートの約束をすることはできた。
　まず、どこに行くか決めなくてはいけないし、なにかプレゼントを用意しなければいけない。
　にしても、さゆが欲しがるものがいまいちわからない。
　というか、女子って誕生日になにをもらったら嬉しいのかすらわからない。
　さゆ本人に聞くとサプライズにならないので、極力それは避けたい。
「さて……どうするか」
　なにも知識がない俺が頼ったのは——。
『はーい、もしもし』
「あ、瑞姫？」
『そうだよ〜。珍しいね、拓海が電話してくるなんて』
　俺のひとつ下で、いとこである佐藤瑞姫。
　久しぶりに連絡を取り、わけを話し、さゆへのプレゼント選びを手伝ってもらえないかと頼んでみた。
『なるほど〜。そういう事情ならいいよ〜！』
　すんなりオーケーしてもらえたので、2日後の放課後に会うことになった。


「あ〜、拓海！　久しぶりだね〜」
　そして約束の日。
　今日は、さゆに一緒に帰れないことを伝えて、駅から直接ショッピングモールへ向かい瑞姫と合流した。
　瑞姫は、さゆと少し似ていて、幼さが抜けない顔立ち。

おまけに耳より少し上の位置でツインテールをしているから、正直高校生に見えない。

「……久しぶり。急にごめん」

「もうビックリしたよ！　久しぶりに拓海から電話かかってきたと思ったら、彼女の誕生日プレゼント選び付き合ってだもんね～」

　瑞姫は学校が違うので、ショッピングモールでの待ち合わせにしてもらった。

「ついに拓海にも彼女というものができたのかぁ」

　モールの中へ入って、エスカレーターに乗ると、瑞姫が感心したような口調で話す。

「彼女さんどんな子なの？」

「……可愛いすぎる子」

「えぇ～、なにその具体性のない答え」

　つまんないという顔をされて、目的の階に着いた。

　ちなみに、瑞姫は同じ学校に２年付き合っている彼氏がいるから、俺のことはまったく恋愛対象としては見ていないので、そこは安心していいところ。

　もちろん、俺もそういう対象で見てはいなくて、どちらかというと妹って感じ。

「ねぇ、香水とかはどう？」

　連れてこられたのは、思わず鼻をつまみたくなるくらいの、いろんな匂いが混じっている香水が売られているフロア。

　他にも化粧品とか、あきらかに女子が足を踏み入れるフ

ロアで、男は確実に浮く。

「女の子は香水とかもらったら、結構嬉しいと思うけどなぁ。まあ、匂いって人それぞれ好みが違うから、プレゼントには難易度高めだけど」

　……さゆは香水のイメージがないっていうか、似合わないような気がする。

　香水って結構匂いがきついし、くどいものが多いから。

「んー……、さゆは香水つけるタイプじゃない」

「ふーん、彼女さんさゆちゃんっていうんだ。じゃあ、誕生日をきっかけにプレゼントしてみたら？」

　そう言いながら、瑞姫は香水をひとつ手に取って、自分の手首にワンプッシュした。

「ほら、これとかよくない？」

　手首を近づけられて、思わず眉間にシワを寄せる。

「……よくない。さゆにこんなきつい匂い似合わない」

「え〜、甘くていい香りじゃん」

「くどすぎ……。香水は却下」

「じゃあ、リップとかは〜？　あ、これ新作出てる〜可愛い〜！」

「……」

　瑞姫を頼ったのは間違いだったかもしれないと、先が思いやられる。

　かといって、自力で探す力はないに等しいので、瑞姫の力を借りるしかない。

　「じゃあ、アクセサリーとかはどう？」と言われて、別

のフロアに連れてこられたのはいいけれど。

「ひゃぁ～、見て拓海！　このブレスレットすごい可愛くない～？」

　プレゼント選びを放棄して、もはや自分のショッピングを楽しんでいる瑞姫。

「……微妙。さゆがしたら可愛いだろうけど」

「うわ～、失礼しちゃう」

　結局、途中から瑞姫の見たいものを見て回っているだけで、なかなかいいものが見つからない。

　諦めかけて、最後に雑貨屋らしき店に寄った。

　その時、あるものが目に留まった。

「拓海？　どうしたの、急に立ち止まっちゃって」

「あー……いや、これさゆに似合うかと思って」

「へぇ、じゃあ拓海のセンスでさゆちゃんに似合うの選んであげなよ～。私は他のもの見てるから」

　さゆの顔を頭の中で思い浮かべながら、似合うであろうものをチョイスし、ようやく買うことができた。

「やっと決まった？　拓海ってば選ぶのに時間かかりすぎ。無事に買えたの？」

「ん……、たぶん」

「たぶんって。まあ、でも拓海がそれだけ時間かけて選んだってことは、それだけさゆちゃんを想う気持ちが強いわけだ！　喜んでもらえるといいね」

「瑞姫、今日いろいろありがと」

「おっ、拓海が素直にお礼言ってる～！　珍しい～」

「……なにそれ」

「ふふっ、なんてね。どういたしまして。さゆちゃんと誕生日いい思い出作ってね」

「ん、ありがと」

　こうして、瑞姫とは途中の駅で別れた。


　誕生日当日を迎えるまで、いつもどおりさゆと顔を合わせる毎日は変わらなかった。

　けれど、どこか浮かない表情ばかりのさゆ。

　今だって、朝いつもと変わらずさゆを家まで迎えに行き、学校に向かう途中だけれど、顔色があまりよさそうに見えない。

「……さゆ、大丈夫？」

「あ……っ、うん……」

　俺が声をかけても反応がいまいち薄い。

　いつもだったら、もっと話をしてくれるのに。

「体調悪い？」

「悪くないよ……！　大丈夫……だから！」

　あまり顔を見られたくないのか、足早にその場から逃げるように会話を切られてしまった。

「無理してない？　顔色あんまよくな──」

「そんなことないから……！」

　いつもおとなしめのさゆが、少し強めに言い返してきたので驚いた。

　若干……様子が気になったけれど、今の感じからして、

きっと聞いても大丈夫の一点張りだろうから、あまり深く
突っ込まないことにした。

　まさか……さゆが誤解して、不安になっていたことも知
らずに――。


　そして迎えた誕生日当日。

　あれから数日間、さゆは無理をして会話をしたり笑顔を
作ってばかりで、なにがあったのか気になって仕方ない。

　かといって、俺がなにかあったのか聞いたところで答え
てはくれないので、なんとも言えない。

　今日１日、少しでもさゆの笑顔が見られたら……なんて
思いながら、インターホンを押した。

「あら～、拓海くん。久しぶりね～」

　扉を開けたのは、さゆのお母さんだった。

「あ……お久しぶりです」

「今日さゆと出かけるのよね？　あの子ったら、準備にす
ごく時間かかっちゃってね。寝坊したみたいで」

「寝坊……ですか」

「そうなの～。拓海くんと出かけるの楽しみにしてたみた
いなんだけど、最近あの子あんまり元気がなくて落ち込ん
でるみたいなの」

　やっぱり、さゆの様子がおかしいと思っていたのは俺だ
けじゃなかった。

　けど、いったいなにが原因でさゆは落ち込んでる……？

「拓海くん、なにがあったか知ってる？」

「いや……なにも知らない……です」

「そう〜。まあ、今日をすごく楽しみにしてたみたいだから、
1日さゆのことよろしくね？」

　さゆのお母さんが、にこっと笑って言うと、タイミング
よくうしろからドタドタと音が聞こえてきた。

　たぶん、準備が整ったさゆが来たに違いない。

「あっ、待たせてごめんね……っ！」

　髪の毛を少し気にする仕草を見せながら、慌てた様子で
俺の前に現れたさゆ。

　それからふたりで駅に向かい、目的の場所に行くために、
電車に乗った。

「……さゆ大丈夫？」

　休日ということもあって、電車の中はかなり混雑してい
て、小柄なさゆは人の間に挟まれている。

「ちょっと苦しいけど、大丈夫！」

　パッと顔を上げて、にこっと笑った。

　口では大丈夫と言うけど、さすがにこのままにしておく
わけにはいかないので、さゆの腕を軽くつかんで俺のほう
へ引き寄せた。

「へ……っ、たっくん？」

　壁にトンッと手をついて、さゆが苦しくならないように
スペースを作った。

「さゆ小柄だから埋もれないか心配」

「埋もれないよ……！　でも、たっくんみたいに背が高かっ
たらいいなぁとは思うよ」

「さゆはそのままで十分なのに」

　上から頭を軽くポンッと撫でると、さゆが顔を上げて、ムッとした顔でこちらを見る。

「十分じゃないもん、全然足りないもん」

　だいぶ不服そう。

　けど、こうやって明るく会話をしてくれるから正直ホッとしている。

　前みたいに元気がなさそうな様子は、今日は見受けられないので、このまま順調に楽しむことができたらいいと思った。


　電車に揺られること20分ほど。

　降りてから、数分歩いて到着した場所。

「あっ、遊園地だ！」

　本当はもっと他のところを考えたけれど、日帰りであまり遠くへは行けないから。

　そして、ここを選んだのは他にも理由があって。

　遊園地のすぐ近くに海があるから。

　帰るくらいになったら、そこを少し散歩して、プレゼントを渡したいと思った。

「遊園地なんてすごい久しぶりだよ！　すごく楽しみ！」

「……俺も久しぶり。最後に来たの小学生の頃だし」

　ゲートをくぐり抜けると、さゆが俺を追い越して小走りで楽しそうに進んでいく。

「たっくん、早く早く！」

はしゃぐのはいいけれど、さゆのことだから転びかねない。

　そう思った矢先、予想どおりさゆが体のバランスを崩して前に倒れそうになる。

「きゃ……っ！」

「……っと、あぶな」

　転ぶ寸前にさゆの腕をつかんで、転ぶのを防ぐことができた。

「あっ、ありがとう！　はしゃぎすぎちゃったかな」

「ん、いいよ。慌てなくても遊園地は逃げないから」

「えへへっ、そうだね」

　へにゃっと笑う顔も、ドジするところも可愛い。

「……そんな可愛い顔、他のやつに見せちゃダメだから」

「……？」

「あと、危ないからこうする」

　小さな手を包み込むようにギュッと握ると。

「手……繋ぐのなんか恥ずかしいね」

　なんて、これくらいのことで顔を赤くして、照れるさゆは本当にピュア。

「俺は恥ずかしくないけどね。さゆに変な虫がついたら困るから」

「む、虫!?　私、虫苦手だよ……！」

　どうやら、天然のさゆには変な虫＝男っていう意味がわからないっぽい。

「ん、大丈夫。俺がつかないように守ってあげるから」

私だけのヒーロー **>>** 167

　まあ、意味わかんなくてもいいか……なんて思いながら
アトラクションがあるほうへと足を進めた。
「わぁ、結構怖そうな絶叫系が多いね」
「さゆって絶叫得意だっけ？」
「うーん、微妙かなぁ。乗れなくはないけど」
「あんま無理しないようにね。気分悪くなったら言って」
「うん、ありがとう！」


　初っ端から結構ハードなものに乗ったせいで、降りてか
らかなり気分が悪くなった。
「たっくん、大丈夫？　なんか顔色悪いよ」
「ん……、大丈夫……」
　さゆの心配をしておいて、自分のほうが倒れそうになる
とか情けない。
　自分の三半規管がここまで弱いとは。
「大丈夫そうじゃないよ！　あ、ほらあそこにベンチある
から休もう？　歩けそうかな？」
「ん……」
　さゆに支えてもらいながら、空いている横長のベンチに
座った。
　気分の悪さのせいで、体から変な汗が出てくる。
　少し休めばよくなるだろうけど。
「汗すごいから、氷かなにか冷やすものもらってくるね！」
　本当に情けなさすぎ……。
　せっかくさゆを楽しませるために連れてきたのに、序盤

からこれって最悪じゃん……。

　はぁ、とため息がもれそうになると、さゆが走ってこちらに向かってくるのが見えた。

「お待たせ！　お店の人に氷もらえないか聞いたらもらえたから。はい、これで冷やして。あと、横になったほうがいいかな。私の膝の上に頭置いていいから」

　そう言われて、体を横にして、さゆの膝を借りた。

　横になると、冷たいハンカチのようなものが、おでこにあてられた。

「氷じかに触れると冷たいと思ったから、私のハンカチでくるんでみたんだけど、どうかな」

「……ん、ありがと」

　意識が少しぼんやりする中、目をうっすら開けていると、心配そうな顔をするさゆ。

「たっくん、大丈夫……？」

　小さな手で、優しくふわっと頭を撫でられて、なんだか心地がいい。

「……少し休んだら戻れるから。心配かけてごめん」

「うん、ゆっくりでいいからね」

　やわらかい笑顔を向けてくれて、それと同時に少しの間、まぶたを閉じた。


　それから30分くらいが過ぎて、気分はだいぶよくなった。

「本当に無理してない？　もう休まなくて大丈夫？」

私だけのヒーロー ≫ 169

「ん、もう大丈夫。さゆは心配性だね」

「だって、たっくんのことだから心配するよ！」

「……そっか。でも、俺もそんなやわじゃないから。時間
なくなるから、次さゆの乗りたいもの乗ろう」

「うん……。あっ、体調悪くなったらすぐに言ってね！」

　これじゃ、さっきと立場逆転してる……なんて思いなが
ら、いくつか軽めのアトラクションに乗った。


「んー、楽しかったぁ！」

　それから、何時間かアトラクションに乗ったり、休憩し
たりを繰り返していたら、午後の4時を過ぎた。

「けど、混んでたからあんまり乗れなかったね」

　待ち時間が長いのもあったせいで、まだ乗りたいものが
あったのか、少し落ち込んでいるさゆ。

「またふたりで来た時に乗ればいいよ」

　さゆが楽しかったと思えるのなら、またふたりで来ても
いいと思えるし。

「そうだね！　また来ようねっ！」

　そろそろ、ここを出て海のほうで少し散歩しようと誘お
うとしたら、さゆがなにかを思い出したように急に足を止
めた。

「あっ、最後にあれ……乗りたい」

　さゆが指さした先にあるのは、観覧車。

　デートで観覧車ってかなりベタな展開だけれど、さゆか
ら誘ってくれたなら断るわけがない。

「ん、いいよ」

　夕方ということもあって、昼間よりは人も減っていて、10分ほど待って乗ることができた。

　１周するのに15分くらいかかるので、その間、密室でふたりっきり。

「わぁ、どんどん上がっていくね！　人が小さく見える！」

　俺の隣に座るさゆは、外の景色に夢中のよう。

　俺はさゆがはしゃいでいる姿を見られればそれだけで十分……なんて思いながら見つめていると。

「あ、あのね、たっくん……」

　さっきまで外に向いていたさゆの視線が、急にこちらに向けられた。

「ん、どうかした？」

「あ、えっと……ね」

　なにやら周りをキョロキョロ見ながら、言うタイミングを見計らっているよう。

「……？」

「えっと……お願いがあって」

「うん、なに？」

　さゆからのお願いなら、なんだって聞いてあげるつもり。

「べ、ベタなんだけど……っ」

　語尾のほうがいまいち聞き取れなかったので、「ん？」と聞きながら、顔を近づけると……。

　一瞬、本当に一瞬……わずかに唇にやわらかさが伝わった。

私だけのヒーロー ≫ 171

　これは完全に不意打ちってやつで。

　驚きすぎて、思わず目を丸める。

　いや……だって今、さゆからキスしてきたから。

「っ、さゆ……？」

　唇が離れてから、さゆを見ると相当恥ずかしかったのか、頬を真っ赤に染めて、上目遣いで俺を見ている。

「観覧車の頂上で好きな人とキスすると、ずっと一緒にいられるっていうジンクス……あったから。……しちゃいました……」

　あぁ、なにこれ……可愛すぎてちょっと抑えがききそうにない。

「……どんだけ可愛いの。もう無理、我慢できない」

　下から掬い上げるように、さゆの小さな唇を塞いだ。

「た……っくん……っ」

　あー……、さゆからもれる甘い声が、俺をどんどんおかしくさせるから。

　無意識なのか、苦しさを表すように俺の服の裾をさゆの手が握ってきた。

　その仕草にすらクラクラして、どこで止めたらいいのか、完全に自分を見失いそうになる。

　さゆはキスに慣れていないせいか、体に力が入っているし、息も止めたまま。

「さゆ……口開けて」

「っ……、む……り……っ」

　これ以上を求めてしまうくらい、さゆが可愛くて、必死

になっている姿にすら夢中になる。

　けど、このままだと確実にまずいし、さゆの限界はとっくに過ぎているだろうから。

　名残惜しく、ゆっくり唇を離した。

「はぁ……っ」

「……苦しかった？」

「っ、く、苦しかった……っ。もう、ここ、観覧車の中なのに……っ！」

「先にキスしたのはさゆだよ？」

「うっ……」

　困った顔をしながら、あたふたしているから、ますますイジワルしたくなるっていうか……。

「さゆが可愛すぎたから」

「たっくんのイジワル……っ」

　少しの時間だけ、ふたりっきりの甘い時間を過ごした。


　遊園地を出てから、すぐに駅には向かわずに少し遠回りをして予定どおり海の近くを歩こうとさゆに提案した。

「海きれいだね……っ！」

　無邪気な笑みを浮かべながら、俺の元を離れて波打ち際にしゃがみこんで、手を伸ばし波に触れている。

「今日すごく楽しかったなぁ……」

　1日を思い出すように、さゆがボソッとつぶやいた。

「俺も楽しかったよ」

　ここ数日間、さゆの笑顔を見ていなかったから。

前まで元気がなさそうに見えたのは、気のせいかと思え
るくらい。
「いつか泳ぎに来れたらいいなぁ」
「……んじゃ、今度俺と来よっか」
「……」
　次の返事が来るまでに間があった。
　なぜか今、俺から見えるさゆの背中が、さびしそうに見
えるのは気のせい？
　シーンと静まりかえる空間で、聞こえるのは波の音だけ。
　さゆが次の言葉を発するまでの、ほんのわずかの間が妙
に緊張した。
　そっと、しゃがみこむさゆのそばへ近づこうとした時。
「今度って……、私はそれまでたっくんの隣にいられるの
かな……？」
　震えた小さな声を、聞き逃さなかった。
　やっぱり、さゆは俺に言えないなにかを隠していた。
「……俺の隣はさゆしかありえないよ」
　すると、しゃがみこんでいた状態から、スッと立ち上が
り、下を向いたまま俺の正面に立った。
　表情が見えないから、不安でしかない。
　さっき向けてくれた、無邪気な笑顔はもうなくなってい
るような気がして。
「……それって本当……っ？　たっくんの隣にいるのは私
でいいの……？」
　優しくさゆの両頬を手で包み込み、ゆっくり顔を上げさ

せると……。

「っ……」

　不安でいっぱいの瞳が揺れていた。

　あきらかに、ここは泣くタイミングじゃない。

　まるで今まで我慢していたものがプツリと切れて、こら
えきれずに涙を流しているようにも見えてしまう。

「さゆ……なんで泣いてる？」

「……っ、泣いてない」

「強がらないで答えて」

　首を横に振りながら、口をギュッとつぐむさゆ。

　理由を答えたがらないということは、泣いている原因は
少なからず俺にあるに違いない。

　さゆの大きな瞳からこぼれ落ちる涙を指でそっと拭う。

「……さゆ、お願いだから教えて」

　あまり怖がらせないように、強く言わないように、優し
く聞き出したつもり。

　しばらく沈黙が続いて、もう一度、俺が口を開こうとし
た時だった。

「この前……」

　ゆっくりと、さゆが口を開き始めた。

　俺はその小さな声を聞き逃さないように、しっかり耳を
傾ける。

「たっくんが……っ、私じゃない女の子と楽しそうに一緒
にいるところ見たの……っ」

　……俺がさゆ以外の子と？

そんな出来事あった……？と思いながら、記憶をたどっていく。

さゆは嘘をついたりする子ではないから、見たというのは間違いないと思うから。

「相手の子、すごく可愛かったから……っ。たっくんはもう私なんかに飽きちゃったのかなって……っ」

俺がさゆに飽きるなんて、絶対にありえないのに。

「さゆ以外の子になんて興味ないのに？」

「う、嘘だ……。この前、雑貨屋さんで楽しそうに買い物してたのに……っ？」

雑貨屋……買い物……。

このワードを聞いて、心当たりがあるのに気づいた。

あぁ……、もしかしたら瑞姫と会っていたのを偶然さゆが見てしまったのかもしれない。

きっと、俺にいとこがいるなんて知らないだろうから。

「さゆ違う。それは誤解だから俺の話聞いてほしい」

「……っ、誤解？」

「俺がその日、一緒にいたのはいとこの瑞姫」

「い、いとこ……？」

「そう。さゆは知らなかったと思うけど、俺よりひとつ下のいとこがいる。瑞姫は全然恋愛対象として見てないし、向こうも長く付き合ってる彼氏いるから」

「で、でも……っ、雑貨屋さんで見た時のたっくんの顔すごく嬉しそうだったのに……」

「あー……それ、さゆのこと考えてたから」

「え……っ？」

「たぶん、似合うだろうなって……想像したら口元緩んでたかもしれない」

「に、似合うって……」

「これ、さゆにプレゼントしたかったから」

　俺がプレゼントに選んだものは──くすんだピンクの、ベロア素材のリボンのバレッタ。

　包装してもらった袋から中身を取り出して、さゆの髪のサイドにつけてあげた。

「こ、これ私に……っ？」

「遅くなったけど、俺からの誕生日プレゼント」

　あの日、雑貨屋で見た時にピンときたもの。

　きっと、さゆに似合うだろうって。

「うぅ……っ、ありがとう……」

　泣きながら微笑んでいる、そんな表情を見て抱きしめずにはいられなかった。

「……不安にさせてごめん。さゆになにプレゼントしたらいいかわかんなくて、瑞姫に相談して買い物付き合ってもらってたから」

　こんなことになるなら、さゆの友達に聞くなりして、瑞姫を頼らずに自力でどうにかすればよかった。

「そ、そうだったんだ……っ。私のほうこそ理由聞かずに勝手に不安がって泣き出してごめんね」

　正直、さゆがもし俺から離れてしまったらなんて、最悪の事態を想定したら、絶対自分を恨みたくなる。

私だけのヒーロー **》177**

　いくらサプライズとはいえ、いとことはいえ、なにも言わずに他の子とふたりで出かけたから。

「……さゆは悪くないから。これからもさゆの隣にいるのは俺であってほしいし、手放すつもりもないよ」

「私も……、たっくんじゃなきゃ嫌だよ」

　精いっぱい背伸びをして、俺の首筋にさゆの細い腕が回ってきた。

　ギュッと離れないように抱きついてくる。

　俺もさゆの背中に腕を回して、隙間がないくらい抱きしめる。

「これ、毎日つけるね。すごく可愛い」

　顔が見えなくても、喜んでくれているのが声のトーンでわかる。

「あんま高価なものじゃなくてごめん」

「ううん……！　値段なんて関係ないよ。たっくんが私のことを考えて選んでプレゼントしてくれたことに意味があるって思うから」

「俺、さゆのそういうところ好き……」

「えっ……！」

　突然好きって伝えたから、少しビックリした様子。

　でも、今、口にせずにはいられなかったから。

「いきなり言われたら照れちゃうよ……っ」

「せっかくだから、さゆの照れた顔見たい」

　こうして抱き合ってるのもいいけど、今どんな顔をしているか見たかったりするから。

スッと体を離して。

「さゆ……好き」

　耳元でささやくように、もう一度伝えてみれば。

　すぐに下を向かれてしまい、顔を覗き込もうとしたら急に顔をパッと上げて。

「私も、たっくんが好きだよ……っ！」

　照れながらも、可愛らしい笑顔を向けて伝えてくれた。

　この笑顔をずっと守っていきたい……そう意味を込めて、キスを落とした——。


                                              End.

甘い秘密は、
ふたりきりの生徒会室で。

## ▶沙織 side presented by 天瀬ふゆ

　キミとの秘密の関係は、
　とびきり甘くて、ちょっぴりもどかしい。


　まだまだ春の気配が遠い、2月上旬。
　4時間目の世界史の授業が終わり、教室内がたちまち騒がしくなるお昼休み。
「バレンタイン、どうしよっかなあ……」
　机の中から生徒会用のクリアファイルを取り出していると、隣の席でスマホをいじっていた友だちが、ぽつりとつぶやきを落とした。
「あれ……？　ミナちゃん、彼氏いるの？」
　たしか、1月に別れちゃって以来、好きな人もいなかったはずじゃ……。
　きょとんとして尋ねれば、「んーん？」とかわいらしく首を振られた。
「逆だよ逆ぅ。バレンタインはね、彼氏を作るチャンスなのっ。なんていうかこう、女子力の塊みたいなチョコ渡して、またイケメンな彼氏ゲットするんだから。2月14日は決戦の日なんだよっ！」
「そうなんだ……。でもうちの高校、一応恋愛禁止だから、先生にはバレないようにね」
　といっても、隠れて付き合う生徒は少なくないし、発覚

しても厳重注意くらいの処置だから、あってないような校則かもしれないけれど。

　少なくとも……生徒会に属していない、一般の生徒にとっては。

「いや、反応うっす……。なに他人事みたいな顔してんの、沙織！」

「……えっ？」

「沙織はチョコ渡す相手とか考えてないのっ？」

　言いながらミナちゃんが見せてきたスマホの画面には、バレンタイン特集のネット記事が表示されていた。

　真っ先に目に飛び込んできたのは、【大好きなあの人へ、愛情いっぱいの甘〜いチョコを】なんて、語尾にハートマークのついた一文。

　その甘ったるいキャッチフレーズに、ほんの一瞬だけ、気を取られたあと。

　私は赤縁の眼鏡の位置を軽く直しながら、ミナちゃんににこ、とほほ笑んでみせた。

「チョコなら渡すつもりだよ。お父さんに」

「いやいやいや、お父さんて。華のJKが枯れすぎだし！ほら、沙織の周りにはちゃんといるでしょっ」

「いるって？」

「超ド級のイケメンズだよ！　現生徒会長と元生徒会長！」

　ミナちゃんの口から飛び出した、その役職名が示す人物に。

　……どきっ、と密かに胸が高鳴った。

「て言っても、競争率やばいだろうけど。去年あのふたりにチョコ渡した女の子は数知れないしねぇ……。みんな、いかに先生の目を盗んで受け取ってもらうかって、超真剣だったもん」

「……そんなに、たくさんいたんだ」

「そりゃそうでしょ。あたしは年上がタイプだから、どっちかっていうと元会長の池田先輩派だけど……。沙織は現会長の佐城くんと結構仲いいよね?」

「えっ、……うーん。まあ、佐城くんとは、1年生の頃から生徒会一緒だからね」

　動揺を悟られないよう、笑って話しながら、クリアファイルとランチバッグを持って立ち上がる。

「なになに、なんの話〜?」

　その時タイミングよく、お弁当を持った他の友だち数人がやってきた。

　内心ほっとして、彼女たちのほうを振り返る。

「ミナちゃんがバレンタインのことで悩んでるんだって。じゃあ、私は生徒会があるから行くね」

「えー、今日も仕事あるの?　働きすぎだよ副会長〜」

　席を離れる私を見て、不満げに唇を尖らせるミナちゃん。

　働きすぎ……なんて、全然そんなことない。

　それが当てはまるのは、私じゃなくて、現生徒会長だ。

「まあ、予餞会も近いしね……」

　予餞会とは、ちょうどバレンタインデーに催される、卒業間近の3年生を送り出すための学校行事。

甘い秘密は、ふたりきりの生徒会室で。 》183

　有志の部活や先生が出し物を披露して盛り上げたり、ス
ライドショーやムービー、合唱で涙を誘ったり……卒業式
を除いて、全校生徒で楽しむ最後のイベントだ。

　生徒会はその準備を任されているから、お昼休みも教室
で食べる暇がないくらい忙しい。

　……と、いうことにしている。

　眉を下げて笑いつつ、「私の席、使っていいからね」と
ミナちゃんたちに告げた私は、そのままそそくさと教室を
あとにした。


　暖房の効いた教室とは違って、冷気の漂う廊下を足早に
歩く。

　さっきのミナちゃんとの会話を思い出し、ふう……と小
さく息をついた。

　ちょっとだけ、危なかった……。

　でもきっと、不自然には思われなかったはず。

　渡り廊下を通って教室棟から管理棟へ移動し、１階へと
下りる。

　数年前、校長室と職員室の改築に伴い、生徒会室にあて
がわれるようになった元応接間。

　内開きのドアを静かに開けると、流れ出た暖かい空気が
冷えた肌を柔くなでた。

　すでに暖房が入ってる、ってことは……。

「……佐城くん。早いね」

　中に入ってドアを閉めたあと、ソファとテーブルの向こ

う……口の字形式に置いてある会議用机の、一番奥の席に
ついている彼に呼びかけた。

　シャーペン片手に、原稿用紙に視線を落としていた彼の
瞳が、こちらへと向けられる。

　私を認めると、目元をゆるめて笑みを返してくれる、現
生徒会長。

　色素の薄い琥珀色の髪に、陶器のように白く綺麗な肌。

　くっきりとした二重の瞳、筋の通った高い鼻梁、色気の
ある絶妙な厚みの唇に、シャープな顎のライン。

　ミナちゃんの言う通り、彼は誰の目から見ても超ド級の
イケメンさんだ。

　それでもかっこいいというより、美しい、と形容したく
なるのは、抜群のルックスに加えて、佇まいが洗練されて
いるから。

　入学当初から常に学年首位を誇る頭脳、スポーツ全般を
こなせる運動神経、教師や生徒から絶大な信頼を寄せられ
るカリスマ性。

　あらゆる才を兼ね備えた聡明な彼は、２年生にして、他
の誰よりこの都内有数の名門校の頂点にふさわしい人。
「……お疲れ、副会長」

　そんな彼の微笑に思わず見惚れていると、形のいい唇が
開き、耳に心地よい低音が奏でられた。
「写真が入ってるUSB、さっき先生から受け取ってきたか
ら」
「あっ、ほんとだ……。ありがとう」

甘い秘密は、ふたりきりの生徒会室で。 >> 185

　会長席の斜め右側に位置する、シルバーのノートパソコンが置かれている席。

　そこが、生徒会副会長としての私の定位置。

　パソコンを開いて起動させた私は、その傍らに佐城くんが置いてくれていたUSBを差し込んで、パソコンにデータを取り込んだ。

　ファイルを開くと、あらかじめ先生が選別してくれた3年生の写真がずらりと表示される。

　さっそく予餞会で使うスライドショー作りに取りかかりたいところだけど、その前に、お昼ご飯をすませておかなきゃ。

　ご飯を終えてから仕事をするなら、教室で食べてきても問題はないんだけれど……私は少しでも長く、佐城くんのそばにいたいから。

「佐城くん。紅茶淹れるけど、佐城くんも飲む？」

「飲む。でもコーヒーでお願いします」

「ふふ。わかりました」

　こんなささやかな雑務でも、佐城くんから頼まれると嬉しさを感じてしまう。

　生徒会室には簡易的な給湯スペースがあり、コンパクトな冷蔵庫や電気ポットなどが置いてある。

　そして、今年から生徒会顧問の先生のご厚意で、生徒会の経費で落ちるようになった、ティーバッグと瓶タイプのインスタントコーヒー。

　冷蔵庫の横の食器棚から、モノトーンのデザインのマグ

カップと花柄のティーカップを取り出し、慣れた手つきで
コーヒーと紅茶をそれぞれに淹れた。

　佐城くんの右手側にマグカップを静かに置けば、「ありがとう」とこちらを見上げられる。

　小さなことにもきちんと目を見てお礼を言ってくれる、佐城くんのそういう律儀なところが、好き。

　そんなこと、いまは……決して口にはしないけれど。
「どういたしまして。予餞会のスピーチ原稿がんばってね」
「副会長も。これからもっと忙しくなるし、無理はしないようにな」
「うん、ありがとう」

　あくまで会長と副会長として、この生徒会室で仕事をしている間は。


　お昼休みが終わるまで残り10分ほど……というところで、アニメーション効果の設定まで終わった。

　あとは放課後にBGMを選んで、スライドショーのムービーは完成だ。

　軽く伸びをしてから佐城くんのほうを見れば、彼も原稿を書き終えたようで、シャーペンを置いて残りのコーヒーを飲んでいた。

　普通なら顧問の先生に添削を頼むところだけれど、佐城くんの文章力なら修正する箇所はないだろうと、ほぼ一任されている。

　顧問としての仕事を放棄しているわけではなく、佐城く

甘い秘密は、ふたりきりの生徒会室で。 >> 187

んの能力を買っているからだろう。

　もちろん佐城くんがその信頼を裏切るはずもないので、先生は彼が会長に就任してからというもの、顔を合わせるたびにその仕事ぶりを褒めそやしている。

　佐城くんは『過大評価されているだけだ』と言うけれど、そんなことはないと思う。

　とはいえ……前任の元生徒会長が軟派な性格だったせいで、正反対の硬派な佐城くんに対して、先生は度を越した期待を寄せている気もする。

　それが悪いとは、一概には言えない、……けれど。

　少しだけ、不満がある自分も、いる。

　わがままで欲ばりで、"副会長"には似つかわしくない、もうひとりの私。

　それを見せられるのは……"会長"モードでない佐城くんの前でだけ。

「……佐城くん。ちょっと、聞いても、いい……？」

　原稿も終わったみたいだし……いまなら、いいかな。

　マグカップを置いた佐城くんのそばに歩み寄り、緊張を交えつつ声をかけた。

　こちらを見上げ、「ん？」と小首をかしげる佐城くん。

　私の顔を見て察してくれたのか、その優しい声と表情はもう、"会長"としてのものじゃない。

「去年のバレンタインのこと、なんだけど」

「バレンタイン？」

「うん……。佐城くん、数えきれないくらいの女の子から、

チョコ渡されてたの……？」

　実はミナちゃんの話を聞いてから、ずっと心の奥底でもやもやしていたこと。

　そのわだかまりを解消せず放置しておくなんて、私にはできなくて……。

「……ああ。数えきれない、は大げさだけど。渡してくる人は何人かいたな」

　……何人か、なんて。それは逆に、かなりの謙遜だと思う。

　あるいは……私を、安心させるため？

「でも、みんな断ったよ。『甘いものは苦手だからごめん』って」

「……苦手じゃないのに？」

　佐城くんは生徒会室では基本的にブラックコーヒーを嗜むけれど、甘いミルクティーやケーキも好きなはずだ。

　私の言葉に「うん」とうなずいた彼は、座ったままこちらに手を伸ばし、するりと私の手に長い指を絡めてきた。

「甘いのは、沙織がくれたら十分だから」

　熱のこもったささやきに、胸の鼓動が、ゆっくりと加速していく。

　くい、と握った手を少し引かれて、一歩近づいた私は、佐城くんの肩にそっともう一方の手を触れさせた。

「まあ去年沙織がくれたのは、義理だったけど」

「あ、あの時は……まだ付き合ってなかったから言えなかったけど、本当は本命だったんだよ……？　一番心を込めて

作ったもん」

「ん……。でも、他の役員にも平等に渡してたのは、ちょっといやだった」

「……今年は、ゆ、由貴くんにだけ、渡すね」

　いまだに慣れない、ふたりきりの時だけの名前呼び。

　完全に恋人モードになった佐城くん──由貴くんは、私の答えに笑みを見せ、手を伸ばして髪を優しくなでてくれた。

　そのまま後頭部を引き寄せられて、お互いの顔が、近づく。

「俺も……。今年も沙織からしか、受け取らないから」

　鼓膜をくすぐる甘い声のセリフが、心をとろけさせた。

　由貴くんが少し顔を傾けてきたタイミングで、きゅっと目をつぶると、１秒後に唇同士が軽く触れ合った。

　これまでに何度も味わってきたその柔らかな感触に、全身がじわりと熱を帯びる。

　唇を触れ合わせるだけなら、眼鏡がそこまで邪魔にならないことは、由貴くんから初めてキスされた日に知った。

　ちょっとだけ深いキスをして、すぐに離れる唇。

「っん、苦い……」

　恥ずかしさをごまかすように思わずぽつりとこぼすと、由貴くんは小さく笑い声をもらした。

　きっといま、私は耳まで真っ赤になっているのに、由貴くんは涼しげな顔。

「沙織もたまに飲んでるだろ？　コーヒー」

「う、うん……。でも私、ブラックは苦手だもん」
「俺はここで飲めるブラックコーヒーが一番好き」
「え……インスタント、なのに？」
「好きだよ。沙織が淹れてくれるから」
「……っ」

　由緒正しい名家である佐城のお家柄なら、高級ブランドのコーヒーだって飲んできているはずなのに。

　なのに……私が淹れるコーヒーを、一番に選んでくれるの？

「だから、沙織も慣れて。この味」
「ん……っ」

　ときめいていたら、再び頭を引き寄せられて。

　さっきよりもさらに深く、苦さなんて気にならないほどの甘いキスをされてしまった。

　彼と付き合い始めたのは、２年生に進級して間もない頃。
　その時はまだ、現３年生の池田先輩が生徒会長で、"佐城くん"は私と同じ副会長を務めていた。
　物腰は柔らかいのに発言力があって、周囲の関心を引きつける方法を心得た才人、……なんていう第一印象は、いまでも変わらない。
　そして、他人を頼る選択肢を切り捨てて生きてきた、孤高の人みたい——なんて、密かなイメージも。

甘い秘密は、ふたりきりの生徒会室で。 >> 191

　佐城くんに対して"同じ副会長"以上の興味が湧いたのはきっと、彼がなんでもそつなくこなしてしまう上に、弱音ひとつ吐かない完璧主義者だったから。

　あけすけに言えば……完璧、ではない、彼の一面を知りたいと思った。

　佐城くんは学年1位の成績で、私も入学時からずっと2位をキープしていたから、生徒会以外の話題といったらもっぱら授業やテストのことだったけれど。

　波長が合うようで、彼と話すこと自体が楽しかったし、たまに他愛ない話題で趣味嗜好を知ったり、帰り道が途中まで同じだからと下校をともにしたり、テスト前には一緒に勉強したりして、ゆっくり親しくなっていって……。

　彼の人柄そのものに惹かれるのは、時間の問題だった。

　惹かれない、はずがなかった。

　佐城くんが気持ちを打ち明けてくれるずっと前から、私は彼のことが好きだったし……きっと、その恋心は彼にも伝わっていたんだと思う。

　もしかしたら、両想いかもしれない、なんて。

　淡い期待を抱き始めた矢先の、彼からの告白だった。

　恋愛禁止──という4文字を脳裏によぎらせながらも、もちろん私が返したのは、同じ気持ち以外にありえない。

　その日はずっと夢心地で……家に帰ってからも、次に佐城くんと顔を合わせるのが楽しみで照れくさくて、仕方がなかった。

　……翌日の、お昼休み。

会長の池田先輩が、また違う女の子と付き合い始めたらしい、という噂が立つまでは。


『池田……お前な。会長たるもの、もっと分別のある行動を心がけようとは思わないのか』

　放課後、定例会のために生徒会室へと赴けば、中では顧問の先生が池田先輩に厳しい口調で注意しているところだった。

　どうやら池田先輩の噂は、先生の耳にも入ってしまったらしい。

『べつにいいじゃないっすか、お互い合意のもとで付き合ってるんですから。教師が生徒同士の恋愛に口出す道理あります？』

『節度というものがあるだろう。第一、この学校は恋愛禁止なんだぞ？　これ以上生徒会の品位を下げるな』

　池田先輩は会長としての仕事はしっかりこなす反面、彼女をとっかえひっかえするような、だらしないところのある人で。

　私も、幾度となくちょっかいをかけられたことがあるけれど……真顔でかわせばすぐに身を引いてくれるから、個人的にはそこまで問題視はしていなかった。

　生徒会長とバレー部の副部長を兼任していて、文武両道で将来有望な池田先輩。

　おまけに容姿端麗で、優れたコミュニケーション能力の持ち主……とくれば、恋心を抱いてしまう女の子は多いし、

甘い秘密は、ふたりきりの生徒会室で。 ≫ 193

　池田先輩は付き合っている期間は決して浮気はしない人らしいから、たしかに交際は当人たちの自由だとは、思う。

　ただこの先輩は、恋人と別れるのも、次の恋人ができるのも、なぜか異様に早かった。

　私からしてみれば、生徒会に勉強に部活に恋愛にと、あらゆる分野に対して精力的な池田先輩は、泳いでいないと死んでしまう、回遊魚みたいな人だなあという印象で。

　正直、生徒会の仕事さえしっかりしてくれたらそれでいいので、それ以上の興味関心はとくに寄せていなかった。

　こんなふうに、顧問の先生が池田先輩に目をつけていたことも、この時初めて知ったくらいだ。

『白沢、どうかした？』

　入るに入れず、開けっぱなしのドアのそばで立ち尽くしていると、やってきた佐城くんに横から声をかけられた。

　私がなにも言わずこまり顔をつくって、生徒会室の中を指さした時。

『おう、白沢ちゃんに佐城じゃん。なんでそんなとこで突っ立ってんの？　早く入れよー』

　先生からお叱りを受けていたとは思えないほど能天気に、池田先輩が中から顔をのぞかせた。

　気づかれてしまえば、今度は入らないわけにはいかない。

　佐城くんと一緒に生徒会室に足を踏み入れると、先生はあきれたように重いため息をこぼした。

『……まったく。佐城や白沢を見習ってほしいものだな』

　ぼそりと落とされたぼやきに、どきりとする。

先生は眉根を寄せ、池田先輩に非難の目を向けていた。

『副会長のふたりは、お前みたいに恋愛にうつつを抜かさず、己を律して学校生活を送っているだろう。池田ももう少し、会長としての自覚を……』

『お。サナエちゃんからメッセきてる』

『池田！』

　まったく反省の色を見せずに、スマホを操作する池田先輩。

　な、なんて強心臓の持ち主だろう……。

　学校の先生に叱られるなんて経験があまりない私には、ひょうひょうとしている池田先輩はとても度胸があるように思えてしまった。

　もちろん、まったく見習いたくはないけれど。

　そんな池田先輩の態度に、先生はもう説教を諦めたらしく……代わりにすがるように、私たちを見やった。

『いいか……佐城、白沢。お前たちは絶対に、池田みたいにはならないでくれよ。先生は信じてるからな』

『……さすがになりませんよ、池田会長のようには』

　深刻そうな先生に、佐城くんがもっともなセリフを返す。

　すると一変、先生は、ぱっと表情を明るくさせた。

　……いやな予感しか、しなかった。

『そうだよな……！　男女交際なんて、高校を卒業してからでもできることなんだ。勉学と生徒会活動が本分のお前たちに、恋愛はまだ必要ない！』

『…………』

甘い秘密は、ふたりきりの生徒会室で。　>> 195

『いやあ、ふたりからそう言ってもらえて先生安心したよ。来年度の生徒会も任せたからな！』
　私は、なにも言ってませんが……。
　しかも、池田先輩みたいに不真面目な恋愛はしない、という意味の佐城くんの言葉も、いいように曲解されたとしか思えない。
　つい昨日交際を始めたばかりなのに、まるで先手を打つかのように、釘を刺されてしまった。
　こんなの……私たちの関係なんて、絶対に知られるわけにはいかない。

　──付き合っていることは、誰にも言わないでおこう。
　そう私から提案を持ちかけたのは、その日の帰り道。
　理由は言わなくとも、隣を歩く佐城くんにはわかっているだろう。
　苦笑を交えつつも、『……わかった』と了解してくれた。
　佐城くんとの秘密の交際は、こうして始まり……。
　そして、いまだ誰ひとりとして、私たちの関係を知っている人は、この学校にはいない。

　……そういう経緯で、ふたりきりの時にしか"恋人"でいられないから、私は前会長の池田先輩をちょっぴり恨んでいる。

恋愛禁止という校則がある手前、進んで付き合っている
ことを公にしたいわけじゃないけれど……みんなに秘密の
関係となると、どうしても言動に制限がかかってしまうか
ら。
「よっ、白沢ちゃん。来週末の予餞会、ちょうどバレンタ
インデーだろ？　今年もチョコ期待してるからな！」
　……そう、たとえばこういう時。
　いま３年生は自由登校期間に入っているにもかかわら
ず、なぜか放課後に教室までやってきてチョコをねだって
くる元生徒会長に、『彼氏がいるので無理です！』ときっ
ぱり断ることができなかったりする。
　今年は由貴くんにだけチョコを渡すね、とふたりきりの
生徒会室で約束をしてから３日後。
　カバンを肩にかけ、今日も生徒会室へ向かおうとしてい
た私は、ドアの前に立ちふさがっている池田先輩を真顔で
見上げた。
　ただでさえ目立つ池田先輩が堂々とチョコを要求してき
たせいで、廊下を通る生徒の注目をいやでも浴びる。
「すみません。無理です」
「うわっ、こんなきっぱり断られると思わなかった」
「先輩はもう生徒会役員じゃないでしょう」
　『彼氏がいるので』とは言えないものの……当然、きっ
ぱり断る以外の選択肢なんてない。
　去年、私が生徒会執行部の全員に義理チョコを配ったの
は、佐城くんに自然を装って本命チョコを渡すために他な

甘い秘密は、ふたりきりの生徒会室で。 》》 197

らないのだから。

　小賢しいかも、しれないけれど……。

　でも、それくらい私は、彼のことしか見えていないんだ。

「だいたい、チョコが欲しいなら、私じゃなく彼女さんに頼めばいいんじゃ……」

「彼女ならいまはいねーよ？」

「えっ……？　そうなんですか？」

　池田先輩はつい最近、第一志望の大学に推薦枠で合格した、と風の噂で聞いていた。

　もう受験勉強をしているわけでもないのに、手の早い池田先輩がまだ恋人を作っていないなんて……。

「……なんか、すげえ失礼なこと考えてねえ？」

「い、いえ……そんなことはまったく」

「まーいいけどさあ。そういうことだから、白沢ちゃんにチョコ恵んでほしんだよね」

　恵んでって……モテない男子じゃあるまいし。

　恋人はいなくとも、池田先輩にチョコを渡したい女の子なら星の数ほどいるはずなのに。

　どうしてわざわざ、私なんかに……？

「私が去年渡した義理チョコ、そんなにおいしかったんですか？」

　怪訝に思いながら尋ねると、池田先輩はあきれたように苦笑いを浮かべた。

「どんな解釈だよ。つーか、はっきり義理って言っちまうんだな」

「すみません……。でも、事実なので」

「ははっ。白沢ちゃんって控えめに見えて、意外と包み隠さねえもの言いするよな。そういうとこ、嫌いじゃねえよ俺」

　あんまり褒められている気がしない。

　包み隠さないのは、絶対に誤解されたくないからなんだから、好意的に受け取られてしまっても困るし……。

　それに、なんだか……無駄に引きとめられてる？

　早く生徒会室に行きたいのに。

「……じゃあ、私はそろそろ」

「あーっ、待てって……！」

　チョコの要求は断ったしもう用件はないだろう、と池田先輩の脇を通って廊下に出ようとしたら、慌ててぱしっと腕をつかまれた。

　突然のことにびっくりして、身を固くした時。

「——副会長」

　聞き慣れた凛とした声に、どきんっと心臓の音が響く。

　弾かれたようにそちらを見ると、DVDのケースを手に持った佐城くんが立っていた。

「……あれ、池田先輩。どうしてこんなところに？」

　さも、いま気づいた、というように池田先輩を見る佐城くん。

　その瞳が一瞬、私の腕をつかむ先輩の手に向けられたのがわかって、私はとっさに振りほどこうとした。

　けれど、先輩の手の力はゆるまないままで。

甘い秘密は、ふたりきりの生徒会室で。 ≫ 199

つい眉をひそめて見上げれば、先輩は佐城くんに対して、貼りつけたような笑みを返していた。

「第一志望合格したし、久々にバレー部覗いてやろうかと思ってな。練習試合が近いらしいから後輩しごきに」

「そうですか……。じゃあ早く、体育館に行かれては？」

「おう。けどその前に、白沢ちゃんに用事あんだよ」

「……いまから、臨時会なんですよ」

「なら、ついでに生徒会にも顔出してやっかな～」

「残念ですが。予餞会についての話し合いなので、３年生禁制です」

短い押し問答の末、「……ち」とわざとらしく舌を打つ真似をして、やっと私を離す池田先輩。

ほっとした私は、すぐに佐城くんのそばへと駆け寄った。

まるで解放された人質のような気分だ。

「……んじゃ、また来るわ。近いうちに」

ひらひらと手を振って、犯人……もとい、池田先輩が廊下を歩いていく。

それを見送ったあと、佐城くんがさりげなく、さっき池田先輩につかまれていた腕に触れてきた。

その手にどきっとして、少しだけ、頬が熱を帯びる。

「……副会長、大丈夫？」

「う……うん。ありがとう、佐城くん」

お礼を言い、「早く行こっか」とそのままふたりで生徒会室の方向へと歩き出した。

相手は仮にも元会長、とはいえ……ちょっと、警戒して

しまう。

　なにせ、池田先輩は彼女がいない時は、必ずといってい
いほど私に絡んでくる人だから。

　それでも以前なら、こちらが首を振れば、すぐに身を引
いてくれたはずなのに。

　なんというか、今回は……。

「妙に、しつこかったな……」

　つかまれた腕に手を添えつつ、ぼそりと落としたつぶや
きは、佐城くんの耳にも届いてしまったようで。

　ふ、と小さく苦笑をこぼす佐城くん。

「副会長が言うなら相当だな」

「あ……こ、言葉が悪かったね。なんかさっき、今年のバ
レンタインデーも義理チョコくれないかって言われたの」

「……チョコ？」

「うん……。いま、誰とも付き合ってないらしくて」

　私がそう話したきり、佐城くんは無言になった。

　会話がないまま、生徒会室のそばまで差しかかった時。

　……ふと気づいて、私はぱっと佐城くんの顔を見上げる。

「あのっ……ちゃんと、断ったからね。私がチョコ渡した
いのは、ゆ……っ」

　由貴くんだけだから、と続けようとした唇に、彼の人さ
し指が優しくあてがわれた。

　生徒会室のドアに手をかけた佐城くんが、しー、と吐息
のような声で制する。

「っ……」

甘い秘密は、ふたりきりの生徒会室で。 ≫ 201

　素直に口をつぐむ私に柔らかく笑いかけ、指を離してか
ら、ガチャリとドアを開いた。
「あー、会長。遅かったですね」
「悪い。副会長も一緒だから」
「じゃあ早く始めましょ。俺、すぐ部活行かなきゃなんで
すよ」
　中にいたのは、もうひとりの副会長を含む７人。
　そ……そうだった。
　お昼休みはいつもふたりきりだから忘れていたけど、今
日は、生徒会執行部の全員が集まる日。
　由貴くん、なんて呼ぶわけにはいかない。
　危ないところだった……と胸をなでおろしつつ、さっき
唇に触れた指の感触を思い出して、どきどきが止まらなく
なった。
「これ、先生たちが撮ったショートドラマな。チェックす
るよう頼まれたから、奥村、パソコンで映像流してくれ
る？」
「あ、わかりました」
　私と同じ副会長である、１年生の奥村くんにDVDを手
渡す佐城くん。
　予餞会で使う映像にみんな興味しんしんのようで、私の
席にあるノートパソコンのほうへ自然と集まっていく。
　私は静かに生徒会室のドアを閉めて、佐城くんの隣に並
んだ。
　それを待っていたように、こちらを向く佐城くん。

「……わかってるよ。ちゃんと」

「え……？」

　落とされたのは、そばにいる私にしか聞こえないくらいの、小さな声。

　顔を上げたタイミングで、そっと片手を取られて。

　佐城くんの体のうしろあたりで、ぎゅ……と指を絡めてにぎられた。

　いわゆる……恋人つなぎ。

　みんなパソコンの画面に夢中とはいえ、すぐ近くに、人がいるのに。

　私たちの関係は、誰にも秘密、なのに……。

　こうして触れ合っているだけで、心拍数が、跳ねあがる。

「沙織のチョコ受け取っていいのは俺だけ。……だろ？」

　おまけに、内緒話をするみたいに耳もとでささやかれて、もう、心臓が壊れてしまうかと思った。

『私がチョコ渡したいのは、ゆ……っ』

　さっきは最後まで声にできなかったけど、それでもちゃんと、伝わっていた。

　私の気持ちをわかってくれてて、よかった……。

　どきどきしながらうなずこうとした時、そのまま耳のふちに、唇を軽く押し当てられて。

「っ、ん……」

　ぞくりとした感覚に、思わず返事にならない声が漏れてしまった。

　すぐに口を押さえ、目を見開いて佐城くんを見上げる。

ちょっといたずらっぽい微笑を返されて、体温が急上昇するのがわかった。

「〜〜っ……」

っこ……、こんな、こと……！

さいわい、みんなに気づかれないくらいの声に抑えられたけど……もしあからさまに反応しちゃってたら、ど、どうするつもりだったんだろう！

「会長一、流しますよ？」

ノートパソコンの前、つまり私の席に座っている奥村くんが、画面に目を向けたまま佐城くんに声をかけてくる。

「いいよ。みんなで見といて」

平然と答える佐城くんの隣で、私はどっどっどっと鼓動を早鐘のように大きく鳴り響かせていた。

ほ、本当にっ……心臓、もたない……っ。

恥ずかしくてたまらなくて、真っ赤な顔でうつむいた私は、繋がれていないほうの手で、ぱし、と佐城くんの腕を弱くたたいた。

すると声は出さず、おかしそうに小さく肩を震わせる佐城くん。

すっごく危ない状況だったのに……そんなふうに無邪気な一面を見せられると、怒るどころか、むしろ嬉しくなってきてしまう。

っずるいよ、そんなの……。

ふたりきりだったらよかったのに、なんて、そんな身勝手なことまで考えてしまう始末だ。

そのあと、佐城くんと手を離してからも、しばらく顔の熱が冷めることはなかった。

　予餞会が行われる14日──つまりバレンタインデーまで、あと数日に差し迫った、お昼休み。
　ミナちゃんたちに声をかけてから教室を出た私は、廊下に立っている人物に気づいて、げんなりとした。
「おう、白沢ちゃん。待ってたぜ～」
　ついに、お昼休みにまで池田先輩が来るようになってしまった……。
　臨時会の日に『近いうちにまた来る』と言っていた池田先輩は、本当にまた私の教室に顔を出してきた。
　しかも、次の日に。
　あれからも断りつづけているにもかかわらず、毎日のようにやってくる。
　チョコの要求なんて本当は建前で、他になにか理由があるんじゃないかと疑ってしまうくらいに。
「すみませんが……。何度お願いされても、私の答えは変わりませんから」
　一方的にこちらの意思を告げ、生徒会室へ向かうため池田先輩に背を向ける。
　冷たすぎるかもしれないけれど、なにを言われても気持ちは変わらないんだから、いいかげん引き下がってほしい。

けれど、そんな思いは通じることなく、歩き出した私の
うしろを追ってくる池田先輩。
「そんなこと言うなよー。義理でいいから！」
「義理でもだめです。今年は、他の生徒会メンバーに渡す
気もないので」
「マジで頑なだな。……なに、今年チョコを渡すのはひと
りだけ、って決めてたりすんの？」
「っ……」
　図星を突かれて、言葉に詰まった。
「あー、やっぱりな。気づかないわけねえじゃん」
「……なんの、話ですか」
「ま、言えねえよなあ。『お前たちに恋愛はまだ必要ない！』
つって、きっぱり釘刺されてたもんな」
　──カッ、と頭に血が上った。
「誰のせいだと、思ってるんですか……っ！」
　足を止めて振り返った私は、思わず池田先輩に声を荒ら
げていた。
　幸い渡り廊下だったから、あまり人はいなかったけれど、
それでも教室棟にいた数人から注目を浴びる。
　その視線ですぐに我に返ったものの……一度込み上げて
しまった怒りは、すぐには消えない。
　だって、池田先輩がもう少し真剣な交際をしてくれてい
たら、私もいまより気を張らずに佐城くんとお付き合いで
きていたはずなのに。
　周囲に私たちの関係を察してもらえていれば、人前でい

ちゃいちゃ……とまではいかなくとも、好きだなあって思いながら佐城くんを見つめたり、人目を気にせずデートしたり、佐城くんに想いを寄せる女の子たちを牽制したり、気遣った生徒会メンバーにすぐふたりきりにしてもらったり……そういうことだって、きっと可能だったのにっ。

欲を言ってしまえば、人前でちょっとくらい、いちゃいちゃもしてみたいのにっ。

なのに！　池田先輩のせいで！

「……白沢ちゃんがキレるとこ、初めて見たわ」

目を丸くさせていた池田先輩は、軽い調子で笑った。

私は私怨まる出しで池田先輩をきっと強く睨みつけてから、足早に廊下を渡りきった。

池田先輩は、私と佐城くんの関係に感づいているんだ。

だったらどうしてそこまで……私のチョコにこだわってくるんだろう。

去年渡したのは義理だってはっきり言ったし、私が池田先輩に好意を示したことなんて、一度もないのに。

他の女の子からのチョコでも、いいはずなのに……。

「隠したくねえんなら、もういっそ公表しちまえばいいんじゃね？」

１階へと下りる最中、上の階から池田先輩の声が降ってくる。

「……そんなの、無理に決まってます。私との関係のせいで、先生の佐城くんへの評価が少しでも落ちたりしたら、絶対にいやだから」

甘い秘密は、ふたりきりの生徒会室で。 >> 207

「ふーん……。そんなに大事に思ってんだ、佐城のこと」

　先輩らしくない、やけに棘を纏った声音だった。

　踊り場で立ち止まった私は、再び振り返って、2階にいる池田先輩を見上げた。

「……私が佐城くんを大事に思ってることが、わかってるのに……どうして、しつこくつきまとってくるんですか」

　もう我慢ならず、ぶしつけに質問を投げかけると、「マジで歯に衣着せねえよな」と苦笑を返される。

「どうしてって聞かれてもな。……んなの、言ったら終わっちまうじゃん」

「なにがですか？」

「俺の約2年間の、報われない片想いが」

　少し目を伏せ、静かに笑みを見せる池田先輩。

　笑っているのに、いつものようなおちゃらけた雰囲気はなくて……とても、真剣な表情に映った。

「…………」

　返す言葉が、浮かばなくて。

　私は黙ったまま、池田先輩を見上げるしかなかった。

　一段一段、ゆっくりと階段を下りてくる池田先輩に、一歩だけあとずさる。

　池田先輩は真面目な面持ちで、私のすぐそばまでやってきた、かと思うと。

　……にや～、と意地悪く口角を吊り上げた。

「おいおい。なに騙されそうになってんだよ～！」

「……、は？」

「んなことあるわけねえだろ。片想いとか柄じゃねえし。俺はただ、かわいー女の子からのチョコが欲しいだけだっての」

　けらけらと笑いながら、おどけた口調で話す池田先輩。

　あ然とした私は……そのあとうつむいて、ぐっと拳を握りしめた。

「……はあ。そうですか」

「はは。……おう、そうだよ？」

「よく、わかりました。だったら……池田先輩に渡しますよ、チョコ」

「……ん、え？」

「その代わり、14日までもう絶対に、私に話しかけてこないでください」

　顔をあげて、池田先輩をきつく睨みつけた。

　強い憤りを少しも包み隠さず、前面に出して。

　ぴしっとその場に固まった池田先輩に、「では」と怒気をはらんだ声のまま別れを告げて、駆け足で階段を下りていく。

　そして、たどりついた生徒会室のドアを、怒りに任せてガチャンッとやや乱暴に開けた。

　直後にはっとしたけれど、佐城くんの姿はまだなかった。

　……よかった。

　佐城くんが来るまでに、どうにか気持ちを鎮めよう。

　あんなはぐらかし方……タチが悪いにも、ほどがある。

　……あるいは、……。

甘い秘密は、ふたりきりの生徒会室で。 》》 209

「……」

　暖房をつけてから、自分の席にファイルとランチバッグ
を置く。

　先にコーヒーと紅茶の用意をしておこうかと、ソファの
前を通った時。

　……カチャ、とドアが開く音がした。

　そちらへ顔を向けると、佐城くんが生徒会室へ入ってく
るところで。

　彼と目が合った私は、池田先輩への怒りを悟られないよ
う、笑顔を見せた。

「佐城くん。いまから、コーヒー……」

　言いかけて、無表情でこちらに歩み寄ってくる佐城くん
に、きょとんとする。

　佐城くんはなにも言わずに、私の肩をつかんできた。

　力は強くないから、まったく痛くはないけれど……どう
したんだろう、とぱちぱち目をしばたかせた。

　長いまつ毛を伏せ、「……沙織、」と静かな声を落とす佐
城くん。

「え……？」

　名前呼び……？

　そう疑問に思うのと同時に──すいっ、と眼鏡を外され
て。

「っん……！」

　視界がややぼやけた時にはもう、唇にキスを受けていた。

　前触れなく訪れた感触に、驚いた心臓が大きく飛び上

がって、遅れて一気に全身が熱くなる。

「っ……ゆ、きくん？」

　唇が離れた隙に名前を呼んだものの、返事はなく、また
すぐに柔らかなそれを押し当てられた。

　さっきまで廊下にいたからか、ほんの少し冷たい唇。

　まるでこちらの熱を欲しているみたいに、性急に深く
なっていく口づけ。

「ん、ん……っ」

　肩に置かれていた手が、私の長い髪の中にもぐりこんで、
うなじへと移動する。

　とまどいながらも……由貴くんの脇腹あたりに手を添え
れば、腰も引き寄せられて、深く舌を絡められた。

「……っふ、ぁ」

　あつ、……い。

　くらくら、する……。

　突然、キスなんて……本当に、どう、したんだろう。

　理由はわからないけれど、それでも……拒むなんて選択
肢は、私の中にあるはずなくて。

　従順に目を閉じて、大好きな人からのキスを受け入れた。

　本来ならエアコンの動作音しか聞こえない生徒会室で入
り混じる、荒い呼吸と、甘くもれる声と、小さな水音。

　心臓の音が、激しく暴走する。

　体の奥が、燃えてるみたい。

　なにも考えられなくなって、だんだん、足にも力が入ら
なくなってくる。

甘い秘密は、ふたりきりの生徒会室で。 >> 211

それが伝わったのか、ゆっくりと唇を離した由貴くんに、そばのソファに座らされた。

革張りのそれが、ぎ、とかすかに軋む。

「っ、はあ……由貴、くん、どうしたの……っ？」

乱れた息を少し恥ずかしく思いながら、赤い顔で由貴くんを見上げた。

私の眼鏡をテーブルに置いてから、こちらを見る由貴くん。

「先輩に……チョコ、渡すの？」

「……え？」

「さっき聞こえた。先輩と階段で話してただろ」

えっ、う……嘘。

まさか由貴くんに、聞かれてたなんて……。

「あのっ、違う、それは……んっ」

あわてて弁解しようとしたら、片膝をソファにのせた由貴くんに、再び唇を奪われて。

短いキスのあと、後頭部に手を添えられたかと思うと、そっと押し倒された。

私の顔の真横に手をついて、上から見下ろしてくるから、さらに心臓が暴れ出して、全身が発火する。

「ご、誤解……っ、なの」

「……わかった。それ、あとで聞かせて」

やんわりと続きを阻まれ、その言葉を最後に、また余裕なく唇をふさがれた。

絶え間ないキスの波に溺れさせられて、呼吸もままなら

ない。

　由貴、くん……。

　怒って、る……？

　不安になったけれど、私の髪や頬に触れる手はいつも通り、もったいないくらいに優しい。

　それに、どう考えても……不安にさせる行動をとってしまったのは、私のほうだ。

　誤解させてしまった私が悪いんだから、あとでちゃんと、安心してもらえるように伝えなきゃ。

　由貴くんだけに想いを捧げたい、そんな私の気持ちは、なにも変わっていないから。

　私の目には、由貴くんしか、映っていないから。

　こんなふうに、由貴くんの熱を受けとめきれるのも、私しかいない。

　……私だけで、いいの。ずっと。

　はあ……と熱い息をこぼして、由貴くんが少し上体を起こす。

　濡れた唇と、ほんのりと頬を赤らめたその表情が色っぽくて、いま眼鏡をしていないことを密かに悔やんだ。

　由貴くんが私だけに見せてくれる顔は、すべて目に焼きつけておきたいのに……。

　なんて、こんな独占欲、さすがに由貴くんには言えないけれど……。

「由貴、くん……っ、好き。大好きだよ……」

　呼吸も落ち着けないまま、込み上げて仕方のない感情を

甘い秘密は、ふたりきりの生徒会室で。 >> 213

抑えきれずに口にした。

「沙織、っそれ……煽りすぎだから」

　なにかを耐えるような表情を浮かべながらも、私の髪を慈しむようになでて「……俺も好きだよ」と返してくれる由貴くんに、心が幸せで満ちる。

　由貴くんは理性を取り戻すみたいにしばらく目を閉じてから、小さく苦笑した。

「……ごめんな。先輩に、ちょっと嫉妬しただけ」

「嫉妬……？」

「こんな些細なことで……ここまで心が乱されると思わなかった」

　ぽろ、と落ちてきた由貴くんの本音に。

　不謹慎だとわかっていても、湧き上がってくる歓喜はごまかせそうになかった。

　思わず口元をゆるませたら、なに笑ってんの、と言いたげに頬をつつかれる。

　その優しい触れ方にも、胸の奥がきゅん、と収縮した。

「ふふっ……。ほんとにごめんね、嬉しい……。由貴くんの心を乱せることなんて、めったにないから」

「……めったに、な。そうでもないけど」

「え？」

「それより。なんで先輩にあんなこと言ったの？」

　ゆっくり体を起こした私を、じっと見つめる由貴くん。

　ちょっぴりいじけたような表情をするから、普段の由貴くんの雰囲気とはがらりと変わって、なんだか……かわい

くてたまらなくて。
　気持ちが伝わるように、ぎゅう、と控えめに抱きついてみた。
　そのまま胸のあたりに頭をもたせかけて、「大丈夫だよ」とささやく。
　なにも、心配することなんてない。
　だって、私の身も心も、全部全部……由貴くんのもの。
「私は由貴くんにしか、チョコを渡すつもりはないから」

　2月14日、バレンタイン当日。
　卒業を控える3年生のために催された予餞会は滞りなく進み、大成功のうちに幕を閉じた。
「終盤は号泣する先輩続出でしたねー。先生も泣いてたし」
「思い出に残る予餞会になったなら、本当によかった。佐城くん、この日のためにすごくがんばってたから」
「がんばってたのは白沢先輩もでしょ。ほんと、似た者同士ですよね」
　体育館のステージの片づけをしながら、奥村くんと話す。
　同じ副会長とはいえ、1年生で弓道部も掛け持ちしている彼は、私の補佐役のような立ち位置だ。
　さすがに予餞会目前は仕事を分担したけれど、お昼休みは基本手伝いに来てもらうこともなかった。
　……というのも、私ができるだけ佐城くんとふたりでい

たいから断っていた、というのがじつのところ。

　気づいていないであろう彼は、私にはまったく不相応の評価をくだす。

「似た者同士だなんて……。私なんかが、おこがましいにもほどがあるよ。身のほど知らずもはなはだしい」

「……白沢先輩って、たまにガチトーンで自分を卑下しますよね」

「佐城くんを心の底から尊敬してるだけだよ」

　笑顔で断言すると、「怖……」となぜかドン引きしたようにつぶやかれた。

　どうやら奥村くんとは、あまり馬が合わないらしい。

「あー。そういやさっき池田先輩に会って、白沢先輩あてに言づけ頼まれたんですよ。『言われたとおり、中庭のベンチで待ってるから』って」

　ゆっくり下りてきた吊り看板を支えながら、奥村くんがふと思い出したように話す。

　マイクスタンド２本を舞台そでに持っていこうとしていた私は、久々に……いや、今朝ぶりに耳にした名前に立ち止まった。

「ああ……」

「なんか、ちょっと前つきまとわれてましたよね。チョコ渡す約束でもしたんですか？」

　つきまとわれてたって……。

　やっぱり、はたから見てもそう思われるくらいの執念だったんだ、と苦笑する。

無気力っぽくて周囲にさして興味がなさそうな奥村くんが、まさか気づいていたとは、思わなかったけれど。
「チョコなら、いまごろ渡しに行ってるんじゃないかな？」
「え？　誰がですか？」
　不思議そうにこちらを振り返る奥村くんに、にこっとほほ笑んでみせた。
「……かわいい女の子が、ね」


　体育館の片づけが終わり、生徒会メンバーは全員、生徒会室に戻った。
　感極まった顧問の先生から、過剰なほど労いの言葉をかけられたあとは、解散となったけれど……。
　コーヒーや紅茶、おまけに先生が粋な計らいで差し入れしてくれたチョコのお菓子がある状況で、他の人たちがすぐに帰る支度をするはずもない。
　予定があるからとすぐに帰ってしまった人たちもいるけれど、このタイミングで佐城くんとふたりだけで抜けるような不自然な行動に出られるわけもなく、他の女の子たちと適度に言葉を交わしながら、内心そわそわしていたら。
　私の隣に座っている奥村くんが、ふいにガタン、と席を立った。
「ねー、独り身のみなさん。予餞会成功を祝して、これから打ち上げ行きません？」
　仕事以外では省エネ志向な奥村くんにしては珍しい提案に、思わず彼を見上げた。

甘い秘密は、ふたりきりの生徒会室で。 >> 217

「おま……独り身とか言うなよ！　普通に傷つくわ！」

「いいですね～打ち上げ！　カラオケでも行きます？」

「駅前んとこなら持ち込みＯＫじゃん？　どうせならチョコ買いこもうよ、男子持ちで」

「そこは女子持ちじゃねーのかよ！　バレンタインだぞ！」

　妙にテンションの高いメンバーにより、とんとん拍子で決まっていく打ち上げ内容。

　あせって佐城くんと目を合わせていると、「あー、でも」と奥村くんが私たちのほうを見る。

「会長と白沢先輩は、まだ仕事あるんでしたっけ？」

　……お、奥村くん？

「マジで？　ふたりとも今日くらい休めばいいのに」

「そうだよ、一緒に行こうよ～！　今回の功労者は佐城会長と白沢副会長なんだからさあ！」

「……悪い。でも、今日中にしておきたいことだから」

　佐城くんが申し訳なさそうな笑顔を向けるから、すぐに私も「みんなで楽しんできて」と笑って同調した。

「え～っ、じゃあ仕事が終わったら、ふたりとも来てくださいよ？」

「……終わったら、な。すぐには終わらないと思うけど」

　佐城くんがナチュラルに返す言葉に、うっかり赤面しそうになる。

　机の上の片づけもほどほどに、帰る支度をすませて生徒会室をあとにしていくみんな。

　最後に出ていった奥村くんは、こちらを振り向きこそし

なかったものの……どう考えても、私たちに気を回してくれたとしか、思えない。

　あっという間にふたりきりの生徒会室になり、私は驚いた顔で佐城くんを見やった。

「奥村くんって……私たちの関係、知ってるのかな？」

「ん……どうだろな。付き合ってることは知らなくても、沙織が今日なにか渡したいって思ってることは、察してくれたのかも」

「わ、私、そんなに態度に出ちゃってて……？」

　ちょっと恥ずかしくなったけれど、奥村くんの配慮には感謝しかない。

　あとでちゃんとお礼のメッセージを送っておこう、と頭の片隅で考えつつ、机に置いていたカバンの中からそっと淡いピンクの小さな紙袋を取り出した。

　去年と同じく、愛情を込めて作った本命チョコ。

　そして、去年とはまったく違うシチュエーション。

　案外……今年のほうが、すごく緊張する。

「じゃあ、これ……」

　どきどきしながら、紙袋を差し出そうとした時。

　カバンのそばに置いていたスマホが突然、着信音を鳴らした。

「っ……」

　とっさに画面を確認すれば、ミナちゃんからのメッセージだった。

　気を取られたのは、きっと送られてきた内容は〝結果〟

だろうから。

そんな私の様子を見て、佐城くんは笑って「見ていいよ」と立ち上がった。

「先に飲み物淹れ直しとくから。紅茶でいいよな？」

「え、あっ、うん。ありがとう」

淹れ直すってことは……もしかして、ここでチョコ食べてくれるのかな？

そうちょっぴり期待しつつ、スマホを手に取って通知を開く。

【チョコ、池田先輩に受け取ってもらえたよ！　沙織ありがと〜！】

幸せそうな顔文字付きのメッセージのあと、ハートを乱舞させたうさぎのスタンプも送られてきた。

よかった……。

返信を打っている間にもミナちゃんからのメッセージは途絶えなくて、いかに舞い上がっているかがうかがえる。

「結果、どうって？」

「うんっ、ちゃんとうまくいったみたい。これから一緒にカフェで話すんだって」

池田先輩が待っていた相手は……私だったのかも、しれないけれど。

でも、他でもない彼自身が言ったんだから。

『かわいい女の子からのチョコが欲しいだけ』って。

だったら私より断然かわいいミナちゃんが渡してくれたら、なにも問題ないはずだ。

あのお昼休みのあと、ミナちゃんに『池田先輩、かわいい女の子からチョコが欲しいんだって』と話してみたら、『ぜひ！　あたしが渡したい！』と目を輝かせていたし、今朝も池田先輩に渡せるのを心待ちにしているようだった。

　女の子ならだれにでも優しいという池田先輩が、まさかそんなかわいい女の子からの気持ちを無下にするはずもない。

「……気づいてないわけないよな？　池田先輩の気持ち」

　ソファに移動した私の前に、コト、とティーカップを置いてくれる佐城くん。

　私は「ありがとう」とお礼を言いつつ、苦笑いを浮かべた。

「はっきり伝えてくれたら、私も……はっきり断れたけど。先輩のはぐらかし方、タチが悪かったから……」

「……あるいは、意気地なし？」

「そうっ……！　だから、つい腹が立っちゃって」

　本心を口にすると、佐城くんはくすくすと笑って、私の右隣に座った。

　そこで、テーブルにティーカップがふたつ並んでいることに気づく。

「あれ……？　佐城くんも紅茶？」

「うん、ストレートだけど。今日くらいは、苦くないほうがいいかと思って」

　その言葉の意味を悟って、じんわりと顔が熱を帯びた。

甘い秘密は、ふたりきりの生徒会室で。 》》 221

　私のわかりやすい反応を見て、ふ、と笑みをこぼした佐城くん——由貴くんは、ゆっくり顔を近づけて、唇を重ねてきた。

　優しく触れるキスに、つい頬が緩んでしまう。

　唇を離したあとに由貴くんが私を見つめる、その表情がすごく、好き。

　鼓動が速くなるのを感じながら、膝に置いた紙袋の持ち手を、きゅ、と握りしめた。

「……あのね、由貴くん。お願いがあるの」

「ん、なに？」

「チョコ……トリュフなんだけど。できれば、私が由貴くんに、あーん、したいです……」

　思いきってお願い——という名目のわがままを伝えたら、予想どおり、由貴くんはきょとんとした表情になった。

　突拍子もない発言をした自覚はあるから、ちょっと恥ずかしさが込み上げる。

「あのっ、由貴くん、予餞会の準備で誰よりがんばってくれてたし……それにいつもよりも、無理してたでしょ？」

「…………」

「これはただの私の、自己満足、だけど……たまには由貴くんのこと、めいっぱい甘やかしたくって……！」

「……それで、あーん？」

「う、うん……っ。だめ、かな？」

　甘やかされる、なんて、由貴くんの性分に反していることは重々承知だ。

だけど、私は由貴くんにもっと頼られたいし……一度くらいは、思いきり甘えられてみたい。

　そんな気持ちで、どきどきしながら返事を待っていたら。

　……ふいに、右肩に重みを感じた。

「ゆ、由貴くん……っ!?」

「じゃ……今日は、沙織に甘えてみよっかな」

「っ、いいの……？」

　自分で言いだしたことにもかかわらず、あわあわとてんぱっていると、私の肩に頭を預けたまま、由貴くんが私を見上げた。

　それが反則級にかわいくて……きゅうん、と胸が甘い音を響かせた。


「誰にも秘密で。……甘やかして、俺のこと」


　──やっぱり、

　キミとの秘密は、とびっきり甘い。

## ▶由貴 side presented by 善生茉由佳

　——迂闊だった。

　彼女を好きになった理由を説明するなら、そうとしか言いようがない。


「由貴くん……」

　２月14日。誰もいない、放課後の生徒会室。

　今、俺の腕の中で赤く頬を染めながら照れている彼女、白沢沙織をきつく抱きしめながら、ふと思う。

　なぜ、全校生徒を代表する立場であるはずの自分が、"恋愛禁止"の校則を破ってまで彼女といたいのか。

　答えはとてもシンプルで考えるまでもないけれど。

「沙織、バレンタインチョコありがとう」

　嬉しかったよと柔らかく微笑めば、奥手な彼女はさらに顔を赤く染めて、「あ、あんまりうまくできなくてごめんね……」と謝ってくる。

「でも、気持ちはちゃんと込めたからね」

　照れくさそうに笑う姿を見て、彼女のこういうところが好きだと思う。

　いつも人より一歩下がって控えめな態度なのに、こうしてときどき、愛らしい素の表情を見せてくれる。

　本人的には自分に自信を持てなくて、つい謙遜してしまう癖があるのだと卑下するけど、十分立派な長所なのに。

たしかに、生徒会の中でも、主張のはっきりしている生徒と比べて、沙織はじっくりと聞き役に回って始めから意見することは少ない。

　けれど、全員の意見を取り入れて、みんなが納得する案を掲示してくれるのは必ず彼女で。

　いつだって冷静に周囲の意向を汲んで、正しい方向に導いてくれる。

　表向きには、なぜか人からストイックに見られやすい俺のほうが活躍しているように誤解されがちだけど、実際に今の生徒会をまとめているのは間違いなく彼女だ。

　現に、生徒会長の俺を差し置いて他のメンバーが真っ先に頼りにするのは沙織のほうだけど——どうやら、本人はそのことに気づいていないらしい。

「……やっぱり今の状態だとツラいな」

「ん？　今なにか言った？」

「いや、なんでもない」

　思わず口からこぼれた本音をやんわり否定し、周囲に人の気配がないことを再度確認して、窓際のカーテンとホワイトボードの隙間で沙織にキスをする。

　——そう。校則だから仕方ないとはいえ、こうしてコソコソと逢瀬を重ねるように彼女と付き合い続けることに、いいかげん我慢ができなくなっている。

　現状を打破するために"あること"を実行する気ではいるけど、今この瞬間は、彼女と過ごす時間に浸っていようと思う。

甘い秘密は、ふたりきりの生徒会室で。 ≫ 225

　沙織と出会うまでの俺をひと言で表すならば、ストイックとは名ばかりの"冷徹人間"と表現したほうが正しい。

　もともと実家が、代々続く名家で、数多くの政治家や医者を輩出していることから、当然自分もその道に進むよう教育されてきた。

　いわゆる、エリート街道の勝ち組以外は認めない。

　そう言いきる人間しかいない環境で育ってきたからか、恋愛なんて勉強の妨げにしかならない煩わしいものだと本気で思い込んでいた。

　今通っている高校も、有数の進学校で偏差値が高く、経済界を揺るがす著名人が数多く通っていることから親に勧められて受験しただけ。

　もちろん、入試の成績はトップで主席代表。

　人前では品行方正に、誰に対しても人当たりよく振る舞ったおかげで教師や生徒からの信頼を得るのはたやすかった。

　生徒会に立候補したのも、周囲の期待に応えるためと言えば聞こえはいいけど、赤裸々に言えば内申書のため。

　だから、与えられた仕事をこなすのも、ただ業務をまっとうしているだけにすぎなかったのに。

　彼女――生徒会副会長に就任してのちに自分の恋人となることになった白沢沙織は、そんな俺を見て『大丈夫？』と心配そうに声を掛けてきた。

◆　◆　◆

あれは、高１の９月──。

　沙織と一緒に生徒会の副会長に就任して、２ヶ月が経つ頃。

　もうすぐ行われる秋の文化祭に向けて、ほぼすべての日程を把握して各担当係に指示しなければならない生徒会役員のメンバーとして忙しく校内を駆けずり回って、ぐったりしていた時。

　たまたま生徒会室に誰もいなかったので、だらしない姿になってもいいだろうとパイプ椅子に深く腰かけ、長テーブルに顔を突っ伏して休んでいたら。

『──大丈夫ですか？』

　いつの間にか、作業用のジャージに着替えた沙織が生徒会室の中にいて、心配そうに俺の顔を覗き込んできた。

『白沢……？』

『ごめんなさい。ちょっとだけ失礼します！』

　隣にしゃがんで、そっと俺の額に手を伸ばすと、彼女はすぐさま顔をしかめて『やっぱり……』とつぶやいた。

『熱出てるじゃないですか。今すぐ保健室に行って休まないと……』

『いや、まだ残りの作業があるから休むわけには──』

『なに言ってるんですか！　人間、体が資本ですよ？　具合が悪い時はゆっくり休んでください。──そもそも、普段から佐城くんはなんでも抱えすぎです』

　体に力が入りきらない俺の腕を『よっ』と重たそうに持ち上げて、自分の肩に回させると、沙織は一生懸命俺を支

甘い秘密は、ふたりきりの生徒会室で。 >> 227

えながら保健室まで連れていってくれた。

　密着した状態だったので、廊下で学祭の準備をしていた生徒たちから注目を浴びて、彼女が恥ずかしそうに耳の付け根まで赤くしていたのが印象に残ってる。

　確か彼女は、自ら生徒会に立候補したわけじゃなく、教師からの推薦で副会長になったはずだと、熱に浮かされた頭でぼんやり思い出す。

　自ら率先して意見することはないけど、周りの意見をまとめる力に長けていて、人の話を聞くのがうまいことから、他の生徒会メンバーからの信頼が厚い。

　成績も俺に次ぐ学年２位で、いつもテスト順位が貼り出された表では名前が隣同士に並んでいる。

　……コイツ、こんなに可愛かったか？

　今までとくに気にしたことがなかったから、目立たない存在だと思ってたけど、間近でじっくり見ると綺麗な顔立ちをしていることがよくわかる。

　雪のように白く透き通った肌に、艶やかな黒髪のロングヘア。

　赤縁眼鏡の奥の瞳はぱっちりとしていて大きく、スッと通った鼻筋や赤い唇は日本美人を彷彿させる。

　端整な横顔を見上げながら、どうりで一部の男たちに人気があるわけだと納得したのもつかの間――。

　彼女は保健室のベッドに俺を横たわらせるなり、腰に手を当てて説教してきた。

『いいですか。今、先生を呼んできますから、私が迎えに

くるまでの間、ここでじっとしていてください。絶対です
よ！ またいつもみたく無茶して、これ以上体調を悪化さ
せないでください』
『……無茶？　いつもみたくって』
『いいですね？　じゃあ、先生を探してきます！』
『おい、人の話を聞け──って、もういないし』
　呼び止める間もなく保健室を飛び出していった彼女に呆
然として、宙に伸ばしかけた手を引っ込める。
『……だから、どういう意味だよ』
　そんなこと誰にも言われたことないのに──。
　なんでも完璧にできて当たり前だと思われていることに
慣れていたせいか、その時の沙織の言葉が胸に引っかかっ
て、気にせずにはいられなかった。
　それ以降、やたら彼女を意識するようになって。
　またある時、生徒会室で偶然ふたりきりになった時に、
保健室での発言はなんだったのか尋ねてみたら、意外な答
えが返ってきて驚いた。
『──佐城くんって、なんでもそつなく完璧にこなすけど、
いつも心ここにあらずですよね？　すごく事務的という
か、周囲に求められる人物像を演じてるんじゃないかなっ
て思う時があって』
『……っ』
『それで、疲れそうだなって思ってたんです』
　勘違いだったらごめんなさい、と申し訳なさそうに苦笑
する彼女に、とっさになにも言い返せなかったのは、図星

を突かれて言葉が出なかったからだ。

　——周囲に求められてる人物像を演じてる。

　沙織が指摘した通り、昔からどこにいても"自分"がそこにいない感覚だった。

　社交的に振る舞い、誰に対しても分け隔てなく優しく接する。

　顔に貼りつけたような爽やかな笑顔の裏で、期待に応え続けることに疲弊しながら。

『でももし、私の言ったことが少しでも当たってたら……せめて、ここにいる間だけでも肩の力を抜いてリラックスしてください。おいしいお茶も淹れますし、お菓子もたくさんありますから。——ね？』

　ふわりと花が綻ぶように笑って、沙織が会議用のテーブルに置かれたお茶菓子入りのバスケットを指さす。

　いつでも好きな時に食べられるよう用意されたそれらは、数が少なくなると彼女がこっそり補充していることを知っている。

　彼女曰く、長丁場の会議の時に、ピリピリして疲れているみんながひと息つけるよう、息抜きのために用意しているらしい。

『……俺以外、誰も気づいてないと思うぞ』

『ふふ。いいんです。誰かに褒められたくてやってるわけじゃないので。それに、佐城くんは知っててくれたじゃないですか』

『！』

墓穴を掘ったと気づいた時には、もう遅い。

　沙織は嬉しそうにクスクス笑って、ありがとうございますと花が綻ぶように微笑んだ。

　そんな礼を言われるようなことなんてしてないのに。

　人よりちょっと周りをよく見ていただけ。

　たったそれだけの話なのに……どうしてか、沙織の笑顔に心が揺さぶられて。

　自分でも知らぬ間に、どんどん顔が熱くなって、彼女が近くにいるだけで動悸が激しくなった。

　この俺が？

　……いや、まさか。

　ありえないと理性で否定しようとしても無駄だった。

　たぶんあの時、一瞬で恋に落ちていた。


　勉学の妨げになるものは不要だと思っていた。

　だから、一部の生徒から『時代錯誤だ！』と批判の声が上がっている“恋愛禁止”の校則も、なんとも思っていなかった。

　生徒を代表する立場の自分が、彼女を好きになってしまったなんてどうかしている。

　始めは、芽生え始めた感情を打ち消そうと必死だった。

　自分の立場を重んじて、彼女に想いを伝えるべきではないと必死に蓋をしていたのに。

　ある時からふと、沙織のほうからも熱い視線を感じるようになって。

甘い秘密は、ふたりきりの生徒会室で。　≫ 231

　それとなく漂う空気でお互いに惹かれ合っていることに
気づいたが最後、どうしたって気持ちを抑えきることなん
てできなかった。


　──そして、高2の4月。
『リスクを承知の上で言わせてほしい。……沙織が好きだ』
　夕暮れ色に染まる、放課後の生徒会室。
　定例会議の後片づけをふたりでしていた時のこと。
　たまたまテーブルの上に広げていた書類をしまおうと手
を伸ばしたら、同じタイミングで彼女もその書類を片づけ
ようと手を伸ばしていて。
　指先が重なり合って、沙織の横顔が徐々に赤らんでいく
のを目にした瞬間。
　空気を入れ続けた風船が膨らんで破裂するように、想い
がはち切れて、気持ちを伝えていた。
『……っ私も、です』
　今にも泣き出しそうな顔で緊張に打ち震えながら、沙織
も『ずっと好きでした』と告白してくれた。
　知ってたと返事をする前に、無意識の内に彼女の手首を
つかんで、腕の中に閉じ込めていた。
　……きっとこれから、彼女にツラい思いをさせる。
　誰にも内緒の恋なんて、いつか我慢の限界を迎えるのは
目に見えていた。
　それでも、リスクを冒してでも、沙織と一緒にいたかっ
た。

学校側にバレたら大変なことになる。
内申書にも響くかもしれない。
——なら、うまくやればいい。
決して周囲に気づかれないよう、念入りに。
注意を払って、沙織を守る。
そう決めた。

……はずだった。

　時系列を戻して、2月下旬の現在。
　あれから10ヶ月の時が流れて、結局、最初に我慢ができなくなったのは俺のほうだった。
「っ……、由貴くん、ダメだよ。跡残っちゃ……んっ……」
　昼休みの生徒会室、ありもしない用事があると彼女を呼び出して、室内の内鍵を掛けた直後。
　彼女の手を引っぱってホワイトボードの裏に隠れた俺は、ぎゅっと華奢な体を抱きしめ、そのまま強引に唇を塞いでいた。
　いつもの逢瀬。つかの間の、秘密の時間。
　人目を忍んで彼女に触れる。
　本当は恋人同士なのに、罪悪感を抱いて付き合わなくてはいけない違和感に、そろそろ焦れったさを通り越して苛立ちすら感じている。

甘い秘密は、ふたりきりの生徒会室で。 >> 233

「沙織……」

　熱っぽい吐息をはらんで彼女の名前を呼べば、抵抗する気力をなくして、俺の肩口にくたりと額を乗せてくる。

「っ、それ……やめ、て」

　耳元で囁かれると弱いらしく、頬を真っ赤に染めて潤んだ瞳で見上げてくるけど、逆効果だってちゃんと理解してるのか？

　無自覚に煽られて、ぞわりと肌が粟立つ。

　口元を歪めて「なにをやめてほしいの？」と意地悪く質問すれば、斜め下に視線を逸らして「……わかってるくせに」と応える彼女が可愛くて。

　沙織の顎先を軽く持ち上げて、ちゅっと短いリップ音を響かせたキスを落としてしまう。

　角度を変えながら口づけていくうちに、どんどん深みにハマって。

「……ふ……っ、ぁ……」

　彼女の後頭部に手を添え、サラリとした髪の間を指ですきながら、息継ぎがうまくできなくて涙目になっている姿を観察して楽しんでいた。

　だけど。

　──パタパタパタッ、と廊下から誰かが走る靴音が聞こえてきて、ふたりしてハッと我に返る。

「…………」

「…………」

　人の気配が遠ざかるのを確認してからほっと息を吐く

と、沙織も同じように胸に手を当てて安堵の息をもらしていた。

その顔には、今さっきまで俺に振り回されていた高揚感が消えて、すっかり落ち着いてしまっている。

盛り上がっている最中に中断したせいで、最悪な興ざめだ。

「え、えっと……。もうすぐ休み時間も終わるし、そろそろ教室に戻るね」

沙織は照れくさそうに頬をかくと、そっと俺から離れて、生徒会室から出ていってしまった。

おそらく、カーテンを閉め切った暗がりの密室でふたりでいるところを目撃されるのを恐れて、時間差で別々に戻ろうとしているのだろう。

静かに閉じられたスライドドア。生徒会室から遠ざかっていく沙織のうしろ姿を眺めながら、むしゃくしゃした鬱憤をぶつけるように「……っクソ」とつぶやき、ドカリと椅子に腰掛ける。

「また邪魔が入った……」

ぐしゃりと前髪をかき上げてぼやく。

なんだってこう、毎回毎回、いい感じの雰囲気をぶち壊されるんだ。

一度や二度じゃなく、何度も余計なアクシデントが入ると、イライラが爆発しそうになる。

これまでの人生経験で本気で苦労したことなく、何事も取り組めば平均以上の成果を上げてきただけに、沙織との

関係も卒業まで完璧に隠し通せると思っていた。

なのに、このザマだ。聞いてあきれる。

──そう。俺は迂闊だったのだ。

結局自分も"年頃の男子高生"にすぎないということを忘れていた。

目の前に好きな女がいれば触れたくなるし、自分のものだと示したくなる。

それこそ理性で抑えきれなくなりそうな時だって……。

なのに、自分の立場上、彼女と付き合っていることを公表することもできない。

だが、もっと最悪なことに"周囲に内緒にすればするほどスリリングな恋は燃え上がる"現象に陥ってしまい、最近はキスだけじゃ満足できなくなっている。

はっきり言って物足りない。

そんな生殺しの状態に耐えきれるはずもなく、俺が計画したのは……。

──コンコン。

「佐城、入るよ～」

ドアをノックされて振り返ると、前生徒会長の池田がヘラヘラ笑いながら生徒会室に入ってきた。

「……なんのご用ですか？」

「おいおい、お前の頼みを聞いて学校中奔走してるってのに、なんのご用ですかはねーだろうが。しかもそんな睨んだ顔して」

黙れウジ虫。

恋愛禁止の規則を丸無視して、好みの女を見つけるや否や片っ端から口説きにかかるこの男は、沙織にまで手を出そうとしている不届き者だ。

　人前で堂々とナンパするので、本人的には隠して付き合ってるつもりでも、たまにバレて教師から厳重注意を受けている。

　ただし、沙織に関しては本気のようなので油断も隙もないけれど。

　本来なら一番頼りたくない相手だけど、状況が状況なだけに仕方がない。

　前生徒会長に選ばれるだけあって教師や生徒からの人望も厚く、なによりもコミュニケーション能力が抜群なので、裏で調査してもらうにはうってつけの人材なのだ。

　背に腹は代えられないので、今はおとなしく言うことを聞いておくに越したことはない。

「失礼。業務が立て込んでいたので。──ところで、"例の件"について調べはつきましたか？」

　どうぞ、と池田に生徒会長の席を譲ってデスクに座らせ、電気ケトルで沸かした紅茶をティーポットに注ぎながら、さっそく本題を切り出す。

　コトンと池田の前にティーカップを置くと、芳醇な香りにうっとりした様子で「これ、沙織ちゃんが選んだやつでしょ？」と聞いてきたので、危うく鼻フックしそうになったものの、ぐっとこらえた。

「ええ。よくわかりましたね」

「そりゃわかるって。去年まで俺が生徒会務めてた時も、毎日用意してくれてたし。疲れたなって思ったタイミングで、どうぞって出してくれんじゃん？　しかもまたその時の笑顔が可愛いこと！　あれって絶対俺に気があるからだと思うんだよな〜、ってどした？　んな怖い顔して」

「……もとからこの顔です」

　池田に見えないよう腰のうしろでギリィッと拳を固く握りしめながら、ツラッとした顔で答える。

　危ない危ない。つい殺意に駆られて、池田を殴り倒すところだった。

　勘違いもいいかげんにしとけよこの野郎——と言いたいところを抑えて、池田が手に持つ"ある物"に目を落とす。

「ところで、そちらは……」

「ああ、これだよこれ！　お前に頼まれてリサーチしといたやつ。ここ数年の間に違反した生徒のリストアップと、学校側から注意を受けた前後のデータ一覧。ひと目でわかりやすいようちゃっちゃっとまとめといてやったぜ」

「さすが、池田先輩ですね。ありがとうございます」

「いや〜、それほどでも……あるか？　この学園きっての天才児って呼ばれるお前が認めるんだから、俺もたいしたもんだよな〜」

　なんでもすぐ調子に乗りやすい池田は、案の定得意げに鼻の下を伸ばしてニヤニヤしているが、こういう面において有能なのは事実なので素直に褒めておこう。

　事実、池田から受け取ったソレは、十分すぎるくらい貴

重な資料だったので、頭を下げて感謝した。

「なあ、でも本当に実行するのかアレ？　いくら優秀なお前でもそう簡単にうまくいくとは思えないけど……」

「大丈夫ですよ。勝算がなければ、そもそも池田先輩に手伝いを頼んだりしません。それに、先輩にとってもこれは有利な流れなんじゃないですか？」

「そうなんだよな～。もうすぐ卒業すっけど、俺にとっては在校生とのワンチャン見込めるわけだし。あわよくば、沙織ちゃんと……なんて。ぐへへ♡」

　──前言撤回。この男だけは、なにがなんでも沙織から遠ざけて徹底的に排除する。

　利用価値があるうちは我慢するとしても、覚えてろよ池田。

　椅子の背もたれに腕を広げて、えらそうに足組みしている池田を見下ろしながら、心秘かに誓っていると。

「──とまあ、冗談はさておき。お前が本気でやるってんなら、俺も全力で協力するし、なによりも全校生徒のためだ。お互い、この学校を変えるためにがんばろうぜ」

　池田が得意げにニッと笑ったのにつられて、肩から力を抜いて「ええ」と微笑み返す。

　なんだかんだ言いつつ、この男のこういう部分は嫌いじゃなかったりする自分もいるんだよな。

　……ま、本人には口が裂けても言わないけど。

◆　◆　◆

甘い秘密は、ふたりきりの生徒会室で。 **>>** 239

　池田と極秘裏である計画を遂行しつつ、あっという間に3月の卒業式が終わって春休みに入った。

　満開の桜が咲き誇る、4月上旬。

　残りの休みもあと数日に迫ったとある金曜日。

　いつものように早起きして日課である筋トレと勉強をこなしてきた俺は、シャワーを浴びて着替えるなり、まっすぐある場所へ向かっていた。

　——ピンポーン……。

　『白沢』と表札に出ている家のインターホンを押すと、チャイムが鳴ってから1分もしないうちに、中からパタパタと足音が聞こえてきて、目の前のドアが開いた。

「おはよう、由貴くん。思ってたより来るの早かったね」

　ガチャッとドアの隙間から顔を覗かせたのは、照れくさそうにはにかんだ笑顔を浮かべる沙織だ。

　清楚な白いシャツワンピース姿の彼女を見て、思わず『可愛い』と本音がもれそうになって、ぐっと言葉を呑み込む。

　普段、きっちり制服を着込んでいるからか、シャツのボタンを外して胸元が覗き見えそうになっているだけでドキッとしてしまう自分が情けない。

　それほど大きく胸元を開けてるわけじゃなくて、身長差のせいでそう見えるだけだけど……心臓に悪いな。

「うん。沙織に1秒でも早く会いたくて、予定より30分早く家を出てきた」

「っ！　由貴くん、そんなサラッと嬉しいことを……」

「？」

素直に思ったことを言ったまでなのに、なんで沙織は胸を手で押さえて悶絶してるんだ？

　首を傾げていると、沙織に「さあさあ、上がって」と中に入るよう促され、お邪魔しますと挨拶してから玄関に入った。

「ちょっとお茶用意してくるから、先に部屋行っててもらえるかな？　すぐ行くから」

「ああ」

　白沢家にはもう何度も訪れているので、案内されなくてもひとりで彼女の部屋まで行ける。階段を上がって、すぐ手前にある部屋に入ると、窓辺に新しい観葉植物が置かれていて、サンサンと日光を浴びていた。

　清楚な彼女らしい白を基調とした部屋は、いつ来ても綺麗に片づいていて、几帳面な沙織の一面をそのまま表しているかのようだ。

　アンティークの小物や雑貨が好きらしく、机の上や棚にさりげなくオブジェとして飾っているところや、観葉植物を育てているところがいかにも女の子らしくて可愛いなと思う。

　ところで、家の中がシンとしているような……？

「由貴くん、お待たせ」

　両手にお茶菓子の載ったトレーを抱えて部屋に戻ってきた沙織は、ベッドの前のローテーブルにそれらを置くと、「由貴くんが来ると思って、今朝、クッキー焼いてたの。あとね、由貴くんの好きなダージリンティーも用意したか

ら、たくさん食べてね」

　と殺人的に可愛い笑顔を浮かべて、どうぞと小皿に盛ったクッキーを差し出してきた。

「わざわざ作ってくれたのか？」

「うん。だって、ふたりでゆっくり会えるの久しぶりだし。ずっと楽しみにしてたから」

　えへへ、と照れ笑いする沙織に、胸の辺りがキュンと疼いて、口元がにやけそうになる。ハッとして寸でのところで平静を装うと、なんでもないフリをしてクッキーをひと口頬張った。

「……うまい」

「本当!?　よかったぁ〜っ」

「コレ、沙織が生徒会の差し入れに持ってくる手作りクッキーと似てるけど、味が違う……？」

「うん。いつものはプレーン味で、こっちは生地の中に紅茶の葉を混ぜてあるの。由貴くん、好きかなと思って」

　俺のためにわざわざアレンジしてくれたのか……。

　そう思うと余計においしく感じてきて、次から次へと口に運んで、あっという間に平らげてしまう。

　こうして沙織なりに工夫してくれてることを知って、ますます彼女が愛おしく思えてくる。

　そりゃそうだろう？

　好きな子の健気な一面を見てグラつかないほうが不自然だ。

「ふふ。食べかす付いてるよ？」

スッと沙織が膝立ちして、俺に近付いてくる。そのまま口の横についたクッキーの食べかすを指で拭い取ると、「子供みたい」とクスクス笑われ、耳の付け根が熱くなった。

「悪い……」

「なんで謝るの？　めったに見れない貴重な姿なのに」

「それは——いや、なんでもない」

「？」

　それは沙織の前だからだ——と言いかけて、慌てて言葉を濁す。

　どうも彼女の中での俺のイメージは『ストイックで、何事もオンオフの切り替えが早く、苦労を苦労とも思わない超人』と思われている節があるので、カッコ悪い本音をなかなか口に出せずにいる。

　自分自身、好きな子によく思われたいせいもあるけれど。

　……本当だったら、もっと普通に外でデートしたり、こんなふうにコソコソお互いの部屋を行き来したりする必要なんてないのに。

　と言っても、沙織が『まだ由貴くんの家族に"彼女"として紹介してもらえるような女じゃないから、隣にいてふさわしくなれるまで待ってて！』とよくわからない理由で懇願されたので、うちの親には『生徒会の用事を一緒に片づけてもらうために呼んだ』ということにしているけれど。

　たぶん、俺が知らないだけで沙織は沙織なりに悩んでいるし、俺と付き合うことでたくさん苦労をかけてると思う。

　もし仮に、彼女が同じ学校内の生徒と交際したとしても、

相手が一般の生徒だったら、もう少し気楽な気持ちでいられた気がする。

　自分たちの立場が、生徒を代表する"会長"と"副会長"である以上、学園の顔となるはずの俺たちが付き合ってるだなんてバレたら、前代未聞の騒ぎになるのは目に見えている。

　そのリスクを踏まえてでも、どうしても自分の気持ちを抑えきれなかった。

　沙織を自分のものにしたくて、生まれて初めて本気になった。

　1年前のあの日、沙織に告白してなかったら、今こうして隣にいることも、彼女の笑顔をひとりじめすることもできなかったんだから、結局この選択で正しかったんだろう。

　でも、彼女のほうはどうだ？

　沙織の気持ちを疑うわけじゃないけど、たまに不安になる。

　根が真面目で心優しい彼女のことだ。

　本当は、周囲に隠しごとをしていることに罪悪感を募らせて苦しんでいやしないだろうかと……。

「あっ、そうだ。前に予告を見て気になってた映画をね、駅前のレンタルショップで借りてきたの。せっかくだからふたりで一緒に観ようと思って」

「なんの映画？」

「うんとね、ラストが泣けるって話題の恋愛ものだよ」

　今準備するから待っててと言って、スクッと立ち上がる

沙織。

　急いで部屋のカーテンを閉めると、日差しが遮られて室内は薄暗い状態に。音漏れしないよう、部屋のドアもきちんと閉めて——って、ちょっと待て。

　さっきから気になってたことがひとつある。

「……今日、家族の人は？」

　つとめてさりげなく質問したら、彼女の口からとんでもない返事が返ってきた。

「あ、言ってなかったっけ？　今日、うちの両親の結婚記念日で、１泊２日の旅行に行ってるの。だから、今日は何時まででもうちにいて平気だからね」

「旅行？」

「うん。うちの両親、とくにお父さんが『由貴くんのこと"信頼"してるからね』って、そう伝えておくよう言われたけど？」

「はは、は……」

　——いやいや、さすがにありえないだろこの状況は。

　ふたりっきりの密室。それも薄暗がり。

　家族は不在で、俺たちが今座っているのはベッドの上。

　さらに、今から見るのはラブシーンが盛り込まれた恋愛映画。

　とどめに、お互いを想い合ってるうら若き年頃の男女。

　この状況下で、どう理性を抑えろと？

　ただでさえ、最近沙織に触れたい欲が高まってまずいのに、生殺しにも程があるだろ。

甘い秘密は、ふたりきりの生徒会室で。 》 245

　人の気持ちなんてつゆ知らず、沙織はブルーレイプレーヤーにディスクを入れて、ベッドに座り直す。

「じゃあ、再生するね」

　リモコン操作をする彼女の横顔を見ながら、心の中でこっそりため息をつきそうになったその時。

「……あのね。由貴くんが嫌じゃなかったらなんだけど、もうちょっとくっついてもいい？」

　沙織が自分の太股の上をポンポン叩いて、俺の足の間に座りたいとおねだりしてきた。

　一瞬、意味が通じなかったものの、すぐにリクエストの内容を把握してビシッと固まる。

　彼女から迫ってくるなんて珍しい。

　しかも、今の言葉を口にするのがよっぽど恥ずかしかったのか、顔中真っ赤で、言ったあとからもじもじしている。

　『あ〜っ、どうしよう言っちゃったよーっ!!』と顔に書いてあるのが丸わかりで、相当の勇気がいったことだけは伝わってきた。

　そんないじらしい彼女の様子に、変な想像を働かせて動揺しかけた自分がアホらしく思えてきて「クッ」と苦笑してしまう。

　バカだな。こんな純粋な子に限って、邪なこと考えるはずもないのに。

　——触りたい、のは本音。

　でも、それ以上に大切にしたいと思うから。

「おいで」

ふっと口元を綻ばせて、腕を広げる。

　すると、こっちの意図が伝わったのか、沙織はパァッと瞳を輝かせて、俺の足の間にちょこんと座ってきた。

「えへへ。やったぁ」

　嬉しそうに頬を赤らめる彼女につられるように、俺の表情も和らいでいくのを実感する。

　彼女のお腹に両手を回してぎゅっと抱きしめると、くすぐったそうに身じろぎしていて、そんな動作まで可愛いなと思った。

「由貴くんの胸板って見た目より固くてガッシリしてるよね」

「そうか？　平均的だと思うけど」

「でも、こうやってうしろから抱きしめられると、当たり前のことかもしれないけど『あー、由貴くんは男の子なんだなぁ』ってしみじみ実感するというか。……すっぽり包まれるとね、背中から温もりを感じてほっとするんだ」

「それを言うなら、沙織だって……」

　こんなに華奢で柔らかくて甘い香りがするのに——そう言いかけて、慌てて口を閉ざす。ややヘンタイじみた言い回しだと自分で気づいたからだ。

　でも、その代わりに違う言葉を選んで、彼女の頭頂部に顎を乗っけながらボソッとつぶやいた。

「……そばにいるだけで安心させてくれるよ」

　いつだって、俺の緊張感を解いてくれるのは沙織だけで、彼女の存在に何度救われたかわからない。

甘い秘密は、ふたりきりの生徒会室で。 >> 247

　隣で笑ってくれるだけで心が温かくなる。

　癒やされるし、どんなことでもがんばれそうな気がして
くるから不思議だ。

「由貴くん……」

　俺の言葉に感動したのか、沙織が大きな瞳を潤ませて涙
ぐむ。

「なんで泣くんだよ……？」

「だって、そんなふうに思ってくれてるなんて思わなかっ
たから……」

「感動したの？」

　彼女の目に浮かんだ涙を指先で拭い取ってあげたら、耳
を真っ赤にさせて「……うん」とうなずかれて、なにかが
ぷつりと切れる音がした。

　テレビモニターに映し出される映画の本編そっちのけ
で、気がついたら彼女の顎を持ち上げて、噛みつくような
キスを落としていた。

「由貴、く……ふっ……」

　大切にしたい。

　傷つけたくないし、怖がらせたくないのに、どうして理
性は言うことを聞かない？

　沙織の理想の中の俺は、もっとこらえ性があるはずだろ
う。

　こんな欲望に忠実な口づけをしたりするような男じゃな
い。

　わかっているのに、心と体は別物でまったく言うことを

聞いてくれやしない。

　歯止めが利かない状況に、自分でも『ヤバい』と思った。

　なぜなら、何度も角度を変えて荒々しいキスを繰り返すうちに、本能のほうが打ち勝って彼女をベッドの上に押し倒していたから。

　布団の上に片膝をついて彼女のお腹の上をまたぐと、沙織がとまどったようにきょとんと目を丸くする。

「由貴、くん……？」

「…………」

　ギシッ——とスプリングが軋んで、テレビの音声が遠ざかっていく。

　五感すべてが彼女に集中して、なにも聞こえなくなってたからだろう。

　少し不安そうに、でも若干期待しているようなトロンとした目で見上げてくる沙織に、ここまで煽ったお前が悪いと責任を押しつけそうになっている自分がいる。

　上から彼女を見下ろして口元を歪めると、白くて細い首筋に手を伸ばして、鎖骨の上をツ……、とひとなでした。

　瞬間、彼女の喉が震えて、唾を飲み込む気配がした。

　たぶん、よっぽど俺が本気の目をしてたからだと思う。

　一瞬、怯えた様子の彼女を見て、冷や水を浴びたように我に返った。

　額に冷や汗が浮かんで、ぱっと彼女から目を逸らす。

　ギクッとして、慌てて彼女から目を逸らす。

　やってしまったと後悔した時にはもう遅く、彼女が抱く

甘い秘密は、ふたりきりの生徒会室で。 ▶▶ 249

自分のイメージ像を崩してしまった不安でいっぱいになっていると──。
「……やっぱり由貴くんも男の子なんだね？」
「は？」
　突然、沙織がわけわからないことを言い出すから、間抜けな声が出てしまった。
　呆気に取られた顔をしてるのだろう俺を見上げて、沙織は楽しげに吹き出すと、スッと手を伸ばして俺の頬に触れてきた。
「こんなこと言ったら失望されると思って言えなかったんだけど……私もね、もっといちゃいちゃしちゃいたかったんだ」
「っ」
　彼女の口から予想だにしない爆弾発言が飛び出て、柄にもなくうろたえてしまう。
　自分から迫っておいて、いざ沙織に大胆なことを言われると、どう反応していいのかわからなくて焦ってしまった。
　ただひとつ、心拍数がとんでもないことになってるのはよくわかる。
「最近ね、由貴くんとキスするたびに、心のどこかで物足りないなって思い始めてる自分がいたの……。でも、そんなこと考えてるなんて知られたら、軽蔑されちゃうかもって不安で言えなかったんだ」
　──あ……。
　そうか、沙織も“同じ”なんだ。
　お互いが勝手に作り上げたイメージを壊したくなくて、

がっかりして嫌われたくなくて……本音を隠す癖がついていたのか。

　今の彼女の言葉は、まるで自分の本心そのもので妙に納得してしまう。

　すんなりとまではいかないけど、心のどこかで引っかかっていたモヤが晴れたような、あるいはパズルの最後のピースが埋まって完成した時に近い、謎の高揚感があった。

　バカだな俺たち……。

　そう思ったら、自然と笑みがこぼれて。

「はっ」

　手の甲を口に当てて吹き出してしまった。

「えっ、えっ!?　なんで急に笑うのっ」

　沙織からしたら意味不明なタイミングで笑われてビックリしたんだろう。慌てふためく彼女の姿がおかしくて、ますます笑い声が大きくなった。

「……いや、可愛いなと思って」

「!?」

　ボンッと火がついたように沙織の顔が赤くなって、「……意味わかんないよ」と眉をハの字にして文句を言われる。

「そうか？　俺は"男"だし、沙織は"女"だし、俺たちはお互いを想い合ってる"恋人同士"で、もっといちゃいちゃしたいと思ってる。シンプルな感情だろ？」

「シンプル？」

「要するに、同じ気持ちってことだよ」

　コツンと額同士を当ててはにかむ。

甘い秘密は、ふたりきりの生徒会室で。 ≫ 251

　すると、ようやく意味が通じたのか、沙織が満面の笑み
を浮かべて「由貴くんも一緒なんだね」って喜んでくれた。
　彼女の目に映る自分は、『ストイックで、何事もオンオ
フの切り替えが早く、苦労を苦労とも思わない超人』だか
ら、カッコ悪い本音は出せないと思い込んでいたけど、そ
うじゃないんだ。
　べつに、カッコ悪くたって彼女の前で取り繕う必要なん
かない。
　いきなり全部は無理かもしれないけど、一生沙織を手離
す気なんてないんだから、お互いを知り合う時間はたっぷ
りある。
　だったら、いい意味でそれぞれが思う相手のイメージ像
を壊していけばいいじゃないか。
「1個だけ気になること言ってもいいか？」
「う、うん？」
「沙織はすぐ俺と『釣り合わない』とか『ふさわしくない』
とか言うけど、もっと自信持ってほしいんだけど？」
「え、自信って……？」
「だから──」
　彼女の耳元に唇を寄せて、ボソッと甘い声で囁く。
　その瞬間、みるみるうちに沙織の目から涙が溢れて、幸
せそうな笑顔に変化していった。
　彼女につられるように俺も顔を綻ばせて笑い、さっきと
は違うとびきり優しいキスをした。
　正直に言えば、いいムードに流されて、このまま彼女を

自分のものにしたいけど。

　焦るのはもうやめて、きちんと目の前の問題を片づけて
から好きなだけイチャついてやろうと決心した。

　付き合ってから"まだ"１年なのか、"もう"１年なのか、
それが人によってどう感じる時間かまではわからない。

　けど、これからもずっと続く時間なら、今しかできない
プラトニックな付き合い方もそれはそれで"アリ"だと思
う。

「……さっきは手荒なことして悪かった。怖い思いさせた
よな……？」

　沙織の腕をつかんで上体を起こすと、俺の足の間に座ら
せ直して、すっぽりうしろから包み込む

　彼女の頭頂部に顎を乗っけた状態で「ごめん」って謝っ
たら、沙織は小さく首を振って「イヤじゃなかったよ」っ
て照れ笑いした。

「ちょっとビックリしたけど、あんな風に余裕ない由貴く
んもカッコいいなってドキドキしちゃった。正直、どっか
で期待してたし……」

「……っ」

　またコイツは、人が我慢してる時に限ってそういうこと
を言う……。

　ややあきれつつも、肩の力を抜いてふっと吹き出す。

　そのあと見た映画の内容そっちのけで、彼女と過ごす穏
やかなひと時に幸せを感じていた。

『――俺に愛されてる自信持って』

そう言った俺に、沙織が感極まって泣くくらい喜んでくれたから。

短い春休みが過ぎて、あっという間に新学期を迎えた4月初旬。

最高学年に進級し、ますます生徒会の仕事や本格的に始まる受験勉強で身が引きしまる中、ついに"ある計画"を実行に移すべく、俺は行動に出た。

「みんなには黙って水面下で動いていたんだが、うちの校則から『男女交際禁止』の項目を削除しようと思ってる。そのために、前会長の池田先輩に協力してもらって、具体的な統計データを集めてみたんだ」

放課後、顧問に内緒で生徒会メンバーに緊急収集をかけると、ひとりずつプリントを配って、自分の席に着いてもらった。

沙織を含め他の役員全員が突拍子もない提案に驚き、ざわっとどよめく。

それもそのはず。

この学校が創立されてから長年貫かれてきた校則のひとつを撤廃したいと働きかけているのだから。

「過去、交際が発覚して注意された生徒の、交際が発覚する前後の成績表をデータ一覧に起こしてみたんだ。結果、交際中に成績を落とす生徒の割合よりも、学校側に指示さ

れて別れたあとのほうがガクンと順位を落とす割合が高
かった。反対に、交際がうまくいってる生徒の多くが、学
力が向上していたこともわかっている。これがどういう意
味を持つかわかるか?」

　長テーブルの席に着く生徒会メンバー全員の顔を順に見
渡し質問すると、少し考え込んだ素振りを見せたあと、沙
織が右手を挙手して答えてくれた。
「つまり、交際してる・してないに関わらず、学力そのも
のは本人の努力次第……ということでしょうか?」
「そのとおりだ」

　みんなの表情に驚きが走るの見て、ニヤッと口角を持ち
上げる。

　そのまま次の資料に目を通してもらい、池田先輩と動い
ていた内容をわかりやすく説明した。
「実は、去年1年間、男女交際が発覚して注意された生徒
を集めて、校外で講習会を開いたんだ。真面目に勉強する
者、そもそも参加しなかった者、いろんなパターンがあっ
たけど、今白沢が言ったように本人のやる気次第でいくら
でも学力は向上することがわかった。たとえ、それが交際
中でも、失恋して落ち込んでる最中でもな」
「ってことは、学校側が考えるような『男女交際は勉強の
妨げになる』って考えは一概にもそうとは言えないってこ
とですよね?」

　俺の説明を聞いて、納得したように頷くもうひとりの副
会長・奥村。

甘い秘密は、ふたりきりの生徒会室で。 >> 255

　それに続いたように会計長の御子柴が「なるほどね」と
うなずき、「要するに、逆転の発想ってわけだ？」とこっ
ちの意図を汲んだ発言をしてくれた。
「でも、いくらこのデータがあっても、それだけじゃ学校
側を納得させるには弱いんじゃ……」
　至極当然の不安を口にする沙織に、他のふたりもサッと
表情を曇らせる。
　たしかに、この資料だけだと訴える材料としては弱い。
　だけど、俺には十分な勝算があった。
　人によっては汚いと罵られそうな"切り札"がな。
「──他のヤツらじゃ難しいだろうな。でも、みんなよく
思い出してみろ。この俺を誰だと思ってる？」
　不適な笑みを浮かべる俺に、察しのいい彼らは「まさか」
と引きつった顔になる。
「……つい忘れかけてたけど、会長って日本を代表する佐
城グループの一族でしたよね？」
「ああ。自分で言うのもなんだけど、裏で手を引けば、こ
の学校の理事長くらい簡単にねじ伏せられる程度の力はあ
るな」
　疑惑の目を向けてくる奥村に腹黒い笑みを向けると、
ヒッと顔を青ざめさせて「怖いです、この人！」と叫ばれ
る。
「ゆ、由貴く──コホンッ、会長本気ですか？」
　動揺のあまり下の名前で呼びかけて、慌てて言い直す沙
織に「もちろん」と力強くうなずき返す。

「ただし、今日明日訴えて急に校則が廃止されるわけじゃ
ない。保護者への説明や、他の生徒を納得させるだけの十
分な理由がないといけない。……だから、協力してもらえ
るか？」

　権力を振りかざすだけなら、ことがうまく運んだとして
も、別の方面から批判の声が上がるのは目に見えている。

　そうなった時に、大多数から理解を示してもらえるよう、
７月の任期を迎えるまで精いっぱい働きかけたい。

　と、上記のセリフを訴えかけると。

「やれやれ。ストイックで淡泊な人だと思っていたら、一
番の恋愛脳が会長だったとはね」

「いや、なに言ってんだ奥村！　会長は常に生徒のことを
考えて動いてくれてるんだぞ！　恋愛脳とはなんだ恋愛脳
とはっ」

　うっすらだけど、俺と沙織の関係に気づいている節があ
る奥村は、チラッと意味深な視線をよこして肩をすくめて
みせる。

　まったく事情を知らない御子柴は、端から見ると俺を侮
辱しているように聞こえる奥村に噛みついて、ふたりでワ
イワイやっていた。

「でも、どうしてそこまでして会長が『男女交際禁止』に
こだわるんだ？　なにか理由でもあるのか？」

「さあな。無事に廃止できたら教えてやるよ」

　沙織の目を見つめて柔らかく微笑むと、意味が通じたの
か、彼女が恥ずかしそうに頬を赤らめて取り乱していた。

甘い秘密は、ふたりきりの生徒会室で。 >> 257

「由貴くん。さっき言ってた話って……もしかして私のため?」

　会議後、生徒会室に沙織を引き留めて資料棚の整理をしていたら、ソワソワした様子で聞かれて軽く吹き出した。

「もうっ。人が真面目に質問してるのに!」

「悪い悪い。沙織が期待のこもった目で見つめてくるから、つい」

「う、嘘っ……、私そんな顔してた?」

　腕に抱えたファイルをぎゅっと抱きしめて、羞恥で顔を真っ赤にする彼女を見て、クスクス笑ってしまう。

　人に対しては気が利くのに、自分のことになると案外鈍いんだよな、沙織って。

　さっきの会議中も、みんなにバレるんじゃないかってくらい赤面して狼狽えてたし。

　……ま、そこが可愛くもあるんだけどな。

「って、そんなどうでもいい話より、なんで急に校則を変えようと思ったの?」

「べつに急にってわけじゃないよ。沙織と付き合ってからはずっと考えてたことだし」

「え……?」

　パタンとノートを閉じて資料棚に戻しながら、さりげなくカミングアウトすると、案の定、沙織がこの話題に食いついてきた。

「由貴くん、それってどういうこと!?」

　じっと上目遣いで見上げてくる彼女を見下ろし、ニッと

意味深な笑みを浮かべる。

　ちょっとこっち来て、と手招きすると、窓とホワイトボードの間に彼女に連れ込み、背を屈めて下から彼女の顔を覗き込む。

　すると、ちょうどその時、よく生徒会室の前の廊下を通りがかる女生徒の話し声が聞こえてきて、沙織がビクリと肩を震わせる。

　ここは死角だから、彼女たちから俺たちの姿が見えるはずなんてないのに、用心深い沙織は俺から一歩退いて離れようとしていく。なので、彼女の腕をつかんで、自分のほうに引き寄せた。

　そのまま、沙織の眼鏡を外して、そっと口づける。

　パタパタ……と遠ざかっていく足音。

　驚きの表情から徐々に恍惚の色を浮かべていく彼女の変化を楽しみながら。

「……俺が校則を変えたいと思ったのは、こんなふうに人前で堂々とイチャつきたいと思ったからだよ」

「!?」

　キスとキスの合間に、彼女の耳朶に唇を這わして囁いたら、沙織は『まさか』と言いたげに真っ赤になった顔を上げて。

　それから、したり顔の俺を見て本気で言ってると悟ったのか、顔から湯気を噴きそうになりながら口をわななかせた。

「まわりに内緒にして付き合ってることでうしろめたい思

いさせたくないし、俺も沙織が自分の彼女だって公表した
かったから。それだけじゃ、動機は不十分か?」
「……っ、ううん。十分すぎるぐらいだよ!」
　精いっぱいつま先立ちして、俺の首に腕を回してくる沙
織。
　俺も反射的に彼女の背中に腕を回して抱きとめると、沙
織が鼻をすする音が聞こえてきて、自然と目尻が下がって
いく。
「でもまあ、あと少しの間だけ内緒の恋も楽しもうか?」
　嬉し涙を浮かべる彼女にいたずらっぽく笑って提案した
ら、「由貴くん、意外と策士」と突っ込まれて、ふたり同
時に吹き出した。

End.

# ありったけの恋心を
# キミに

## ▶未華 side presented by Chaco

——ずっとキラキラしている子たちがうらやましかった。

2時間目が終わってからの20分休み。チャイムが鳴り始め、静かだった廊下は賑やかに。椅子の脚が床を擦る耳障りな音が方々から聞こえる中、私、大宮未華は今朝買ったパンを手提げカバンから出して、急ぎ足で教室をあとにする。

向かう先は校舎内にある自動販売機。予定通りに誰よりも早く到着してホッとする私は、曲がり角の壁にもたれてパンの袋を開けた。

すぐ咥えられるよう数センチだけ袋から出しておく。ひと口だけ食べようかと思ったけれど、そろそろ彼が現れる時間だ。食べたい気持ちを抑え、角の向こうを覗き見た。

「来てないなぁ」

私が待っているのは同じ1年の佐藤絢斗くん。背が高くて見た目がカッコいい男の子。

クラスが離れている私は10月の文化祭で初めてその存在を知ったけれど、トイレで偶然耳にした話では、入学当初から彼のカッコよさは全生徒に広まっていたらしく、休憩のたびに先輩の女子が教室へ押し寄せていたほど有名な人みたい。

ありったけの恋心をキミに　>> 263

　初恋の相手がそんな人だなんて、なんだか小説やドラマの主人公になったような気分だ。

　佐藤くんを好きになってからのこの数ヶ月間、思いつくアプローチはすべて実行した。

　学校では、話せる友達はいるけれど、恋愛の相談ができる相手はまだいない。だからテレビや雑誌で勉強したの。

　恋愛ドラマを観て、そばにいれば好きになってもらえると学んだ時は、廊下で彼を見かけるたび、さりげなくそばへ寄っていった。流行っているという恋愛ソングの"キミを目で追ってしまう"という歌詞に影響され、なるべく佐藤くんの視界に入るよう心がけてもいた。……けれど、あれこれ試しても彼との距離はいっこうに縮まらない。

「漫画みたいに、これで接点が増えるといいけど」

　最近、中２の妹である未希からたくさんの少女漫画を借りている。今日はその中でもよく見かけるシーンを再現するつもり。曲がり角で食パンを咥えて人とぶつかれば、その相手との距離は一気に縮まるとわかったから。

　そのシーンはいくつもの漫画で描かれていた。よく描かれるということは、それだけ成功率が高いのだろう。試す価値はあるよね……！

「きっ、来た！」

　数分、曲がり角の向こうを見張っていたら、佐藤くんがひとりで現れた。窓の外に目を向けながらこっちへ歩いてくる彼。予想通りの展開だ。

　緊張してフレンチトーストを持つ手に力がこもる。

「……うまくいきますように」

　壁から離れて小声でそう祈る私は、深呼吸をして、ぶつかる前の主人公が言っていたセリフを口にする。

「"いっけなーい！　遅刻しちゃう！"」

　叫んですぐフレンチトーストを咥えた。いつでも走り出せるようその場で足ぶみも。でも、その足音が激しすぎたため、佐藤くんの気配を感じ取れなくなっていた。

　同じタイミングで曲がるつもりだったのに、駆け出す前に彼の体の一部がちらっと見えてしまったの。出遅れたことに慌て、私は急いで一歩を踏み出す。

「……ッ!!」

　ドン、と体に響く衝撃。同時に頭がくらっとした。無事にちゃんとぶつかることができたけれど、勢いがありすぎたせいか、少しめまいが。

　鼻までぶつけた。その痛みがやわらいでからまぶたを開けると、真っ先に見えたのは喉仏が尖った首。そのままゆっくり視線を上げると、ビックリした表情の佐藤くんと目が合った。

「わっ……」

　近すぎる距離に驚いて咥えていたパンを落としてしまった。拾わなきゃと思ってはいるけれど、目の前の綺麗な顔からすんなり目が離せない。

　すっきりした顎のラインに、黒髪がよく映える白い肌。顔のパーツはどれも上品に整っているけれど、中でも、鋭さのある奥二重の瞳がとてもカッコいい。なんだか、佐藤

くんって少女漫画の中にいそうな人だ。

　こんなにそばへ来ることなんてなかなかないから、ここ
ぞとばかりに隅々まで見てしまう。

　しばらく、彼もぽかんとした表情で私を見ていたけれど、
数秒するとわずかに眉根を寄せ、自分の体へと視線を下ろ
していく。つられて私もその胸元へと目を向けた。

「……あ」

　そこでやっと気がついたの。佐藤くんの白いシャツが、
フレンチトーストの卵で黄色く汚れてしまったことに。


　その数分後、私は上だけ体操着に替えた佐藤くんのあと
を追い、校舎の端の手洗い場まで行っていた。

「……」

　黙々と、汚れた部分を洗う佐藤くん。

　シャツを濡らし始めた時に『私がやります』と声をかけ
たが、彼は手を止めてくれなかった。

「……ただの食パンにすればよかった」

　フレンチトーストにしたことを後悔する。

　６枚切りの食パンだと荷物になっちゃうし、全部は食べ
きれない。そう考え１枚売りのフレンチトーストにしたの
だけれど、ぶつかれば服を汚してしまうという想像ができ
ていなかった。

「あ、これ使ってください！」

　水道の蛇口を閉める佐藤くんに駆け寄り、ポケットから
出しておいたハンドタオルを差し出した。

佐藤くんは大きく息をついてから目を合わせてくれる。

「……なんなんだよ、いったい」

そう尋ねられた時、ちょうど、外の強い風が開けっ放しのドアから入ってきた。スカートの裾が微かになびく。

私は顔の前に流れた髪を耳にかけながら、返す言葉を探す。

『なんなんだよ』って、ハンドタオルを渡そうとしたことに対しての言葉なのかな？　でも佐藤くん、私の手元を一度も見てなかったよね。……違う気がする。

なら、やっぱりぶつかったことに対して？　……けど、偶然ぶつかった相手に『いったい』とまで言ったりするかなぁ？

「……あ」

も、もしかして、佐藤くんは気づいてる？　偶然を装ってわざとぶつかられた、って。

そういえば、さっき、角を曲がるタイミングが少し遅れてしまった。慌てて走り出すところから見られていたのなら、怪しまれてもおかしくはない。

……うん、そう考えれば『いったい』と言われたことにも納得がいく。たぶん、わざとぶつかったことはもうバレているのだろう。

「あの……えっと」

正直に「接点を増やしたかった」と答えたら「なんで？」と聞いてくるかも……。そうなったら、今度は「佐藤くんとの距離を縮めたかった」と言わなくちゃいけなくなる。

ありったけの恋心をキミに ≫ 267

　……それって、もう告白だよね。

「その……」

　まだ先のことだと思い、告白についてなにも勉強していない。できることなら今は言いたくない。

　けれど、わざとぶつかって服まで汚したのに、自分は本当のことを言わない……なんて、さすがに勝手すぎるかな。

　しばらくの間、どうしようか考えていた。けれど、私が言いよどむたび、佐藤くんの表情はどんどん険しくなる。

　これ以上、状況が悪化するのは避けたい。そう思って、私は……。

「す、好きです！」

　意を決し、漫画やドラマでも定番のセリフを叫んだ。

「は……？」

　眉間にシワを寄せる佐藤くん。

　私は慌てて言葉を付け足す。

「ぶ、文化祭の日……ブランケットを貸してもらったんですけど、覚えてますか？」


　──あの日、佐藤くんのクラスは、教室で"執事カフェ"という、男子が接客する喫茶店を開いていた。

　呼び込みの人からの誘いを上手に断れず、なかば強引に席へと案内された私は、ひとりで来店しているのが自分だけだと気づき、恥ずかしくてずっとうつむいていた。

　そんな時だった。佐藤くんがそばに来てくれたのは。

『ご来店ありがとうございます』

制服のシャツの上にストライプ柄の黒いベストを羽織っ
た男の子がそばに来て、淡い水色のブランケットをふわり
と足に掛けてくれた。そして、目の前にメニューを置いて
くれる。手には白い手袋を着けていた。
『ごゆるりとおくつろぎください』
　さわやかに微笑まれた瞬間、それまで抱いていた居心地
の悪さがどこかへいってしまった。
　それからお店を出るまでの間、私の目はずっと佐藤くん
の姿を追っていて……。


　あの時の客だと気づいてもらいたくて、私はこと細かく、
お店で交わしたやり取りを言い並べる。けれど、なにを言っ
ても佐藤くんは平静で、顔色ひとつ変えない。
「覚えてない」
　きっぱりそう言いきられてしまう。
「え、あの……ニコッて笑いかけてくれて！」
　あれから何ヶ月も経っているし、忘れられていても仕方
がないけれど、どうにかして思い出してもらいたい。
　あれは私にとってとても大きな出来事だったから。
「あっ、その時の私、髪をこう……ひとつに。ポニーテー
ルにしてました！」
　あの日のヘアスタイルが今と違うことに気づき、下ろし
ている髪を両手で集めた。
「この顔、記憶に残ってませんか？」
　よく見てもらえるよう、一歩近づいたけれど。

「残ってないね」

　佐藤くんは即答で返してくる。……なんだか、この話に興味がなさそうだ。

　言葉に詰まってうつむくと、佐藤くんは面倒くさそうにため息をつく。

「ブランケット……あれ、客全員にやってたサービスだし、借りたのはあんただけじゃないんだよ。だから、その時のこと言われても、俺、客なんてひとりひとり覚えてないから」

「……サービス」

　あれは全員にしていたこと……。

「それに、笑いかけるのって普通じゃない？　接客なんだし」

　接客……。たしかに佐藤くんの言うとおりだと思う。お店にいた時、他のお客さんにも微笑みかけていたことは知っている。全員にしていたこととは思わなかったけれど、別の席にブランケットを持っていくところも見かけていた。

「で、でも！」

　この数ヶ月、毎日、佐藤くんのことを考えてきたの。

「私、あの日から佐藤くんの笑顔が大好きで！　笑った顔を見かけるたび、ついつい見惚れてしまって」

　佐藤くんに会えるから学校へ行くことが好きになった。毎晩、寝る前に朝が早くくることを願っている。

　ブランケットの貸し出しは全員にしていたことで、あの

笑顔も私だけに向けたものじゃない。そうだとしても、あの瞬間、私が恋に落ちたのはまぎれもない事実だから。

「……彼女とかいらねーから」

　もっともっと気持ちを伝えようとしたけれど、佐藤くんは私の声を遮り、話を終わらせようとする。

「さ、佐藤く……」

　このまま終われば、告白までした私はフられたことになる？　そうなったらこの恋を諦めないといけない？

「……っ」

　この数ヶ月、本当に楽しかった。次はどうしようかと作戦を立てている時はすごくワクワクしたし。

　恋をしている今の私は、きっとキラキラしているはず。そう思うと嬉しくて、ふわふわして。

「す……」

　まだやめたくない。だってやっと……！

「好きでいちゃダメですか!?」

　終わらせたくない一心で、声を張った。

「片想いでもいいんです!!」

　彼女になりたいわけじゃない。私は恋がしたいの！

　腕にすがりつくと佐藤くんは顔を引きつらせ、一定の距離を取るためか、数歩、うしろに下がる。それでも諦めずに前のめりでお願いすると……。

「付き合うのとか、そういうのを期待しないなら……」

　仕方なくという感じではあるけれど。

「好きにすれば」

佐藤くんは想い続けることを許してくれたの。


　翌日の夕食後、私はリビングのテレビでバラエティー番
組を観ている妹の未希に話しかけていた。
「もう読んだの？　相変わらず速いね～」
「さっき読み終えたところ」
　2日前に借りた数冊の漫画を返したのだけれど、すぐそ
ばではダイニングテーブルを片づけるお母さんがいるか
ら、話しながらもチラチラとその表情をうかがってしまう。
お母さんは漫画やアニメをよく思わない人だから。
「これさ、一昨年だったかなぁ……映画化されたんだよ。
今度DVD借りて一緒に観る？」
「う……うん」
　お母さんの様子を気にしているのは私だけみたい。
　未希は気にするどころか、テレビそっちのけで漫画の
ページをペラペラめくっている。そんな姿を見ると、私も
堂々としなきゃって思える。もう高校生だし。


　しばらくリビングのソファに腰かけて、未希と漫画の話
をしていた。
「お姉ちゃん的にこれはどうだった？　切ない系の物語だ
けど」
　未希が見せてきたのは、両想いだった男女がすれ違いを
繰り返し、のちに別れてしまうという物語の漫画。
「"切ない"……？」

その言葉、普段からよく耳にするけれど、どういう感情なのかイマイチわからないんだよね……。
「うーん、別れてしまってもまた付き合えばいいんだなぁって、すごく勉強になったよ……？」
　恋人関係が終われば、相手との未来はもうないと思ってしまうはず。でも、この物語の主人公は別れてからも相手を想い続けていたの。私はこの漫画で"復縁"というものを学んだ。
「……"勉強"ねぇ」
「ん？」
「うーん……切なくならなかったか」
　感想を言ったら、未希はぎこちなく微笑んだ。
「じゃあ、こっちは？　この漫画、それぞれの駆け引きがすごくおもしろかったでしょ？」
「"駆け引き"……？」
「あっ、もうやめよう、この話は。お姉ちゃんはまだ駆け引きなんて知らなくていい！」
「ん？　うん……」
　私と違って未希は恋愛にとても詳しい。それに、いくつもの作業を同時に進められる器用なところもある。
　普段はバレー部の練習で忙しく、勉強をするヒマがないと言っているけれど、テスト前に少し復習するだけでそこそこの点数がとれてしまうの。
　部活をしているのに同級生の彼氏までいる。普段から髪型や服装に気を遣っていて、とてもおしゃれなんだ。

ありったけの恋心をキミに　≫　273

　この前、そんな妹に『好きな人との距離が縮まらない』と相談したら、少女漫画を貸してくれるようになった。
「にしても、家でスマホを持ち歩くなんて珍しいね。お姉ちゃん、いつもカバンに入れっぱなしなのに……」
　私の手元を見た未希が首を傾げる。
「ああ、これは……」
　スマホの連絡先リストを開くまでの間、私は今日起きた出来事を振り返っていた──。


『また話したいなぁ……』
　今日一日、私はそう期待して、休憩ごとに佐藤くんの様子を見に行っていた。移動の時はあとを追い、話しかけるタイミングをうかがっていたんだけれど。
『……なんか用があるなら、これに連絡して』
　物陰に隠れていた私に気づいたようで、彼はそばに来て、ため息をつきつつも連絡先を教えてくれたの。


「佐藤くんと交換したよ！」
　リストに増えた名前を未希に見せた。
「おおーっ、やるじゃーん！　お姉ちゃん積極的だね！」
「えへへっ」
　拍手までしてくれるから、嬉しくて頬がゆるむ。
「電話とかしてるの？」
「し、してないよ！　今日教えてもらったばかりだし！」
「なら今夜かけちゃいなよ。『声聞きたかったの～』って」

「ええっ、そ……そんなぁ！　あっ、でも、用がある時し
かかけちゃ……」
　冷やかすように言われ、つい声が大きくなった。
　……たぶん、それがよくなかったんだろう。
「未華、ちゃんと勉強してる？」
　それまで静かだったお母さんが、突然、割り込んできた。
　冷蔵庫の中を見ながらだから、顔はこっちを向いていな
いけれど……。
「成績が落ちたらスマホ没収するからね？」
　なんだかきつい目つきで睨まれているような気分。
「……うん」
「未希も遊んでないで、勉強くらいしなさい！」
「は〜い」
　お母さんは未希にも注意するけれど、その言葉にとげと
げしさはない気がする。
「じゃあ、先にお風呂入るね」
　これ以上言われないよう、すぐリビングから離れた。数
分後、着替えを持って浴室へ向かうと、リビングから未希
の笑い声が聞こえてくる。まだテレビを観ているのだろう。
「私……もう高校生なのに」
　つぶやいたのは本音。お母さんに対する不満だった。お
母さんの気持ちもわかるから言い返せないけれど……。


　そしてその翌日。次の授業に備えて視聴覚室へと移動す
る休憩時間、私の足取りはずいぶん重かった。

ありったけの恋心をキミに >> 275

　日が変わっても、昨夜のお母さんの言葉が頭に残っている。

　佐藤くんの教室の前を通らないと視聴覚室へはたどりつけない。普段なら浮き足立って歩く道のりなのだけれど、今日は気が乗らない。

　朝もばったり佐藤くんと顔を合わせたのに、お母さんのことがあったから上手に笑えなかった。あとになって「挨拶をやり直そう」と思い、慌てて元の場所へ戻ったけれど、彼はもう他の女生徒といて、話しかけるチャンスはなかった。

「……はぁ」

　これ、今日何度目のため息だろう。昨夜からずっと、胸の奥がモヤモヤしたままだ。


　——中学時代、私は勉強しかしていなかった。

『やりたいことは高校生になってから！』

　そうお母さんに言われていたから。

　お母さんは意地悪でそう言っていたわけじゃない。あれは私を心配しての言葉。

　幼い頃の私は、食事をとるのもひとりで着替えるのも、人一倍時間がかかる子で。九九の暗記も、リコーダーを上手に吹けるようになるのも、他の人よりずいぶん遅かった。

　そのたびにお母さんは応援してくれたし、できるようになるまで根気よく見守ってくれていた。でも……。

『未華はなにをやっても人より遅いんだから、人よりがん

ばらないと高校に入れないわよ』

　中学生になった時、部活を反対された。

　勉強がおろそかになると心配したのだと思う。私はふたつのことを同時にこなせるタイプではないから。

　早く高校生になりたかった。してみたいことが増えるたび、高校生になればと気持ちを抑えていた。周りが恋バナで盛り上がっている時も、私は聞くだけだったの……。


「なあ」

　歩きながら中学時代を思い出す私の耳に、突然、聞き覚えのある声が届いた。とっさに振り向くと、教室の窓に肘をつく佐藤くんと目が合う。

　私、ぼうっとしていたのかな。もうこの教室にたどりついている。それだけでもビックリなのに、まさか、話しかけてもらえるなんて……。

　驚きの連続で言葉が出てこない。そのまま、ぽかんとしていたら……。

「映画とか、俺が誘ったら喜ぶ？」

　佐藤くんは表情をひとつも変えずに、その言葉を口にした。

「……っ!?」

　今、“映画”って言った……？

　思いもよらない言葉に耳を疑う。

　聞いて思い浮かべたのは、最近観たドラマ。デート中に映画を観ながら手を繋ぐ男女のシーンだった。

なんで誘ってくれるの？　……たぶん、ただの気まぐれだと思うけど、でもこれってデートだよね!?

　予期せぬ展開に心が躍る。でも、同時に……。

『ちゃんと勉強してる？』

　昨日のお母さんの言葉が脳裏に浮かんだ。

　……たしかに、このままじゃ成績も悪くなるかもしれない。恋をしてからは漫画を読んだり、恋愛ドラマを観たりするようになって、勉強する時間も減ってはいるから。でも、この機会を逃せば、こんなこともう二度とないような気がする。

「っ、うん！」

　行きたい気持ちが勝って、私は返事を待つ佐藤くんに満面の笑みでうなずいてしまった。


　それからの数日間、私の頭は約束した日曜日のことしか考えられなくなっていた。

　前日の夜も……。

「お姉ちゃん、これ……って、なにしてんの？」

　お母さんに頼まれたのだろう。畳んだ服を持った末希が、私の部屋に来た。

「あ……髪の毛で髪の毛を結びたかったんだけど」

　この30分、私はゴムを使わずに髪の毛だけでポニーテールを作る髪型を練習していた。デートの日にやってみたくて。

　でも、結び目に髪を通すだけでもひと苦労だし、通せて

もすぐに解けてしまう。おまけに、ああでもないこうでも
ないといろいろやっていると、髪の毛がもつれてしまった。
「絡まっちゃって。もう切ろうかなぁって……」
　上げっぱなしの腕がもう限界でプルプル震えている。
「あー、引っぱっちゃダメだよ！」
「だって……もう疲れちゃった」
「大丈夫大丈夫。解いてあげるからそこに座って」
　言われるままベッドの端に腰を下ろすと、ジャージ姿の
未希は「あ〜あ」とつぶやきながらそばに来る。


　それから数分後……。
「へぇ。映画デートか！」
「うん。あ、でもお母さんには……」
「あ〜、言わない言わない！　安心して！」
　解いてもらう間、日曜の予定を話していた。
　映画に誘われたと言ったら、未希はすごく喜んでくれた
けれど、お母さんのことを言ったら黙ってしまった。
　しんと静まる中、未希はぽつりとつぶやく。
「やめちゃう気がしてたよ」
「え？」
「真面目なお姉ちゃんのことだから、恋すること自体をや
めるかもなぁって」
「あぁ……」
　図星だった。映画に誘われるあの瞬間まで、私は佐藤く
んを好きでいることを諦める方向で考えていたから。

言葉を詰まらせると、未希は場の空気を変えようとして
いるのか、明るく笑みをこぼす。
「"佐藤くん" だっけ？　どんな人？」
「どんなって……？」
「外見とか。そういうのまだ聞いてなかったじゃん？」
「あぁ……見た目はカッコいいよ。モデルの人みたいで」
「へぇ、お姉ちゃんって意外と面食いだね〜！」
　こういう恋バナ、中学時代はよく憧れた。好きな人の話
をする友達がキラキラ眩しく見えて……。
「で、そのイケメンの性格はどんな感じ？」
「性格……？」
　言われて、これまでの佐藤くんを振り返る。でも、話し
たのは数回だし、性格がわかるほどのやり取りはしていな
い。
「まだわからない」
「え……性格を知らないのに好きになったの？」
「う、うん……」
　私、おかしいことを言ってるのかな……？　未希がぽか
んとしてる。
「私、なんか変？」
「あっ、ううん！　まぁ……そうだよね。みんな最初は知
らないところからだし。うん、お姉ちゃんはなにも変じゃ
ないよ！」
「う……うん？」
　言っていることの意味はよくわからないけれど、どうや

ら、もういいみたい。

　納得してうんうんとうなずく未希は、少ししてから私に目を向ける。そして……。
「じゃあ、明日はどんな性格なのか少しでもわかるといいね！」
　柔らかな笑顔でそう言ってきた。


　──高校生になってすぐの頃、『今、一番したいことは恋なんだ』と話したら、未希は言ってくれたよね。『好きな人ができたら教えてね』って。あの時もこんなふうに笑いかけてくれてたなぁ。


「……で、一部の髪をここから取って、ゴムの部分を隠すように、こうやって……巻きつけるの！」
「ああっ、そうやるのかぁ！　ゴムを使ってたんだね、この髪型。……未希ってなんでも知ってるね！」
　無事に、私がイメージしていた髪型を教えてもらった。
　姿見の前で手鏡を使ってできあがりを見ていたら、未希は「恋、やめちゃダメだよ？」という言葉を置いて部屋を出ていった。
　その翌朝も、未希はわざわざ早起きをしてくれて、小さな花柄の白いワンピースと茶色のショートブーツを貸してくれたんだ。

　いつもとは少し違う服装で向かった待ち合わせ場所。

肩を並べて映画館へ向かっているのだけれど、佐藤くんの私服姿を見るのは初めて。

　グレーのロングコートは、前を開けて羽織っていたり。黒いマフラーの裾は、左右の長さをルーズに変えていたり。シンプルな服を上手に着こなすところが大人っぽくて、なんだか全然知らない人と一緒にいるみたい。

　だからかな。シアタールームではちょっと緊張して、手の握り方もぎこちなくなってしまったんだ。

「……なに？」

　他作品の予告が流れ始めた頃、思いきって佐藤くんの手を握ったら、驚くような表情をされた。

「え？」

「や、これはなに？」

　腕を上げ、重なったふたりの手を見せてくる佐藤くん。

「あ、それは……」

　タイミングが悪かったのかな？　でも、ドラマと同じようにしたつもりだけど……。

「"君の手は"っていうドラマで、映画を観ながら手を繋ぐシーンがあってね」

「……」

「すごくいいから……再現しようと思って！」

　憧れていたことだから少し興奮気味に語ってしまった。だけど、考えを伝えても佐藤くんは黙ったまま……。

　失敗しちゃったかな。ドラマのようにきちんとできていれば、今頃はいいムードになっているはずなのに。

ヘタくそな自分にがっかりしていると、ちょうど予告が
終わったのか、シアタールームはより暗さを増していく。
気を取り直し、映画に集中しようと姿勢を正したら……。
「俺もそのドラマ観てたけど」
　佐藤くんはスクリーンを見上げたままそう言って、私の
手を振りほどいた。
　仕方なく、自分も手を引っ込めようとしたら……。
「あのシーンの繋ぎ方はこうじゃなく、こう」
　彼はそう言って、引きとめるように私の手首をつかみ、
手のひらを合わせてくる。
「っ、えっ……」
　指と指を絡められ、恥ずかしさで顔と耳がカーッと熱く
なる。
「明るくなったら離すからな」
　佐藤くんは冷静にそう言ってきたけれど、私はその表情
を見ることもできず、うなずくだけで精いっぱいだった。
　──観たのは人気俳優がたくさん出ている恋愛映画。と
ころどころに笑えるシーンがあり、ラストは少ししんみり
するハッピーエンドのお話。
　一応、内容は頭に入っている。でも、全然集中できなかっ
た。意識はずっと繋いだ手に向いていたから……。


　映画館を出て、私はすぐ家に電話をかけた。サイレント
モードにしていたから映画の最中は着信に気づけなかった
けれど、お母さんがいっぱい鳴らしていたみたい。

『今どこにいるの!?』

「あ……」

『勉強は!?』

　ずっと連絡しても出ないという状態だったからイライラしていたのだろう。電話が繋がった瞬間、お母さんはすぐ怒った。

「帰ったらちゃんと……」

『未華？』

「……はい」

『最近、怠けすぎよ』

　お母さんは伝えたいことがたくさんあるようで、私の返事を聞く前にもう次の言葉を口にしている。こういう時のお母さんには、なにを言っても通じない。

『高校に入るだけじゃダメなのよ!?　成績が悪いと２年生にもなれないんだから!!』

「うん……」

『早く帰ってきなさい!!』

「わかった……」

　電話を切ると、すぐに佐藤くんと目が合う。彼は背後で、私が話し終えるのを待ってくれていたみたい。

「あの……」

　帰るって言わなくちゃ。早くしなきゃお母さんがもっと怒る。そう思ってはいるけれど言葉が出てこない。本当はまだ帰りたくないから。

　悔しくて唇を噛んだ。高校生になっても状況はなにも変

わらないんだなぁ、って痛感して。

　こんなふうに黙っていても迷惑をかけるだけだ。もう帰ろう。そう決めて、しぶしぶ口を開いたのだけれど……。

「新しくできた図書館に行ってみたいんだけど」

　と、私よりも先に、佐藤くんが話し始めた。

「……図書館？」

　首を傾げつつ、私は歩き始めた佐藤くんのあとを追う。


　学校からも近い新設の図書館は、内装のすべてが木目調ということもあってか、とても落ち着ける雰囲気だった。

　佐藤くんは館内に入ると、すぐにそばを離れていく。ひとりになった私は、スマホで時刻を確認した。

「……まだ大丈夫だよね」

　これ以上、お母さんを刺激したくないという気持ちもあるけれど、もう少し佐藤くんと一緒にいたい。

　そんな私の目に入ったのは参考書がずらりと並んだ本棚。その中から家にあるのと同じものを見つけ、自然と手が伸びた。だけど……。

「……」

　手のひらを見て、シアタールームでのことを思い出した。

『あのシーンの繋ぎ方はこうじゃなく、こう』

　繋いだ時の感触をはっきりと思い出せる。

「……なんで汗ってかいちゃうのかなぁ」

　今はもう乾いているけれど、握られている間、私の手はびっしょりと汗をかいていて……。汚いと思われていない

か少し心配だ。

　数分経って、数学の参考書を手にテーブル席へと移動していたら、通路の隅でスマホを触る佐藤くんの姿を見つけた。

「それにしても……ちょっと意外だなぁ」

　この数ヶ月、毎日見てきたけれど、休憩時間の佐藤くんは友達と活発に過ごすことが多かった。

　図書室で本を読む姿なんて一度も見たことがない。

「……」

　佐藤くんにはそんな一面もあるんだな。そう珍しく思うと同時に、頭の中を未希の声がよぎる。

『どんな性格なのか少しでもわかるといいね！』

　性格かぁ。まだはっきりとはわからないけれど……。

『映画とか、俺が誘ったら喜ぶ？』

　佐藤くんは一方的にではなく、相手の気持ちを汲みながら誘う人なのかなぁ。この図書館に来ることも、もしかしたら、私が行きそうな場所はと考えてくれたのかもしれない。……そうだったらいいな。


　１時間ほど図書館で勉強してから家に帰った。

　玄関の鍵を開ける音が聞こえていたのだろう。ドアを引いた瞬間、しかめっ面のお母さんと対面した。

「こんな時間まで。いったい、どこに行ってたの！」

「……映画館」

　嘘をつきたくはないから正直に答えた。けれど、映画と

聞いたお母さんの表情はより険しくなる。
「で、でも！」
　慌ててカバンから出した1冊の本。
「図書館にも行ってきたの！」
　掲げるようにして参考書を見せると、お母さんは開きか
けていた口を閉じた。私はその表情を見つめつつ、図書館
を出る前の佐藤くんとのやり取りを思い出していた。


『借りて帰らないの？』
　本を元の場所に戻した時、佐藤くんからそう言われた。
『あ、実はこれ……』
　家にも同じものがあるの、と返すつもりだった。けれど。
『俺はこれを借りるし、大宮も気に入ったものがあるなら
借りてみれば？　返す時はまた一緒に来ればいいじゃん』
　佐藤くんが次も会えるようなことを言ってくれるから、
また一緒に過ごしたくて、私は別の参考書を手に取った。
　司書がいるカウンターへ向かう時、佐藤くんは館内を見
回して穏やかな表情を浮かべていた。
『落ち着くし、ここなら勉強もはかどるよな』
　この1時間、佐藤くんが読んでいたのは小説だ。勉強と
聞いて、それは私の過ごし方のことを言っているのかなと
思った。その瞬間だった。
　ずっと胸に引っかかっていたお母さんへの罪悪感が、す
うっと軽くなったの。
『……うん。すごく、すごくはかどったよ！』

ありったけの恋心をキミに ≫ 287

　そうだ、私はちゃんと勉強をしていたんだから堂々としていよう。そう思えたの。
　佐藤くんといたり、勉強以外のことをしていると、胸にうしろめたさが宿ったような、悪いことをしている気分になってしまう。
　でも、ちゃんと勉強していれば、胸を張っていられるよね？　やりたいこともできるよね……？

「お母さん、私ね……これからもちゃんと勉強はする」
　しかめっ面なのは、それだけ私を心配しているんだ。わかってはいたけれど素直に受け入れられなかった。キラキラすることを反対される気がして。
「けどね、もう高校生だから……」
　私も、勉強以外のことをしたら自分がダメになるようなイメージを抱いている。
　でも違う。この数ヶ月、私は自分でもわかるほど笑うようになった。毎日を楽しいと思えるようになったの。だから、ダメになんてなってないはずだ。
「勉強以外のことも……やっていきたい！」
　胸を張って思いを告げた。
　視界の隅では、階段に座った未希が私とお母さんの様子をうかがっている。その存在には気づいているけれど、私はよそ見をせず、まっすぐお母さんの顔を見つめる。
「……もうすぐご飯だからね」
　ずっと黙っていたお母さんは、小さくため息をつき、そ

う言ってキッチンへと戻っていく。

　そのうしろ姿を見つめてぼうっとしていたら、階段にいた未希が微笑んでくる。「やったね！」とガッツポーズをして。


　そして、映画の日を境に私と佐藤くんの距離は急激に縮まった。佐藤くんは、お昼休みをひとりで過ごす時【来る？】とメッセージをくれるし、２、３日ごとに図書館へも誘ってくれるんだ。
「もう決まった？」

　放課後の図書館で今日借りる本を選んだ私は、まだ本棚の前にいる佐藤くんに声をかける。
「んー。このふたつで迷ってるな」

　見せてくれたのはライト文芸の小説２冊。表紙を見ると、片方の著者に見覚えがあった。
「私だったらこっちかなぁ。前にこの人の本を読んだことがあるけど、それはすごくおもしろかったよ」

　私、佐藤くんに慣れてきたのかなぁ。一緒に過ごすようになって、会話ではもう緊張しない。
「ふうん。……それってどれ。ここにある？」
「ん？　えっと……あ、これだ」

　本を見つけ、表紙を見せようとしたのだけれど、本棚から引き出した瞬間、すぐ奪われてしまった。
「これにする」

　佐藤くんはあらかじめ持っていた本を戻し、カウンター

へと歩き出した。

「え、でも、こっちを読みたかったんじゃ……」

　その場からまだ動けずにいると、佐藤くんは足を止め、首だけで振り返る。

「感想とか言い合えたら楽しいじゃん？」

　頬しか見えない角度。表情はわからないけれど、声色はとても穏やかだった。

　佐藤くんが以前より優しくなったと感じるのは、気のせい？


　変わったのは私だけじゃないのかもしれない。そう感じていたある日のお昼休み、私たちは校内の階段に腰かけてのんびり過ごしていた。

「SNSとか始めれば？」

　スマホを触る佐藤くんが、突然、ぼそっとつぶやく。

「え？」

　首を傾げると、彼はスマホのディスプレイを見せてきた。なにかと思えば昨夜私が送ったメッセージだ。

「【今日はかぼちゃです。いただきます】って。いきなり煮物の写真を送られても、どう返していいか……普通に困る」

　言われて、もう一度、メッセージを読み返す。

　本文はちゃんと佐藤くん宛てに書いたものだけど、当の佐藤くんはただの独り言のように感じたみたい。

「私、好きな人に『今なにしてるの？』って連絡するのが憧れで。やってみたくて！　でも……」

送った理由を伝える。けれど……。

「相手になにかを聞く時って、先に自分のことから言わな
きゃ失礼な気がして……」

　言葉にして気がついた。前置きがないと、その考えは伝
わらないということに。

「あ……なんかっ、ごめん！」

　言葉足らずだった自分。

　私ってなにをやってもダメだ……。そう落ち込んでうつ
むいていたら、「ブッ」と吹き出すような声がした。

　顔を上げると……。

「わかりづれーよ！」

　困っていたはずの佐藤くんが、顔をくしゃくしゃにして
笑っている。笑っていることに驚くと同時に、胸の奥がど
くんと大きな波を打った。

「失礼ってなんだよ。真面目かっ」

　いつも冷静で、口数も人より少ない。そんな佐藤くんは
笑う時だって静か。口の端をクイッと上げるだけなんだ。
なのに、今は……。

「大宮って本当おもしれーな！」

　こんなふうに口を大きく開けて笑っている。

　知らなかった表情に見惚れていると、ひとしきり笑った
佐藤くんが軽く咳払いをして冷静さを取り戻す。

「他にはどんな憧れがあんの？」

「いっぱいあるよ！」

　嬉しくなった私はすっくと立ち上がり、勢いよく壁に手

ありったけの恋心をキミに ≫ 291

をついた。

「壁ドン！」

　続けて、自分の顎をつまんで持ち上げる。

「顎クイ！」

　これらは少女漫画で学んだものだけど、男の子も知って
いるほど有名なのかな。佐藤くんは「ベッタベタだな」と
笑っている。

　それにしても今日は機嫌がいいみたい。この流れでお願
いすれば壁ドンとかしてくれるかも……。

「あ、あの、佐藤くんっ……」

「やらないよ？」

　っ、どうやら思い過ごしだったみたい。

　ダメモトで頼んでみようと考えたが、佐藤くんは鋭く察
し、言葉にする前に断ってきた。がっかりしていると、そ
んな私がおもしろいのか、佐藤くんはふわっと頬をゆるめ
る。

「……」

　優しい顔。表情ひとつひとつに見惚れてしまう。

　こんなふうになるのは私だけ？　彼女はいらないって
言っていたけれど、彼を好きな人は何人いるんだろう。

　そういえば、これまでに彼女がいたことってあるのか
な？

「他には？」

　横顔を見つめながら、佐藤くんの過去を想像していたら、
突然、話を振られた。

「あっ……んと、お姫様だっことか！」

「そんなのばっかかよ」

　慌てて返したけれど、変に思われてはなさそう。

「あ、自転車のふたり乗りもしてみたい！」

「捕まんぞー」

　チャイム、まだ鳴らないでほしいな。

「公道はダメだけど、ふたり乗り専用の自転車が大丈夫なところなら！」

「……だから真面目かっ」

　私は残りわずかなお昼のひと時を、時間を惜しみながら過ごしていた。


　それから３日後の夜。夕食を終えた私は自室でメッセージ画面を開いていた。

【今なにしてる？】

　メッセージの話をした日、佐藤くんは言ってくれた。普通に送っていいから、と。

　先に自分のことから話す必要なんてないし、聞きたいことがあるなら普通に聞けばいい。そう言ってくれることに甘え、私は毎日この言葉を送るようになった。憧れがまたひとつ叶ったの。

　送信してから机に向かう。図書館から借りた参考書を開いた瞬間、ピコンとスマホが鳴った。持ったばかりのシャーペンを迷うことなく放し、ノートの上でスマホ。

【マフィン食ってた。２個目。うまい】

案の定、メッセージをくれたのは佐藤くんだった。

すぐ返してくれただけでも嬉しいのに、ちょうど今は、私が作ったマフィンを食べていた時だったみたいで。

「……２個も」

今日の家庭科は調理実習だった。これまでは作っても自分で食べるだけだったから、好きな人にプレゼントするという展開になっただけでも嬉しかったのに。

渡した相手からおいしいとまで言ってもらえるなんて。感激で、思わず足をバタバタさせてしまった。

ピコン、ピコン、とリズムよく鳴り続ける電子音。送信すれば、佐藤くんは30秒くらいで返してくれる。

【ありえねー。人に毒見させたんだ。笑】

味見はしていないと話したら、意地悪な言葉が届いた。

今、ああいう表情をしてるんだろうな。見えなくても、なんとなくわかってしまう。

【毒見って！　違うよ！】

【調理実習では、ひとり３個までって決まってたの。だから、全部佐藤くんに食べてもらいたくて……】

冗談で言われているだけだとわかっていても、ついムキになってしまい２通も送っちゃった。

すぐに返してくるだろう。そう思ってスマホが鳴るのを待っていたのだが、なぜかその時だけ届くのが遅かった。他のこともしてるのかなと気にしてはいなかったんだけど。

【風呂】

約１分ほどしてから届いた言葉はたったの２文字。

「……昨日は寝るまで話してたのに」

　思っていたよりも早く終わってしまった。会話の長さが物足りなくて口をとがらせてしまったけれど、仕方なく意識を勉強へと戻す。


　——この時の私は、やり取りが少なかったことや、遅かったメッセージには２文字しかないことを深く考えてはいなかった。忙しいのかなと思う程度で。

　そんな佐藤くんの様子をおかしいと感じ始めたのは、それから３日経ってからのことだった。


「なんかそっけない」

　就寝前の暗い部屋で、布団の中に入る私の顔はスマホからの光に照らされていた。ここ数日の佐藤くんとのメッセージを眺めている。

　……今日は４通で終わっちゃった。日に日に少なくなるメッセージの数。返された言葉もよそよそしいものばかり。

　学校で話しかけた時もそんな感じだったな。無視はされないけれど、目は合わせてもらえず、図書館へ誘っても『用事がある』と断られてしまった。

「私、なにかしたかなぁ……」

　様子がおかしくなったのはいつから？　時間をさかのぼって考えてみると、思い当たるのはあの時のメッセージ。

【風呂】

ありったけの恋心をキミに >> 295

　これが届く前、少し間があったよね。ひとつ前に届いた
メッセージと比べてみても、佐藤くんのテンションは明らかに違う。学校でよそよそしさを感じ始めたのも、このメッセージが届いてからだった。

　トーク履歴を遡り、変なことを送ってはいないか確認する。でも、困らせたり、機嫌を損ねたりしてしまうようなものは見つからない。

「そう言えば……佐藤くん、甘いもの嫌いじゃなかったんだなぁ」

　マフィンを食べている時にくれたメッセージに目が留まり、ふと、そのことを思い出した。あれを渡した時、すんなり受け取ってもらえなかったんだよね……。

　甘いものが苦手なのかなと思っていたけれど、最後はちゃんと受け取ってくれたし、２個も食べてくれていた。

「……あれ？」

　なら、なんで、受け取ってくれなかったんだろう？

　そう考え始めた私の頭に、ふと、あの日の佐藤くんの言葉がよみがえる。

『付き合うのとか、そういうのを期待しないなら』

　それは告白してフラれた時の、好きでい続けたいと願った私に、佐藤くんが出した条件だ。

「もしかして……期待してるって思われたのかな」

　結局は受け取ってもらえたのだし、食べてももらえた。だから、そう悩む必要なんてないのかもしれない。でも、さっきトーク履歴を読み返して、少し気になったことがあ

る。

【調理実習では、ひとり３個までって決まってたの。だから、全部佐藤くんに食べてもらいたくて……】

　これを送った後、急に素っ気なくなったの。このメッセージ、読み方によっては好きという気持ちを伝えすぎているのかもしれない。

「期待なんて……」

　してないよ。そう心の中でつぶやく時、ちくりと胸が痛んだ。体を起こし、パジャマごしで胸に手を当ててみる。

「……両想いになりたいなんて、思ってないのに」

　思ってないけれど、もう遠くから眺めるだけの日々には戻りたくないとは思っている。

　だって、知ってしまったから。一緒にいたら楽しい、って。いろんな表情を見ちゃったから。

「……私、欲張りになってるな……」

　交流が少し減っただけで、こんなに悩んでしまうなんて。

『好きでいちゃダメですか!?　片想いでもいいんです!!』

　今の気持ち、あの時とは全然違う。

　そう気づいたら、一気に不安が押し寄せてきた。

「ど、どうしよう」

　佐藤くんが優しかったのは、私が片想いのままでいいんだと言い切っていたからなのかも。

「……伝えすぎてる」

　クラスメイトで男子にマフィンをあげていたのは、ほとんどが彼氏持ちの子だった。片想いしている子は渡すか渡

ありったけの恋心をキミに ≫ 297

さないか悩んでいたけれど、私は悩むこともなく……。
「図々しかったよね……」
　一緒にいてくれるから気持ちを言いたくなって。笑って
くれるから、言っても大丈夫なんだろうなと安心して。
「だから……そっけないのかな」
　一線を引かれたのかもしれない。
「どうしよう……」
　また戻る？　遠くから眺める自分に。そう考えたけれど、
戻れる自信がない。
　でも、戻らなきゃ、そのうち嫌われてしまうかもしれな
い。今以上に避けられて、冷たくされて。
　そうなるくらいなら……。
「身を、引いたほうが……いいよね」
　嫌われて終わるのは、イヤ。そう答えを出した私は、ま
ぶたを閉じて、静かに決意を固めた。


　翌日の放課後、私は学校帰りに文房具屋へ寄り、便箋を
買った。それを使って、佐藤くんに手紙を書く。
　彼とのこれまでの出来事をひとつひとつ思い出し、自分
の気持ちがどうだったのかを書き残していく。
　身を引くと決めても、簡単に終わらせたくはなかった。
ちゃんと恋していたことを残しておきたい。
　佐藤くんに感謝する気持ちも忘れていない。……私が彼
を好きでいることを許してくれて、一緒に過ごしてくれた
から……。

「……キラキラしてるなぁ」

　読み返して、自分を眩しく感じることができた。


　翌朝、早く登校した私は佐藤くんの教室へ行き、登校したばかりの彼を呼び出した。そして……。

「ありがとうございました！」

　深々と頭を下げて、封筒を差し出す。

　佐藤くんはとまどいながらも受け取ってくれる。

　自分の手からそれが離れた瞬間、涙がぶわっと込み上げてくる。

「っ……」

　あ、泣いてしまう。そう察した私は、逃げるようにその場を離れたの。


　その日、帰宅して靴を脱いでいると、未希がDVDを片手に駆け寄ってきた。

「これ、言ってたやつ。借りてきたから観よー？」

「あー。あの漫画の……」

　映画化されたお話だ。確か、すれ違いの末に別れてしまう男女の物語だったよね。主人公は別れてからも相手を想い続けていた。

「……」

　なんだろう。物語の主人公と今の自分を重ねてしまう。

　漫画を読んだ時の私は、すぐに諦めなかった主人公をすごいと思っていた。尊敬する気持ちで見ていたの。

でも、そうじゃない。

「……諦めなかったんじゃない。やめたくても諦められなかったんだよね」

今ならわかる。

だって、私も今日一日、ずっと佐藤くんのことを考えて、胸が張り裂けそうだから……。

「ごめん、未希。ちょっと……散歩してくる！」

「えっ、今帰ったばかりでしょ!?」

今のこの気持ちのまま映画を観てしまえば、きっと、また泣きそうになる。そう思って、一度外へ出た。

さっきも歩いた道だけど、冬の空はたった数分でこんなにも色を変えてしまうんだなぁ。まだ明るかったはずなのに、もう薄暗くなっている。

行くあてもなくとぼとぼ歩く私は、また佐藤くんを思い出す。朝の手紙を渡す瞬間を振り返っていた。

「これ、いつまで続くんだろう……」

恋することをやめれば、自分の中からすうっと相手の情報がなくなるように思っていたけれど。そんなわけなかった。

ずっと佐藤くんのことばかり。最後に見た彼のぽかんとした表情が頭から離れない。この気持ち、恋をしている時よりも強いように感じる。

「これが……失恋かぁ」

実感はまだないけれど、結構ツラい。

近所の河川敷まで歩き、一度足を止めた。遠くの道路から車の走る音がして、なんとなくそちらへ目を向ける。
「そういえば、この道……」
　佐藤くんと歩いたことがある。
　図書館で長居をしてしまった日、暗くて危ないからと言って、彼は家の近くまで送ってくれた。
「あぁ。本……返しに行かなきゃ」
　まだ返却していない参考書があった。図書館へ行けば、ふたりでいたことを思い出して、またツラくなるんだろうな。
「……はぁ」
　この数ヶ月、私は自分の日常の大半を佐藤くんで埋め尽くしていた。なんでもすぐ彼へと結びつけて考える癖までできている。
「戻れる気がしない」
　佐藤くんに出会う前と同じ生活は、もうできないよ。
「っ……」
　ため息をついて気がゆるんでしまい、今にも泣きそうな状態。
　薄い涙で、視界のまっすぐな草道がじんわり滲む。
「……あ」
　遠くに、自転車に乗ってこちらへ向かってくる佐藤くんの姿が見えた。幻覚……？
　見ないよううつむき、まぶたを閉じると、今度は。
「大宮」

自転車が止まる音と、あの大好きな声が聞こえてくる。

「……！」

とうとう幻聴まで……。失恋ってこんなふうになってしまうものなの？

どんどん自分が変になっていくのが怖くなり、慌てて両耳を手で塞ぐ。すると……。

「おい！」

幻の佐藤くんは手首をつかんできた。

でもその感触は妙にリアルで……。

おかしいと思い、おそるおそるまぶたを開けてみると、そこには本物としか思えないほど立体的な彼の姿があった。

「え？　なんで？」

幻じゃない……としたら、なんでここに？

夢でも見ているような気分になった。

あ然としていたら、佐藤くんは不機嫌そうに伏し目がちで尋ねてくる。

「どこ行くの？」

聞かれて「散歩」と答えたけれど、いろいろわからないことばかりで、まったく頭がついていかない。

彼は私の手を引っぱって、自転車の後部へと誘う。導かれるままうしろに乗り、目の前の背中をぼんやり眺めていたのだけれど。

「あっ」

もしかして、この状態って……。

「これ……ふたり乗り!?」

　気づくと、憧れだったシチュエーションの中にいる。

　興奮してしまい、思わず大きな声でそう問うと、佐藤くんは前を向いたまま言った。

「……やりたいこと、まだまだあんだろ」

　それは、あの昼休みを思い出させる言葉。

　あの時の私、いっぱい憧れを語っていた。でも佐藤くんは、それらを全部笑い飛ばしていたのに。まさか、叶えにきてくれたの……？

　心の中で聞いた瞬間、佐藤くんは言葉を付け足してくる。

「勝手に終わらせんなよ」

　胸の奥がぎゅうううっとつままれたような感覚。

「っ……」

　終わりたくないよ。……終わらせられるわけがない。だって、私はまだこんなにも……。

　込み上げてくる思いが涙腺を弱くする。私はありったけの想いを込め、彼のブレザーの裾をつかんだ。


　――まだ好きでいていいですか？　片想いでもいいから。

## ▶絢斗 side presented by 十和

　たとえば、結果はダメでもがんばったとか。

　愛されなくても愛すれば幸せとか。

　そんなの言い訳だし、ただの自己満足だと思う。


「とうとうリーチだな、佐藤！」

　休憩中の騒がしい教室。自分の席でスマホをいじっていたら、友人の岸が意味不明なことを言ってきた。

「いきなりなんの話だよ」

「ごまかすなって。昨日また女の子をフったんだろ？　これで９人目だから、大台まであとひとりじゃん」

　そういうことか。俺はあきれて鼻でため息をつき、岸のパサついた茶髪を見上げた。

「べつにフってない。彼女はいらないって伝えただけ」

「それを普通はフったって言うの。あーあ、お前ってホント、優しい顔して女泣かせだよな。10人目の被害者はどんな子だろうなあ」

　同情してるのかおもしろがってるのか、まあおそらく後者だけど。岸が徐々にウザいモードに入ってきたので、さっさと退散することに決めて教室を出た。

「……好き勝手なこと言ってんじゃねえよ」

　廊下を歩きながら、岸の言葉を思い出して独り言がもれる。

俺が女泣かせ？　んなわけないだろ。どうせみんな、俺がダメならあっさり次の男に乗り換えるんだから。

　恋愛なんて単なる心のはずみ。

　べつに、相手は俺じゃなくても──。

「──うわっ」

　廊下の角を曲がったところで、いきなり誰かとぶつかった。いや、ぶつかったというよりも突進された勢いだった。

　驚いて相手を見ると、黒い髪の女子生徒。俺と目が合った瞬間、その口元からパンらしきものが、ぽとりと落ちた。

「わっ……」

　つぶやいた女子が真っ赤な顔で固まって動かなくなる。よほど痛かったのかと心配になり、「大丈夫か？」と尋ねようとした、その時だった。

「……ん？」

　妙に甘ったるい匂いと、胸元の冷たさに気づいた俺は、イヤな予感に襲われた。

　頭に再生される数秒前の光景。確かこの女、パンを咥えていたよな？　てことは、まさか。

　おそるおそる視線を真下に落とす俺。

　そして見たのは、黄色いシミがべっちょりと広がった自分のシャツだった。


「好きです！」

　……ちょっと待て。なんでこんな展開になるんだよ。

　廊下に設置された手洗い場。体操着に着替え、汚れたシャ

ツを黙々と洗う俺に、ぶつかってきた張本人である女はいきなりそんなことを言った。

「は……？」

不機嫌な横目で見たものの、そいつはひるむどころか俺への想いを一方的にぶちまけ始める。

文化祭の日、執事カフェで店員をしていた俺に一目惚れしたとか。その時、俺からブランケットを貸してもらったとか。ニコッと笑いかけられたとか。

いやいや、こっちはそんなの覚えてねーよ。あの日はクラスの連中に無理やり執事役をやらされて、仕方ないからマニュアル通りに接客をしていただけ。なのに。

「私、あの日から佐藤くんの笑顔が大好きで！　笑った顔を見かけるたび、ついつい見惚れてしまって」

……危ねえぞ、コイツ。妄想の世界をノーブレーキで爆走してやがる。

この様子なら、廊下でぶつかったのも絶対わざとだな。

そもそもパン咥えて走るって、いつの時代の少女漫画だよ。しかもなんで、よりによって油ギトギトのフレンチトーストだったんだよ。百歩譲ってそこは食パンだろーが。

これ以上つきまとわれると厄介なので、俺はきっぱり断ることにした。

「彼女とかいらねーから」

普通の女子ならここで引き下がるはずだ。大抵は涙ぐんで走り去る。しばらくは落ちこむかもしれないけれど、数ヶ月後にはあっさり他の男に乗り換える。

そう、それが今までのパターンだったんだけど。
「好きでいちゃダメですか!?」
　は？
　まったくの想定外だった。今回の女は引き下がるどころ
か、一歩前に出て距離を詰めてきた。
　ビックリした俺はつい後ずさり、濡れたままのシャツを
ぼとっと手洗い場に落とす。
　だ、ダメですか、って。んなこと聞かれても……。
　たしかにダメっちゃダメだけど、でも俺が他人にそこま
で規制するのも変な話で。いや、だからって許可するのも
やっぱり変な話で。
　たじろぐ俺に、さらに一歩詰め寄る女。
「片想いでもいいんです！」
　必死にこちらを見上げてくるその目は、まるで捨てられ
た子犬……を通り越して、もはや血走っている。
　数秒間の沈黙のあと、ついに根負けした俺は、
「付き合うとか、そういうのを期待しないなら……好きに
すれば」
　ため息をつきながらそう告げた。


「いやー。思ったより早かったな、10人目」
　翌日の昼休み。体育館のバスケットコートで1on1をし
ながら、楽しそうな声で岸が言った。
　昨日の女――同学年の大宮未華との一件は、すでに校内
の噂になっている。人目につく廊下で告白なんかしたんだ

ありったけの恋心をキミに >> 307

から当然の結果だろう。まったく、とんだ災難だ。

「岸さあ、10人目とか悪趣味なカウントやめね?」

「あ、あの子はまだ諦めてないから、フった人数にカウントしないのか」

　岸はちっとも俺の話を聞かず、ボールを両手で持ってそうつぶやくと、再びドリブルし始める。ルール違反だぞ、それ。と指摘しようかと思ったけど、なんかもう面倒くさいからほっといた。

「でもあの子、すげーよな。片想いでもいいから好きでいたいなんて。あんなに一生懸命に想われたら、さすがの佐藤も心が揺らぐんじゃね?」

「ねーよ」

　即答と同時に、岸からボールを奪い取った。

「あっ!　人が話してる時に取んの、ずるいぞ!」

「口と手を同時に動かせないお前が悪い」

　ムキになった岸のディフェンスをかわし、ひょいと体を反転させる。靴と床の擦れる音、天井まで反響するドリブルの音。

　その音に誘発されたのか、それとも岸の戯言のせいか。俺の脳裏にぼんやりと、古ぼけた映像がよみがえってきた。

　──子どもの頃チビだった俺は、中2の冬、突然変異のごとく身長が一気に伸びた。15センチの成長は俺の視界の高さを変え、そして俺の周りの世界を変えた。

　生まれて初めて大量のバレンタインチョコをもらった。その中のひとつが、密かに憧れていた同じクラスのバスケ

部の女子からだった。

『好きになっちゃったんだ。佐藤くんのこと……』

　俺は舞い上がった。もちろん即、付き合った。少しでも
いい彼氏だと思われたくて、手持ちのカードをひとつ残ら
ず差し出すような勢いで尽くした。

『なんか……ちょっとイメージと違ったんだよね。佐藤く
んって意外と重いっていうか、一生懸命すぎて、引く』

　終わりはあっけないものだった。翌々月にはもう別の男
がその子の隣を歩いていた。

　一方的な幕切れ。だけど本当に一方的だったのは俺のほ
うだ。相手の気持ちが離れていくのも気づかずに、独りよ
がりな恋愛ごっこをしていたんだから。

　そうして俺は思ったんだ。もう二度とあんなものに振り
回されたりしないって。

　恋愛ごっこに一生懸命になるのはバカげてる。ましてや
『片想いでもいい』なんて、ただの自己満足だ――。

　ダンッ！　と荒っぽい足音がして、我に返った。間合い
を詰めた岸がボールに手を伸ばしてくる。俺はレッグスル
ーでそれを抜くと、ゴール下まで一気に走りレイアップ
シュートを決めた。

「ちくしょー！」

　岸の悔しそうな声を聞きながら、転がっていったボール
を拾いに行く。ボールは小さく跳ねながら、中庭に面した
扉のほうへと移動していった。

「ん？」

ありったけの恋心をキミに **》** 309

　どこからか小さな拍手が聞こえ、俺は足を止めた。両開きの扉の陰から、見覚えのある顔が半分のぞいている。

　昨日の女、大宮未華だった。

　ハートマークを瞳に浮かべた大宮は、目が合った瞬間、「ああっ」と小さく叫んで顔を引っ込めた。

　いやいや……思いっきりバレてっから。体は隠れても影が見えてるし、不自然すぎて逆に悪目立ちしてるじゃん。

　次第に周りの生徒たちも注目し始めたし、きっと背後では岸がニヤニヤしているだろう。

　いたたまれなくなった俺はしぶしぶ声をかけた。

「大宮」

　ビクッ、と飛び上がる影。

　俺が無言のまま待っていると、やがて大宮は小動物のように小さくなりながら、もじもじと姿を現した。

　俺はボールを片手で拾い上げ、大宮の前に立った。

「あのさ。こういうのは」

　やめてほしい……と言おうとした口が、"や"の形で固まった。

「……っ」

　顔を引きつらせた俺を、キラキラと見上げる大宮の瞳。全身全霊でまっすぐ見つめてくる眼差し。俺の口から拒絶の言葉が出るなんて想像すらしていないんだろう。

　そんな顔をされたら、なぜかこっちが良心の呵責を感じてしまう。

　いや、ダメだ、甘やかすのは危険だ。これからも人前で

つきまとわれるかもしれないし、ここはきっぱりと忠告しなければ。そう決意して唾をごくりと飲みこんだ。

　言え。言うんだ。心を鬼にして──。
「……なんか用があるなら、これに連絡して」
　って俺のバカ！　なんでそうなるんだよ。

　どうやら心の鬼はポンコツだったらしく、まっすぐな瞳で見られると"やめろ"とは言えなかった。

　代わりに連絡先を教えたのは、とにかく人前で変な行動をされるのを防ぐため。直接スマホに連絡できるようにすれば、今日みたいに物陰から見つめる必要もなくなるだろう。苦肉の策でそう思ったのだ。

　……ってなんか俺、コイツのペースに乗せられてる？
「ありがとうございます！」
　ぐったりする俺とは裏腹に、大宮はパアッと満面の笑みを咲かせて喜んだ。


　おかしい。おかしいぞ。

　好きだのなんだの言ってくる女とは、必要以上に関わらないスタンスだったのに。気づけばなぜか大宮のペースでことが運んでいる気がする。

　だいたい、あの女はいったいなんなんだ。あそこまで恋愛に猪突猛進って普通じゃねーだろ。

　見た目はどこにでもいる普通の女。いや、むしろかなり地味な部類に入ると思う。

　ストレートの黒髪に、すっぴんの垢抜けない顔立ち。ブ

ありったけの恋心をキミに **>> 311**

レザーの制服は微妙にサイズが合ってなくて、膝下丈のスカートが野暮ったい。

　そんな奥手そうなタイプなのに、いったいどこからあのパワーが生まれるんだろう。あんなにまっすぐ想いをぶつけてくるヤツは初めてだ。新種だ。

「昨日からスマホ見てため息ついて、どうしたんだ？」

　翌日の朝食時。テーブルの上のスマホばかりを気にする俺に、親父が言った。

　「べつに」と答えたものの、本音はいつスマホが鳴るのかと構えてソワソワしていた。大宮に連絡先を教えたものの、実際に連絡してこられるのは気が重いから。

　そんな俺の様子を勘違いしたらしい親父が、広げた新聞の上から目だけを出して、ニヤリと目じりを下げた。

「お前も隅に置けねぇな。彼女からの連絡を待ってんだろ」

「は!?　なんでだよ」

　逆だ、逆。全然待ってないし、彼女でもない。

「ああ〜若いっていいなあ、青春だなあ」

「勝手に寝ぼけたこと言ってろ」

　親父を冷たく一瞥（いちべつ）して立ち上がり、使い終えた食器をシンクに運んだ。

「あ、そうだ。青春といえば映画デートだろ。無料チケットもらったからお前にやるよ」

「いらねーよ」

「照れるなって。せっかく酒屋の杉（すぎ）ちゃんがくれたんだから」

「酒屋の杉ちゃん、俺知らねーし」

　断ってもお構いなしに、チケットを俺の制服のポケットに突っこんでくる親父。

　あーもう、どいつもコイツも。大宮が現れてからというもの、静かだった日常がハチャメチャだ。


　うんざりしながら学校に到着すると、靴箱の前で大宮と出くわした。

「っ」

　またいつもの調子で迫られるんじゃないか、と身構えた俺は思わず体に力が入る。あの瞳キラキラ攻撃を朝からくらうのは勘弁だ。

　ところが。予想に反して大宮の態度は、今までと違うものだった。

「おはよう」

　口元に軽い笑みを浮かべた、ごく普通のあいさつ。拍子抜けした俺は「あ……おはよう」とたどたどしく返す。

　それ以上の会話はなく、大宮は校舎の中へ歩いていった。

　なんか……テンション低くないか？　普通と言えば普通だけどあきらかに元気がなかった気がする。

　どうしたんだろう、と不思議に思っていると、うしろから声をかけられた。

「おはよ、絢斗くん」

　俺のことを下の名前で呼ぶ女子は少ない。振り向くと、同じクラスの越谷カナがいた。

「今日も寒いねー」

「ああ、うん」

「手、冷たくなっちゃった。ほら」

　派手なネイルを施した越谷の手が、俺の頬にぴたっと触れる。冷たさよりもその行為自体に不快感を覚え、俺はさりげなく顔の角度を変えて避けた。

　越谷はときどきこういうことをしてくる。まわりの連中いわく、あきらかに俺を狙っているらしい。

　だけどはっきりと告白はされたことはなく、スキンシップや甘いセリフで揺さぶりをかけようとしてくる。たぶん、女としての自分によっぽど自信があるタイプなんだろう。

「なーんか、ちょっと意外だったな」

　越谷が突然そんなことを言い出した。

「なにが？」

「絢斗くんが大宮さんとあいさつしてたってことが」

　さっきのやり取りを見ていたらしい。マフラーを首からはずしながら越谷が言った。

「こないだ大宮さんに告白されたんでしょ？　絢斗くんって、ふった女子と仲よくするタイプじゃないじゃん」

「べつに、仲よくはしてねーけど」

「そうなの？　じゃああの子、フラれたくせに図々しくつきまとってるんだね。お母さんが悲しむだろうなあ」

　お母さんが悲しむ？　意味がわからず眉をひそめた俺に、越谷は意地の悪い笑みを浮かべた。

「大宮さんって、あたしんちの近所なんだ。だから今朝、

お母さん同士が立ち話してるの聞いちゃったの。あの子、好きな人ができたせいで最近勉強に集中してないから、お母さんが注意したらしいよ」

「え……？」

　その好きな人って、俺、だよな？

　大宮が一方的に好意を寄せているだけだから、俺に責任があるわけじゃないけれど。俺に関することで彼女が親に叱られたと聞くと、やっぱり多少、気にはなる……。

　黙りこんでいると、越谷が長い髪を指で整えながら話を続けた。

「中学時代のあの子って、親の言いつけ守って超ガリ勉だったの。ダサい眼鏡かけて、恋愛なんか無縁って感じでね。お母さんがすごく厳しい人で、『好きなことをするのは高校に入ってから』って言われてたんだって」

　"高校に入ってから"。……そうか、もしかしたらそのせいなのかもしれない。大宮があんなに一直線なのは。

　ずっと勉強一筋だったから他はなにも知らなくて。やっと好きなことができるようになったから、たとえ片想いでも恋愛がしたいってことなのか。

「でも絢斗くんも災難だね～。あんな子につきまとわて」

　理由がわかれば、少しは納得できる。大宮の突飛な言動も理解できなくはなかった。

「いくら高校生になったからって、大宮さん、はっちゃけすぎじゃん？　ちょっとバカみた——」

「それだけ今までがんばってきたってことだろ」

かぶせるように言い放った俺の言葉に、越谷が目を見張った。

気まずい空気があたりに漂う。

「……なんで絢斗くんが大宮さんの肩持つの？」

「べつに肩を持ったつもりはねーよ。逆に聞くけど、なんで越谷があいつのことそんなに悪く言えんの？」

越谷の頬が赤く染まり、口元が歪んだ。言い返そうとしてくるのを無視して、俺はその場を立ち去った。


どうしてあんなことを口走ってしまったんだろう。自分の席に座った俺は、髪をぐしゃっと乱暴にかき上げた。

べつに大宮を庇ったわけじゃない。ただ、一生懸命がんばってきたヤツがバカにされたのがムカついただけだ。

でもなんで？　なんで俺がムカつくんだ？　自分には関係ないことなのに。

イライラしながら時間が過ぎ、1時間目の授業が終わった。教科書を机にしまって顔を上げた俺は、「あ」と声をもらした。

俺の席は廊下側なので教室の外がよく見える。移動教室なのか、教科書を持ってぞろぞろと歩く群れのうしろを、ぽつんとひとりで歩いている大宮がいた。

……やっぱり元気がない。母親から注意されたことを相当気にしているんだろう。

大宮が徐々に近づいてくる。うつむき加減のあいつは、俺が教室から見ていることに気づいていない。

……もしも、このまま大宮が母親に従って勉強を優先させるなら、そのほうが俺にとって都合がいいんだ。あいつが現れる前の静かな日常に戻れるんだから。

　そう頭では思っているのに、気づけば俺の足は立ち上がっていて──。

「なあ」

　教室の窓から声をかけると、大宮がビクッと立ち止まった。その瞳がこちらを向き、大きく見開かれていく。

　俺はひそかに焦った。声をかけたものの、なにを言えばいいんだろう。ていうか、なんで話しかけたんだよ俺。

　動揺を悟られないように無表情でポケットに手を突っ込むと、指先に小さな紙が触れた。親父が今朝無理やり渡してきた映画のチケットだ。

「……」

　べつにお前が落ちこもうが、俺の知ったことじゃねーぞ。たまたま映画のチケットがあっただけだ。そう、ただそれだけだからな。

　なぜかそんなことを心の中で唱えながら、俺はぶっきらぼうな口調で言った。

「映画とか……俺が誘ったら喜ぶ?」

　ぽかんと口を半開きで固まる大宮。

　そして短い沈黙のあと、「うん!」とうなずいたその顔は、ようやくあいつらしい満面の笑顔だった。


　あっという間に迎えた日曜日。時間どおりに待ち合わせ

ありったけの恋心をキミに　>> 317

場所に着くと、大宮は先に到着して俺を待っていた。

　まだこちらに気づかず、緊張した横顔が遠くを見つめている。普段とは雰囲気の違うポニーテールに、コートの下は花柄のワンピース。……馬子にも衣装ってやつだな。

　近づく俺にやっと気づいたらしく、大宮はピーンと背筋を伸ばし、緊張ガチガチの声を張り上げた。

「こ、こんにちはっ！」

「はい、これ」

　チケットを1枚、ひらりと渡す。すると震える両手を差し出して、恭しくそれを受け取る大宮。まるで王様から国宝でも授かったかのようだ。

「夢みたい……本当に映画デートできるなんて」

「あのな。デートじゃなくて、たまたまチケットがあっただけ。酒屋の杉ちゃんとやらに親父がもらったんだよ」

「そうなんだ、じゃあ感謝しなくちゃ……！　佐藤くんのお父さん、酒屋の杉ちゃん、ありがとうございます！」

　やっぱ変な女。俺がしらけた顔でさっさと歩き始めると、「でも」と背後で大宮が言った。

「一番の感謝は、佐藤くんが私を誘ってくれたこと」

「……」

　コイツには計算ってものがない。パンを咥えてぶつかってきたり変な画策はするけれど、自分自身の気持ちはいつも真正面からぶつけてくる。

　だから、ついペースを乱されるのかもしれない。

「……早く行くぞ。映画、始まるから」

「うんっ」

　俺は大宮のほうを振り返らず、けれど歩く速度を少し遅めにして映画館へと向かった。


　カップルの客でほぼ満席のシアタールーム。コーラとポップコーンを買った俺たちは、うしろのほうの席に並んで座った。

　思わぬ出来事が起きたのは、スクリーンに予告映像が流れ始めた頃だった。ひじ掛けに置いていた俺の手に、大宮の手が重なってきたのだ。

「なに？」

　驚いて小声で尋ねると、返ってきたのは大宮らしい答え。

「"君の手は"っていうドラマで、映画を見ながら手をつなぐシーンがあってね。すごくいいから……再現しようと思って！」

　なるほどね……。

　あきれる俺とは裏腹に、大宮の表情は幸せそう。憧れのシーンを再現できてすっかりご満悦らしい。

　俺は重なった手を見下ろし、ため息をついた。

　いくら憧れてたからって、普通いきなりはねーだろ。まあ、普通じゃないコイツの言動も、ちょっとは理解してやれるようになってきたんだけど。……ずっと勉強一筋でがんばってきた反動で、こうなってるんだよな。

　あーもう、仕方ねーな。今日はこっちから誘ったんだし、特別に付き合ってやるか。

「俺もそのドラマ観てたけど、あのシーンの繋ぎ方はこうじゃなくて、こう」

　そっと手を動かして、俺のほうからも握り返した。さっきまでとは違う、指と指を絡めた"恋人繋ぎ"で。

「……っ」

　薄暗がりでもわかるほど大宮の顔が真っ赤になる。

　俺はスクリーンに視線を戻し、背もたれに寄りかかって不愛想に言った。

「明るくなったら離すからな」

　大宮の手は少し冷たくて、俺の手にすっぽり収まるほど小さかった。重なり合った手のひらから緊張がはっきりと伝わってくる。

　ドキドキ、ドキドキ、暴れる鼓動。もしかしてコイツ、手のひらに心臓があるんじゃねーか？　そう本気で思うほど、大宮の心音をリアルに感じて——。

　——あ、違う。とそこで気づいた。

　これ、大宮じゃなくて俺の心臓だ。

　なんで俺、こんなドキドキしてるんだ？

　いや、べつに深い理由はない。単に大宮のドキドキが伝染しただけだ。そう片づけて、無理やり映画に集中した。


「あ〜、おもしろかったあ」

　ぞろぞろと退場する人波に乗って歩きながら、大宮がうっとりした声でつぶやいた。俺は「まあな」と同意し、空になった紙コップを捨てる。

もう手は繋いでいない。先に宣言した通り、明るくなると同時に俺から離した。けれど手のひらにはまだ、大宮の体温が微かに残っている。

　映画館の外に出ると、傾き始めた冬の太陽が街をやわらかく照らしていた。時刻は15時半。解散するにはまだ少し早いか。

「このあとどうする？」

　そう尋ねたと同時に、大宮がスマホを見て「あ」ともらした。着信履歴があったらしく、慌てた様子でかけ直す。

『今どこにいるの!?』

　電話の相手の第一声は、俺にも聞こえるほど大きかった。

「あ……帰ったらちゃんと……はい」

　みるみる肩が強張り、声も上ずっていく大宮。その様子を見た俺はすぐに状況を把握する。電話の相手は、母親だ。たぶん、勉強せずに出かけたことを怒っているんだろう。

「あの……」

　電話を切った大宮が俺のほうを向いてなにか言おうとする。が、続きの言葉を出せずに黙りこんでしまった。

　大宮の全身から、ひしひしと葛藤が伝わってくる。

　"まだ帰りたくない。一緒にいたい"という気持ち。

　"だけど勉強をサボるのは心苦しい"という気持ち。

　ぐらぐら揺れる天秤の真ん中で、大宮は苦しんでいる。

　正直、俺は思った。もっとうまくやればいいじゃんって。親の目なんて適当にごまかして器用に楽しめばいいじゃんって。

ありったけの恋心をキミに　≫　321

　──でも、できないんだろうな。コイツは。

　バカみたいに真面目で、不器用で、一生懸命で。それが大宮らしさでもあるんだから。

　ふう、と俺は息をつき、なにげない態度を装って言った。

「新しくできた図書館に行ってみたいんだけど」

「……図書館？」

　これは俺なりに考えた妥協案だ。図書館なら、勉強しながらも一緒にいられるから。

　べつにさ、"恋愛か勉強かどちらかを選ばなくちゃ"なんて気負わなくていいじゃねーか。どっちもお前にとっては大切なんだろうし。せっかくがんばってきたんだろ？　無理やり捨てる必要はねーよ。

　俺は大宮を促すように目線で合図をすると、図書館のほうへ歩き始めた。


　真新しい図書館に入った大宮は、最初こそソワソワしていたものの、やがて遠慮がちに参考書を選んで勉強を始めた。

　俺は適当に本を選ぶため、館内をぶらぶらと見て回った。

　ポケットの中でスマホが震えたのは、ちょうど本棚から小説を手に取った時だった。

【お前、越谷カナになにかした？】

　岸から届いたメッセージ。続けて２通目も届く。

【お前の悪口言いふらしてるみたいなんだけど】

　越谷が俺の悪口を……？　なぜそんなことになっている

んだろう、と心当たりを探る。

　すぐにピンときた。数日前の朝のやり取りだ。

『……なんで絢斗くんが大宮さんの肩持つの？』

『べつに肩を持ったつもりはねーよ。逆に聞くけど、なんで越谷があいつのことそんなに悪く言えんの？』

　あの時、大宮のことをバカにする越谷に、俺は思わず言い返してしまったんだ。それがプライドの高い越谷の恨みを買ったんだろう。

【べつにどうでもいいよ】

　俺は岸に返事を送り、スマホをポケットに戻した。

　本当にどうでもいい。陰口でもなんでも好きにしてくれ。人の努力を笑うヤツの言うことなんて、気にする必要もないんだ。

　気を取り直した俺は小説を持って、大宮のいる席のほうに向かった。勉強をしているあいつの姿が見えた瞬間、なぜか心がふわっと安らぐのを感じた。

　なにも言わず、向かいの席に座る。大宮は一瞬だけこちらを見たものの、すぐにまた勉強に集中し始めた。

　俺は頬杖をついて本を読むフリをしながら、こっそり視線だけを上げて向かいの席を観察した。

　難しい問題が出ると、眉間にシワを寄せて考え込んだり。解き方を理解できた途端、パッと顔を輝かせたり。

　まるで百面相だ。わかりやすすぎる大宮の表情に、思わずブッと吹き出してしまった。

　……やべ、聞こえたかも。慌てて視線を本に戻す。でも

大宮は気づかなかったらしく、参考書にかじりついたまま。

　俺はホッとして、本で隠した口元をゆるませた。

　大宮がノートにペンを走らせるサラサラという音。ときどきそこに、俺が本をめくる音が重なる。

　それ以外は本当に静かで、会話はなかった。でも、ちゃんと"ふたり"だった。

　いつの間にか窓の外は夕焼け。図書館の中も淡い茜色に染まっていた。

　西側から射しこむ夕陽が柔らかくふたりを包んでいる。

　それはとても穏やかで、優しくて——。

　なぜだろう、俺は今までにない心地よさを感じていた。


　その日を境に、俺たちの関係にはいくつかの変化が起きた。

　１つ目の変化は、放課後によくあの図書館に行くようになったこと。

　２つ目は、学校の休憩時間に話をするようになったこと。

　そして、３つ目は……。


「壁ドン！　顎クイ！」

　まーた変なことしてやがる。

　昼休みの校内の、人通りが少ない階段。憧れのシチュエーションを宣言しながら、真顔で実演する大宮。

　もちろん俺は座って見ているだけで、大宮がひとりで壁に手をついたり自分の顎を持ち上げたりしているんだけど。

「ベッタベタだな」

　壁ドンも顎クイも、まんま少女漫画じゃねーか。あまりにも大宮らしい願望に、俺はケラケラと笑った。

　……そう、3つ目の変化は、俺がコイツの前でよく笑うようになったこと。

　出会った頃はありえないと思っていた大宮の変な言動を、徐々におもしろいと感じるようになっていたんだ。

「他には？」

　壁ドンや顎クイ以外にどんな願望があるのか、からかうように尋ねる俺。

「んと、お姫様抱っことか」

「そんなのばっかかよ」

「あ、自転車のふたり乗りもしてみたい！」

「つかまんぞー」

　こんな他愛ない会話でも大宮は嬉しそうだ。

　俺が笑うと、大宮は喜ぶ。新しい発見でもしたみたいに表情を輝かせ、そして少し恥ずかしそうに見つめてくる。

　でもな大宮。俺を笑わせてんのはお前なんだぞ？　お前といる時だけ、なぜか俺はこんなにも笑顔になるんだ。

　ま、そんなこと、絶対言ってやんねーけど。


【遅くなってごめんなさい！　今すぐダッシュで行きます！】

　ピコン、とスマホの音が鳴り、やたら焦った調子のメッセージが届いた。放課後の校門の近くで大宮を待っていた

俺は、そのメッセージに返事を打ち始める。

【いーよ。お前絶対コケるから歩いてこい】

今日も一緒に図書館へ行く予定。が、待ち合わせに大宮が少しだけ遅れているのだ。いつもなら約束の10分前には着くタイプだから、こういうのは珍しい。

返事を送った俺は、ひと息ついてマフラーを顎の上まで引き上げた。グレーに近い冬の空を見上げながら空気を吸いこむと、肺がじんじんするほど冷たい。

——ピコン。

返信が届いた。ヒヨコが羽をまき散らしながら全力疾走しているスタンプ。それが妙に大宮に似ていたもんだから、俺は思わずプッと笑った。

その時、背後から女子生徒の話し声が近づいてきた。

「へ〜、大学生の彼氏？」

「うん。バイト先で知り合ったんだ」

慌てて無表情になり、ポケットに手を突っ込む俺。

あっぶねー。ひとりで笑ってるとこなんか見られたら、変なヤツだと思われるじゃん。

「いいな、年上彼氏かあ。やっぱ優しい？」

「なんでもワガママ聞いてくれるよ」

「うらやまし〜！」

派手な雰囲気の女子がふたり、しゃべりながら俺のそばを歩いていく。

そのうちのひとりと、すれ違いざまに目が合った。

越谷カナだ。

「あ……」

越谷が俺を見て顔をこわばらせる。

だけどそれは一瞬のことで、すぐに挑戦的な笑みを浮かべると、わざと俺に聞かせるように声を大きくした。

「やっぱ大人の男って余裕があるんだよね〜。誰かさんは見た目だけよくても、中身は全然イメージと違ったもん。ムキになってダサい子のこと庇ってて、引くっつーの」

あきらかな当てつけの言葉。ここまであからさまだと逆に潔くすら感じるほど。

越谷は勝ち誇ったように髪をかき上げると、耳障りな笑い声とともに去っていった。俺は表情ひとつ変えず、校門の柱にもたれて立っていた。

……バカバカしい。あんなの相手にする必要ない。単なる逆恨みなんだから。

それは十分わかっている。なのに、頭の一部では、古い映像が自動再生のように流れ始める。

『ちょっとイメージと違ったんだよね。佐藤くんって意外と重いっていうか、一生懸命すぎて、引く』

中学時代、初めての彼女に言われたあの言葉。俺が恋愛に対して冷めた感情を抱くようになった、キッカケともいえるセリフだ。

元カノに対して未練はない。引きずってもいない。

だけどあの言葉だけは、今も錘となって胸の奥底に沈み、俺を動けなくさせているんだ——。

「佐藤くんっ」

その時、パタパタとせわしなく大宮が走ってきた。俺は
ぼんやりと立ち尽くしたまま、視線だけをそちらに向けた。
「ごめんねっ、寒いのに待たせて」
　立ち止まった大宮が、息を切らしながら見上げてくる。
「はい、これ」
　はにかみながら、ピンク色の包装紙に包んだなにかを差
し出してきた。俺はそれを見下ろしたまま、受け取ること
もせずに尋ねた。
「……なに？」
「マフィン。調理実習で作ったの」
　実習中にヤケドでもしたのか、大宮の指にはバンソー
コー。鼻の頭には薄力粉がうっすら付いている。めずらし
く待ち合わせに遅れたのもラッピングのためだろう。
　……俺のためにがんばってくれたんだ。それは感謝すべ
きことなのに、なぜか心にザワザワと黒い波が立つ。
「あのね、私、好きな人に手作りのお菓子を食べてもらう
のが夢で──」
「いらない」
　冷たく言い放った俺に、大宮が目を丸くして言葉を止め
た。
「……って言われたらお前、どうすんの？　そんな一生懸
命なことして、相手が受け入れてくれるとは限らねーだろ」
　最悪だ……俺。大宮に八つ当たりをしてる。わざとひど
いことを言って、自分の古傷をなすりつけてるんだ。
　自己嫌悪に耐えられず立ち去ろうとした時、「そうかも

しれないけど」と大宮が口を開いた。

「でも私は、これを作ってる間も佐藤くんのことを思い浮かべて、すっごく楽しかったよ」

「……っ」

　きっと大宮にとってはなんてことないセリフで。打算も気負いもいっさいなく、ごく普通に出た本心なんだろう。

　だからこそ、その言葉は俺の心を揺さぶった。

「バカじゃねーの……」

　動揺を隠しながら小さくつぶやく。

　やっぱバカだよ……お前。八つ当たりされたことも気づかねーで。楽しかったってなんだよ。見返りは求めてねーのかよ。傷つくの怖くねーのかよ。片想いなのに、なんでお前はそんな幸せそうなんだよ……。

　自分でもとまどうほどの心の揺れの中、ふと気づいた。

　俺が中学時代に手離した大切なもの。それを大宮は持っている。だから、眩しいのかもしれないって。

「佐藤くん?」

　大宮がきょとんとした顔で覗きこんでくる。

　俺は目をそらし、マフィンをさっと奪うように受け取ると、校門の外へと歩き出した。

　あいつの顔を見ずにつぶやいた「ありがとう」は、照れくさくて消え入りそうな声だった。


　その日の夜。

　──ピコン。自分の部屋で2個目のマフィンを頬張った

と同時に、スマホが鳴った。

【今なにしてる?】

　いつもと同じ大宮からのメッセージだった。とくに用もないのに連絡を取り合うのが憧れらしく、なんだかんだ俺も返事するのが最近の日課になっている。

【マフィン食ってた。2個目。うまい】

【ホントに!?　よかったー!　どんな味かわからないから実は不安だったの】

【ってお前、まさか食ってねーの?】

【え、うん……】

【ありえねー。人に毒見させたんだ。笑】

【毒見って!　違うよ!】

　ピコン、ピコン、と絶え間なく鳴る音。文字だけなのに、まるでそこにいて話しているみたいだ。

　きっと今頃あいつは、スマホ片手に嬉しそうな顔をしているんだろう。今日の放課後、手作りマフィンを渡してきた時みたいな、あのキラキラの瞳で……。

　そんなことを考えていると、大宮から続けてメッセージが届いた。

【調理実習では、ひとり3個までって決まってたの。だから、全部佐藤くんに食べてもらいたくて……】

　ドキッ、となぜか心臓が音を立てた。口の中のマフィンを塊のまま飲みこんだ俺は、しばし咳き込んだあと、もう一度メッセージの文面を読んだ。

　全部俺にって。コイツ、どこまで俺のこと好きなんだよ。

「……ったく、めんどくせえな」

　反応しづらいメッセージ送ってくんじゃねーよ、と悪態をつきながらしぶしぶ返事を打ち始めた俺は——。

「！」

　ふいに、鏡に映った自分の顔を見て驚愕した。

　な……なんだ、この顔。目はニヤけてるし、口元はゆるんでるし、おまけに頬まで真っ赤じゃねーか。

　え、なんで？　なんで俺、大宮なんかに対してこんな顔しちゃってんの？　え、ちょっと待って、ありえない。意味わかんねーんだけど？

　頭が混乱したせいでスマホを落としそうになる。反射的に受け止めたものの、指先が変なところを触ってしまい、勝手に顔文字が入力された。

【（＊´ω｀＊）】

　うわああ、なんだ、この顔文字！　まんまさっきの俺の顔じゃねーか!!

　慌てて顔文字を消去したので大宮には送信せずにすんだ。セーフ……！　俺は心臓をバクバクさせながら、スマホをしっかりと両手で構えた。

　落ち着け。まずは落ち着いて返事を送ろう。

【風呂】

　考えた末に送ったのはそのひと言だった。とにかく動揺がバレたくないし、ボロが出る前にやり取りを中断したかったから。

　無事に既読マークがついたのを確認した俺は、はあーっ

と息を吐き出しながら脱力した。

上半身をベッドに預け、天井を見上げる。そして、動悸
の収まらない胸のあたりに手を添えた。

なんなんだ、これ。まさか俺──。

あいつのことが、好き、なのか？

「マジかよ……」

熱く火照る顔を手で覆い、ため息とともにつぶやく。

マフィンの甘い香りが、部屋中に漂っていた。


ひと晩寝れば落ち着くかもと期待していたけれど、落ち
着くどころか翌朝にはさらにドキドキが増していた。

それは学校に着いてからも同じで、恥ずかしさのあまり
俺はすっかり挙動不審になってしまった。

あいつの行きそうな場所は回避し、ばったり会えば目が
合う前に逃亡。普通にしなきゃと思っているのに、どん
な顔して会えばいいのかわからなくて。

「佐藤……ミイラみたいになってるけど大丈夫か？」

あげくの果てに、マフラーぐるぐる巻きで顔を隠してい
たら岸にまで心配されてしまった。

「お、おう、大丈夫。まったく問題ねーし……」

どこが大丈夫なんだ、やばいだろ俺。

自分で言うのもなんだけど、わりと今までクールなほう
で通っていたのに、これじゃ完全にキャラ崩壊だ。

そう、崩壊。

大宮を好きだと気づいた瞬間、俺のなにかが崩壊したん

だ。

　誰かを好きになることなんて、もうないと思ってた。それがこんな辻閦に、落とし穴にはまるみたいに、気づけば恋に落っこちてしまうなんて。

　どうしよう。好きだと気づく前の自分が、どんな表情と声であいつに接していたのか思い出せない。普通ってどんな感じなのか、考えれば考えるほどわからない。

　こんな情けない俺に比べて、大宮はすごいと今さら思う。だってあいつは気持ちを取り繕わない。ありのままの自分を見せてくるから。

　それに引き換え、俺はなにをビビッてるんだろう。自分の気持ちが大宮にバレるのが恥ずかしいのか？　たしかにそれも理由のひとつだ。

　だけど、一番はそれじゃなくて……。

　怖いんだ。また中学の時みたいに傷つくのが。

　恋をして失った。がんばった自分を否定された。あの時の虚しさは、今もくっきりと残っている。引きつれた傷痕のように消えないトラウマ。

　だから俺はもう恋なんてしたくなかった。二度とあんな想いをしないよう、心に防御壁を作ってきたんだ。

　なのにその壁を、あいつ——。

「体当たりでブチ壊しにきやがった……」

　独り言をもらしながら窓の外を見ると、雲の切れ間から青空がのぞいていた。

　壊れた壁の向こうには、どんな景色があるんだろう。そ

んなことを、ふと思った。


　それから３日後の朝の教室。俺はスマホを持ったまま、送信ボタンを押せずに固まっていた。

【話したいことがあるから、今日の放課後、いい？】

　好きだと自覚して以来、大宮のことを避けまくって今日まできてしまった俺。校内で話しかけられたことも数回あったけど、まともに目すら合わせられなかった。

　だけどいいかげん、ちゃんと向き合わなくちゃ。そう決意してこのメッセージを作成したのだ。

　……これを送ればもう後戻りはできない。不安な気持ちがまったくないと言えば嘘になる。

　でも、きっと大丈夫だ。大宮は中学時代の元カノとは全然違う。きっとあいつなら、ありのままの俺を受け入れてくれるから——。

「佐藤、呼んでるぞ～」

　メッセージを送信する直前、クラスメイトから声がかかった。とっさに指を止めた俺が顔を上げると、扉のところに大宮が立っていた。

　俺は慌ててスマホを机に置き、大宮に駆け寄った。

「なに？」

　焦った口調になったのは、まわりの目があるからだ。幸い、まだ朝が早いから生徒の数が少ないけれど、じきにみんな登校してくるだろう。

　せっかく大宮と向き合う決心がついたのに、周囲の冷や

かしで邪魔されちゃかなわない。そう思った俺は、とにかくこの場から大宮を離れさせたくて早口で言った。
「なにか用ならメッセージで——」
「ありがとうございました！」
　突然響いた声。ビックリした俺は言葉を止め、目の前の光景に唖然とする。
　大宮が深々と頭を下げ、封筒をこちらに差し出していた。
　……意味がわからない。なにが、ありがとうなのか。なぜ過去形なのか。そしてその封筒はなんなのか。
　とまどいつつも受け取ると、大宮は目も合わさずに走り去っていった。
「なんなんだよ……」
　いきなり現れて、立ち去って、残されたのは封筒だけ。
　状況が理解できないまま席に戻った俺は、しばし悩んだ末に、机の下で隠すように封を切った。
　中から出てきたのは数枚の便せんだった。几帳面な字で、びっしりとなにか書いてある。
【佐藤くんへ。突然のお手紙、失礼します】
　手紙……？
【私が佐藤くんとお話しできるようになって、約３週間が経ちました。本当に本当に楽しかった。だけど、今日で私の恋は終わりにします】
　——みぞおちを、えぐられたような衝撃が走った。
　え、なにこれ……。
　"恋は終わり"って……。

つまり、大宮はもう俺を好きじゃないってこと？

手紙を持つ指先が一気に冷えていく。文字が意味不明な記号のように見えて、続きが読めない。

感情は全然追いつかないのに、頭のどこかでは妙に静かな声がした。そっか、やっぱりこうなるんだ、って。

結局、大宮も同じだったんだ。中学時代の元カノや、その他の女たちと……。

俺は手紙をぐしゃっと握りつぶすと、乱暴にカバンの中に突っ込んだ。


授業もろくに身が入らないまま迎えた放課後。家に着いて自転車を止めたと同時に、岸から電話がかかってきた。

『今から女子と遊ぶんだけど、お前も来ねえ？』

「……行かねーよ」

『んだよ、あいかわらず付き合い悪いなー。そういやお前、あの子のことも最近避けてるよな』

"あの子"で伝わる存在なんて、ひとりだけだ。いつの間にあいつは、こんなに俺の日常になじんでいたんだろう。

『あ、わかった！　ついにあの子のことフッたんだろ』

なにも知らない岸がいつもの調子で『とうとう10人達成か〜』と冷やかしてくる。

俺は自転車を降りながら、自嘲的に鼻で笑って言った。

「逆だよ」

『え？』

「フラれたのは俺のほう」

電話の向こうから伝わってくる絶句の空気。ちょうどそこでスマホが電池切れになり、通話が切れた。

　俺はため息をつき、スマホを持つ手を脱力した。その拍子に、肩にかけていたカバンがずり落ちてしまった。

「あーもう……」

　地面に散らばった大宮の手紙。舌打ちをしながら、それを１枚ずつ拾っていく。

　その時、手紙の続きの文章がふいに目に入った。

【佐藤くんへの気持ちは、前よりも大きくなっています。だからこそ、これ以上恋をして嫌われたくないの】

　え──？

　俺は目を見張り、しわくちゃの紙を目の前で広げた。

【最初に佐藤くんは言ったよね。付き合うとかを期待しないなら好きでいてもいいって。なのに私はどんどん欲張りになって、約束を守れなくなっていったんです。そのせいで迷惑をかけて、すみませんでした】

　嘘だろ……。

　俺は急いで続きの文章を追っていく。数枚にわたる手紙には、感謝の気持ちと、ふたりの思い出がひとつひとつ丁寧に綴られていた。

　大宮は気持ちが冷めたわけじゃなかったんだ。それどころか俺が最近あいつを避けていたから、迷惑になっていると思って身を引いた。

　なのに俺……さっきは早とちりして、ちゃんと読まなくて。最悪だ。もしあの時読んでいれば、すぐに大宮を追い

かけて本心を伝えられたのに——。

そこまで考えて、ハッとした。

……"あの時読んでいれば"？ 違う、そんなの言い訳だろ。仮に読んでいたとしても、どうせ諦めて行動できなかったはず。それが俺のパターンなんだから。

でも、このままで本当にいいのか？ この先もずっと、自分を守る壁の中で立ち止まり続けるのか……!?

「くっそ……！」

俺は自転車に飛び乗ると、全力でペダルを踏みしめた。

今さら行動しても手遅れかもしれないし、自分をさらけ出すのはやっぱり怖い。

だけど、やっと気づいたんだ。俺がトラウマから立ち直れなかったのは、傷ついた過去のせいじゃなくて。

もう一度傷つく勇気を持てなかったからだって——。


【佐藤くんと過ごした時間は、私にとってすべてが宝物みたいでした】

太陽が西に傾いてオレンジに色づき始めた町。

俺は息を切らしながら、必死に自転車を走らせる。

脳裏によみがえるのは大宮と過ごした日々。

それはまるで、あいつの手紙とシンクロするように。

【映画館では、私のワガママで手をつないでくれてありが

とう。あの時はドキドキしすぎて、手汗をかいちゃってごめんなさい】

【きっと佐藤くんは知らないだろうけど。私は図書館で勉強をしながら、ときどきこっそり佐藤くんのほうを見ていたの。本を読む佐藤くんの顔が、夕陽で赤く染まっていくのを見るのがとても好きでした】

【毎晩のメッセージのやり取りは、まるでそこに佐藤くんがいるみたいで。無邪気な笑顔、ちょっと意地悪な顔、たまにボーッとした横顔。いろんな佐藤くんに会えるのが毎日の楽しみでした】

「──痛っ！」
　自転車のタイヤが砂で滑り、俺はアスファルトの道路に倒れこんだ。数台の車が近くを通り過ぎていく中、痛みに顔をしかめながら、しばらく起き上がれなかった。
　体力はほとんど限界に近い。肺が痺れるように苦しい。
　こんなにがんばったところで、今さら大宮が受け入れてくれるとは限らないのに……なんて、弱気な自分が顔を出してくる。
　その時、腰のあたりでカサッと音がした。ブレザーのポケットに入れてきた大宮からの手紙だ。
　俺はよろよろと上体を起こし、手紙を取り出した。

【壁ドンとか顎クイとか、自転車ふたり乗りとか、私の憧れの話をしたら、佐藤くんはあきれながらも笑ってくれたよね。その笑顔だけで私は嬉しかったです】

　……そうだ。俺、こんなところで諦めちゃダメだ。
　たとえ結果はダメでも。傷つくことになったとしても。
　大宮が好きだ。俺も、お前の笑顔だけで嬉しいんだ。
　歯を食いしばり立ち上がった俺は、再び自転車に乗ると、大宮のもとへと全力で向かった。


「大宮……！」
　河川敷でその姿を見つけた時、あたりの景色はすっかり夕焼けに溶けていた。
　遠くから呼んだものの喉がカラカラで大声が出ない。俺は最後の力をふり絞り、ひとりでぼんやりと歩いている大宮のほうへ自転車を走らせた。
　やっと気づいた大宮が、俺を見て目を丸くする。が、なぜか次の瞬間、ギュッとまぶたを閉じてしまった。
　え？　なんでいきなり目つむるんだよ……！
　わけがわからないまま大宮の前で自転車を止めた俺は、ハアハアと荒く息をしながら名前を呼んだ。
「大宮」
「……！」
　目を閉じたままの大宮が、こんどは耳まで両手で塞いで

しまう。なんだよそれ、マジで意味がわからない。

　まさか、俺の顔を見るのも声を聞くのもイヤなのか？

　そう思い不安になったけど、もう逃げたくはなかった。

「おい！」

　俺は大宮の手首をつかみ、かすれた声を張り上げた。

「……」

　少しずつ開かれていく瞳。そこに俺の顔を映した大宮が、呆然とした様子でつぶやいた。

「え？　なんで？」

　なんでって、そっちこそなんでだよ。人のことをまるで宇宙人みたいに見やがって。

　でもな、大宮。今お前の目の前にいるのは、宇宙人よりも珍しい男だぞ。なんせお前みたいな変な女を、可愛くて愛おしくて仕方ないなんて思ってしまう、宇宙一変な男なんだから。

　俺は小さく深呼吸をすると、おもむろに口を開いた。

「……どこ行くの？」

　ぶっきらぼうに尋ねると、「散歩」と答えが返ってくる。

　そんな大宮の手を強引に引っぱり、自転車のうしろに乗せた。

　ゆっくりと進みだしたところで「あっ」と声が聞こえた。

「これ……ふたり乗り!?」

　おせーよ、気づくの。お前から言い出したくせに。他にもいろいろ、ベタな憧れのシチュエーションをあんなに楽しそうに話してたじゃねーか。

ありったけの恋心をキミに　**》** 341

　俺は前を向いたまま、不愛想な声で、だけどありったけ
の想いを込めて言った。

「やりたいこと、まだまだあんだろ。……勝手に終わらせ
んなよ」

　お前の願いなら、いくらでも俺が叶えてやる。

　壁ドンとか超恥ずかしいけどがんばるし、お姫様抱っこ
はちょっと力に自信がないけど、腕立て伏せして鍛えるよ。

　……だから、笑ってほしいんだ。それが俺自身の願いだ
から──。

　その時だった。突然、うしろからブレザーをぎゅっとつ
かまれ、小さな声がした。

「……まだ好きでいていいですか？」

　まるで無意識にもれたかのような声。だけどそれははっ
きりと俺の耳に届き、心にも届いた。

　胸に込み上げる感動をこらえながら、ハンドルをしっか
りと握りしめる。

　ああ、やっとこの場所に立てたんだ。臆病な自分を守っ
てきた壁を壊すことができた。そして、こんな俺をまだ好
きだと言ってくれるお前と、ようやく両想いにな──。

「片想いでもいいから」

　…………は!!??

　大宮が付け足したその言葉に、ビックリして急ブレーキ
をかける。片想いって、この期に及んでなにをトンチンカ
ンなこと言ってやがるんだ!?

　地面に足をついて振り返ると、大宮は俺の反応に目を白

黒させていた。

「お前、まだわかってねえのかよ!?」

「え?」

「なんでそこで片想いになるわけ!?」

「え?　え?」

　ダメだ、全然伝わってない。よく考えてみたら、そりゃそうだ。なんせ相手はこの大宮未華なんだから。

「あっ、もしかして、片想いでもダメってこと?」

　ますます勘違いして顔を青くする大宮。相変わらずピント外れなコイツとの恋は、どうやら前途多難っぽい。

　でも……悔しいけど、そんなところも今では愛おしく感じてしまうんだ。

　俺はため息をつき、あきれたように横目で見て言った。

「いいよ。その代わり、俺もお前のこと好きでいい?」

「……」

　驚きのあまり声の出ない大宮を乗せたまま、俺はぷいっと前を向いて、再び自転車を漕ぎ始める。


　夕映えに染まった河川敷。

　ペダルを踏む足に伝わってくる、ふたり分の体重。

　自分ひとりなら軽々と進む自転車も、ふたりだとやっぱり少し重い。

　だけどその重さを、途方もなく幸せだと俺は思った。


                                              End.

# 独占したい。

presented by ＊あいら＊

## ▶花 side──大好きな幼なじみ

「行ってきまーす！」

　お母さんとお父さんにそう言って、家を出る。

　玄関を出てすぐ、大好きな人の背中を見つけた。

「おはよっ、まさくん！」

　家の門にもたれるようにして待ってくれていたその人に、笑顔で駆け寄る。

　私に気づいたその人──幼なじみのまさくんは、眠そうに振り返った。

「……はよ」

　口を大きく開け、あくびをしたまさくんを見て笑みがこぼれる。

「なに笑ってんだよ」

「ふふっ、まさくんすごい顔」

「うるさい。遅れるから早く行くぞ」

　恥かしそうに少し顔を赤らめて歩き出したまさくんの隣に並び、一緒に学校へ向かった。


　隣の家に住む永丘匡哉ことまさくん。

　私はまさくんに、もうずっと片想いしている。

　まさくんに出会ったのは、小学２年生の頃。

　その頃私は、クラスの男の子たちから毎日意地悪なことをされていて、いつも泣かされていた。

独占したい。　presented by ＊あいら＊ ≫ 345

『泣き虫花子〜』
『や、やめてっ！　私の帽子返してっ……！』
『ほらほら、取り返してみろよ〜』
　この頃から私は、男の子が怖くて、なによりも苦手な存
在になっていた。
　学校に行くことさえも、嫌になっていた時。
『おい、やめろよ』
　──私を助けてくれたのが、隣に引っ越してきたばかり
のまさくんだった。
『い、いててっ……！　離せよ!!』
『だったらその帽子離せよ』
『わ、わかったから……！』
　その時の私には、まさくんがヒーローに見えたんだ。
　きっと、一目惚れだった。
『ほら。もう取られるなよ』
『……あ、ありがとうっ……』
『泣くなよ。あいつらいっつもあんなことしてくるの？』
『う、うん……みんな、怖くって……』
『そっか。じゃあこれからは、俺がお前のこと守ってやるよ。
隣同士だしな』
　まさくんはあの日の約束を、高校１年生になった今も
守ってくれている。


「花ちゃんだ……！」
「今日もかっわいー！」

学校に近づくにつれ、生徒の数が多くなっていく。

　男の子からの視線から逃げるように、私はまさくんの背中に隠れた。

　うう……やだなぁ……こ、怖い……。

「姫乃花って名前、ぴったりだよなぁ」

「名は体を表すってこのことだわ」

　中学に入ったくらいから、男の子からよく告白というものをされるようになった。

　原因はまったくわからないし、どうして私……？と思うけど、大勢の男の子に囲まれることもしばしば……。

　小学生の頃の出来事がトラウマで、男性恐怖症になった私にとっては苦痛でしかなく、萎縮してしまう。

　男の人は、お父さんとまさくん以外、全員怖い……。

「おい、見てんじゃねーよ」

　まさくんが、こちらを見ていた男の子を睨みつけながらそう言った。

「ひっ」

　男の子たちは、怯えたように声を出し、顔を青くしていそいそと走っていく。

「大丈夫か、花」

　優しい声でそう言って顔を覗き込んでくるまさくんに、笑顔を返した。

「う、うんっ。ありがとう」

　まさくんは、優しいなぁ……。

　いつもこうして、守ってくれる。

独占したい。　presented by ＊あいら＊ ≫ 347

「くそ、永丘のせいで花ちゃんに近づけないし……」
「さすが姫の番犬……」
「でもあのふたりってただの幼なじみなんだろ？」
うしろのほうから聞こえたそんな会話に、びくりと反応し
てしまった。

　ただの、幼なじみ……。
　本当に、その通りだ……。
　寂しくなって、ぎゅっと下唇を噛む。
　最近、よく考える。まさくんはいったい、どう思ってる
んだろうって。
　隣に住んでいるから、幼なじみだからという理由だけで、
ずっと私を守ってきてくれたまさくん。
　でも……きっと、迷惑だと思う。
　恋人でもない人のお守りなんて……もしかしたら、いい
かげん解放してくれって思ってるかも……。
　まさくんは優しいからそんなことを思う人じゃないって
わかってるけど……でも、私もこのままじゃダメだと思い
始めていた。
　いつまでも守ってもらうわけにはいかないし、まさくん
の自由を奪っているみたいで、いつも罪悪感がつきまとっ
ていたから。
　私もいいかげん、まさくん離れしなきゃ……。


「じゃあ、放課後迎えに行くから、部室で待っとけよ」
「うん！」

まさくんが私の教室まで送ってくれて、手を振ってバイ
バイをした。

　ふたつ隣にある自分のクラスへ歩いていくまさくんの背
中を、じっと見つめる。

　すると、うしろから手が伸びてきて、肩を抱かれた。

「やほっ、花！　今日もナイトと登校？」

　まさくんのことをナイトと呼ぶのは、仲よしの友達のマ
キちゃん。

　茶髪のベリーショートが似合っているボーイッシュな見
た目で、明るいクラスの人気者。

「ラブラブね～」

　もう片方から肩を組んできたのは。これまた仲よしの響
子ちゃん。

　美人で大人っぽくて、栗色の髪をいつも綺麗に巻いてい
る。みんなのお姉さん的存在。

「も、もうふたりとも……！　そんなんじゃないよっ……」

　ふたりは、いつもまさくんとのことをからかってくる。

　恥ずかしくって、ふたりの腕から逃れ自分の席に向かう。

「どっからどう見てもカップルなのになぁ～」

「学園の姫と王子。お似合いカップルだと思うわよ？」

　うしろからついてきて前の席に座ったふたりの言葉に、
ドキッとする。

　お似合い……いやいや、お世辞、だよね……。

　姫って、名前だけだもん……まさくんが王子って言われ
てるのは、知ってるけど……。

でも、そう呼ばれるのも納得だ。

パーマがかった痛みを知らない綺麗な黒い髪。高身長で、すらりと伸びた足がスタイルのよさを強調している。

カッコよくて、その上勉強もできて、サッカー部ではエース的役割を担っているまさくんが……女の子からモテないはずがない。

私が知らないだけで、もしかしたらまさくんも好きな人がいたり、するのかな？

そう考えると、胸がぎゅっと苦しくなった。

「もう付き合っちゃえばいいのにさ」

マキちゃんの言葉に、苦笑いを返すことしかできない。

「まさくんは私のこと、妹くらいにしか思ってないよ」

一番近くにいたから、もう痛いほどわかってる。

私はまさくんの恋愛対象にはなれないんだって。

告白することだって考えたけど……フられて気まずくなるくらいなら、幼なじみのままがいい。

妹の……ままでいいんだ。

そう思うと、諦めのような笑みが溢れた。

「あれで妹、ねぇ……」

「鈍感にもほどがあるわよね」

こそこそとなにか言っているふたりの言葉は、私の耳に届くことはなかった。


「今日は基礎のカップケーキを作ります」

放課後の調理実習室。

私たちの高校では、部活動の参加が推奨されていて、お菓子作りが好きな私は家庭科部に入った。

　ちなみに、マキちゃんと響子ちゃんも同じ。

　カップケーキかぁ……。

　まさくん用にひとつ、チョコチップを入れよう。ふふっ。

　お菓子作りを好きになったのは、まさくんの影響。

　まさくんは甘いものが好きで、私が作ったお菓子をいつも「うまいうまい」と喜んで食べてくれた。

　それが嬉しくて、いつの間にか趣味になっていたんだ。

「それじゃあ早速、各班に分かれて調理に取りかかってくださーい」

　先生の言葉に、いっせいに動き出した部員たち。

　わっ……！

　私の周りに男の子たちが集まってきて、思わず身を縮こめた。

「は、花ちゃん、よかったら僕と……」

「いや、俺と同じ班に……！」

　家庭科部は一番楽という理由から男性部員が多いらしい。私たちの学年はとくに、半分が男の子。

　ど、どうしよう、怖いっ……。

「はいはーい、花はあたしたちと組むから、他当たってくださーい」

　困っていると、うしろから現れたマキちゃんが周りにいた男の子たちを追い払ってくれた。

　結局、班はマキちゃんと響子ちゃんと私と同級生の女の

独占したい。　presented by ＊あいら＊ 》》 351

子ふたりで組むことに。

　カップケーキの材料を量りながら、私はマキちゃんと響子ちゃんのほうを見た。

「ごめんねマキちゃん響子ちゃん……ふたりとも彼氏さんいるのに……」

　実はふたりは、部活内に彼氏がいる。

　だから、本当は彼氏さんたちと同じ班になりたかったと思うのに、私が男の子がダメなせいで、ふたりはいつも気を遣って同じ班になってくれる。

「いいのよべつに。あいつはあいつで友達と班組んでるし」

「花お菓子作るの上手だから、一緒の班だと失敗する心配ないし、安心よ」

　微笑んでくれるふたりに、罪悪感が込み上げた。

「ありがとう……」

　いつも私が困っていたら、嫌な顔ひとつせずに助けてくれるふたり。

　そんなふたりが大好きだけど、だからこそ申し訳ない。

　自然と私の口から、ため息が溢れた。

「どうしたのよ、今日元気なくない？」

　心配するように、顔を覗き込んでくるマキちゃん。

　うー……このままじゃ、ダメだ。

　いつまで経っても周りに迷惑をかけて、気を遣わせてばかりで……そんな自分のままでいたくない。

「私……」

　ぎゅっと手を握りしめて、口を開いた。

「だ、男性恐怖症、克服する……！」

　私の決意表明に、ふたりの顔が驚いた表情に変わる。

「「え？」」

　声を揃えたふたりに、ガッツポーズをして見せた。

「が、がんばる、私……！」

　もう、怖いからって理由で逃げるのはやめようっ……。

　みんなに助けられてばっかりじゃいけないもん。

　まさくんにだって……迷惑をかけっぱなしじゃ、いつか愛想をつかされちゃうかも……。そんなの、やだ。

「がんばるって……大丈夫なの？」

　心配そうにそう聞いてくる響子ちゃんに、こくこくと何度も頷いた。

「う、うん!!　いつまでもみんなに迷惑かけるわけにもいかないし、それに……」

　なによりも、まさくんのお荷物になりたくない。

「まさくんにも、頼りっぱなしじゃダメだなって……もう高校生なんだから……」

　いいかげん、苦手は克服しなきゃっ……。

「そんなこと、ナイトは望んでなさそうだけどねぇ……」

　マキちゃんの言葉に、なぜか響子ちゃんも同意するように深く首を縦に振った。

「そ、そんなことないよ！　まさくんだっていいかげん、私のお守りに疲れちゃってるだろうし……」

　自分で言っていて悲しくなった。払拭するように、首を左右に振る。

独占したい。 presented by ＊あいら＊ ≫ 353

「と、とにかく、がんばる……！」
　直せるか、不安だけど……克服のために、今日からがん
ばろうっ……！
　よしっと気合を入れ、私はお菓子作りを再開した。
「これは一波乱起きそうね」
「そうだねぇ～」
「ん？　ふたりともなにか言った？」
「「ううん、なにも」」
「……？」
　なにはともあれ、克服大作戦開始だっ……。

## 恐怖症、克服！

　部活が終わり、片づけをする。

　みんなが帰ったあとも、私は部室に残っていた。

　サッカー部のまさくんが終わるのはもう少し先なので、いつもこうして部室で待っている。

　本を読んだり、宿題をしたり……まさくんを待つ時間は、全然苦痛じゃない。

　早く会いたいな……と思っていると、ちょうど部室の扉が開いた。

　現れたのは、心待ちにしていた人。

「花、お待たせ。帰ろっか？」

　私を見て笑顔でそう言ったまさくんに、「うん！」とうなずいてカバンを持ち駆け寄った。


　少し暗くなった空の下、ふたりで並んで帰り道を歩く。

「今日はなに作ったの？」

　まさくんの言葉に、カバンの中に入れたもののことを思い出した。

　チャックを開けて、ラッピングしたものを取り出す。

「今日はね、カップケーキを作ったのっ。まさくんの分もあるよ！」

「え、マジ？」

独占したい。　presented by ＊あいら＊ ≫≫ 355

「うんっ！　はい、どうぞ」
　そう言ってまさくん用に作ったチョコチップ入りのカップケーキを渡す。
　すると、まさくんは目を輝かせてそれを受け取った。
「うわ、うまそう」
　ふふっ、本当にお菓子好きなんだなぁ……。
「いつもありがと」
　ぽんっと頭を撫でられ、どきりと胸が高鳴る。
　うう……不意打ち、ずるい……。
　顔が熱を持ち始めるのがわかって、恥ずかしくなった。
　私がドキドキしてるなんて知る由もないまさくんは、ラッピングを綺麗にほどいてカップケーキを取り出し、ぱくりと大きな口でかぶりついた。
　もぐもぐと咀嚼しているまさくんを見て、今度は違う意味でドキドキする。
「どう？　おいしい……？」
　口に合うかどうか……チョコチップを入れすぎちゃった気もするから、どんな反応が返ってくるのか不安っ……。
　けれど、みるみるうちに笑顔になるまさくんに、私の緊張も解けていく。
「うん、めちゃくちゃうまい」
　返ってきた言葉に、ほっと胸を撫で下ろした。
「よかったぁ……」
　またぱくりとかぶりついたまさくんに、ふふっと笑みがこぼれる。

「まさくんに喜んでもらいたくて、愛情たくさん込めたんだよっ」

　私の言葉に、なぜかまさくんは目を見開いた。

　じっと見つめられ、首を傾げる。

　……どうしたんだろう？

「……はぁ、好きだ」

　っ、え？

　ため息交じりに、まさくんの口からこぼれた言葉。

　好きって……あ、そういうことかっ……！

「このカップケーキのこと？　そんなに気に入ってもらえるなんて嬉しい……！」

　チョコチップがお気に召したのかな？

　そんなに気に入ってもらえると思ってなかった……また家でも作ろうかな。

「ふふっ、今度また作るね！」

「これもだけど、そうじゃないんだけど……」

「え？　なにか言った？」

「……ううん、なにも」

　まさくんは、そう言って最後のひと口を平らげた。

「ごちそうさま」

　私のほうを見て微笑んだまさくんに、同じものを返す。

　100メートル先くらいに私の家が見えてきて、そろそろバイバイか……とさみしくなった。

　……あ！

　あることを思い出して、慌てて口を開く。

独占したい。　presented by ＊あいら＊ ≫≫ 357

　まさくんに、言っておかなきゃ……！

「ま、まさくん、話があるの……！」

「ん？　なに？」

　首を傾けたまさくんに、私は先ほど決意したばかりのことを伝えた。

「私……男性恐怖症、克服する！」

　まさくんが、ぴたりと足を止めた。

　少しの沈黙のあと、驚いた表情をしたまさくんが私を見て口を開いた。

「…………は？」

　なに言ってんの？　と言わんばかりの視線を向けられ、なんだかいたたまれない気分になる。

　そ、そんな反応しなくてもっ……。

「急にどうした？」

　なにが気に入らないのか、怪訝そうな面持ちでそう聞いてくるまさくんに、わけを話す。

「えっと、そろそろ、自立しなきゃなぁと思って……」

「自立？」

「まさくんに甘えてばっかりじゃ、ダメだなって……」

　まさくんは、本当はどう思ってるんだろう？

　聞いたことはなかったけど、ふと気になった。

　私の返事に、まさくんはまだ納得いかなそうな表情をしている。

「べつに、そんな心配しなくていい」

　そんなふうに言ってくれるなんて、まさくんってやっぱ

り優しいな……。

でも……。

「この先もずっと苦手だなんて言い訳にして逃げてちゃ、ダメでしょう？　だからがんばるって決めたの！」

私、これ以上まさくんに甘えたくない。

せめて、お荷物じゃない普通の幼なじみとして、そばにいたいもん。

まさくんだって、私が克服したらきっと喜んでくれる。

「……そ」

……あれ？

「まあがんばってみれば？」

まさくん、不機嫌……？

そっけない口調に、まさくんの機嫌をうかがうように顔を覗き込んだ。

なにを考えているのかよくわからない、静かな瞳と目が合って、ますます疑問符が増えた。

あんまり嬉しそうじゃなさそう……。

私が克服するって言ったら、まさくんはもっと喜んでくれると思ったのにな……。

……も、もしかしたら、あんまり期待されていないのかな……！

どうせ無理だって思われてる？

う……それはちょっとショック……早くまさくんに、『もう大丈夫だよ！』って笑顔で言えるようになろう……！

「う、うん！　がんばる！」

独占したい。 presented by ＊あいら＊ ≫ 359

　小さくガッツポーズをして、そう宣言した。
　ちょうど家の前に着いて、門の前で別れる。
「バイバイまさくん！　また明日」
「うん、バイバイ」
　まさくんは別れる最後まで、いつもより元気がなさそう
な様子だった。


　翌日。
　いつものようにまさくんと登校して、教室まで送っても
らった。
　はぁ……がんばるって言った端から、朝男の子に声をか
けられて怯えちゃった……。
　まさくんがいつもみたいに守ってくれたけど……これ
じゃダメだよね……。
　怖いからって理由で避けてないで、ちゃんと向き合わな
きゃ……。
　自分の席に着いて、教科書を机に入れる。
　マキちゃんと響子ちゃんは……まだ来てないや。
　ふたりがこの時間に来てないの、珍しいなぁ。
　いつも私より早く来ているから、ふたりがいない教室は
なんだか落ち着かない。
　そんなことを思っている時、周りから向けられている視
線に気づいた。
　主に男の子たちから見られていて、いつもの癖で反射的
に視線を下げる。

「花ちゃんひとりって珍しくね？」

「ちょっと話しかけてみる？」

「いや、男嫌いなんだろ？　やめとこうぜ」

　こそこそと話す声が、耳に入った。私の男性恐怖症は、どうやら周知の事実みたい。

　少しだけ、体が震え出す。

　男の子たち……こ、わい……。

　……っ、ダメだ。

　怖いって思うから怖いんだよっ……大丈夫、男の子から意地悪されていたのはもうずっと昔の話だもん。

　昔のトラウマに、囚われてちゃいけないっ……。

「ひ、姫乃さん……」

　自分に言いきかせ、恐怖心を払拭しようとしていると、前から歩いてきたひとりの男の子に声をかけられた。

　突然のことに、びくりと反応してしまう。

「えっと、日直一緒なんだけど、日誌だけお願いしていいかな？」

　あ……そ、そっか、今日日直だったんだ……。

　親切に声をかけてくれたその人を、じっと見つめ返す。

　話したことはないけど、同じクラスの男の子だということはわかる。

「日誌以外は俺がするから……そ、それじゃあ、急に話しかけてごめんね……！」

　優しそうな雰囲気を纏ったその男の子は、要件だけを伝えにきてくれたのだろうか、すぐに離れていこうと私に背

を向けた。

　もしかしたら、男性恐怖症ってことを知っていて、気を遣ってくれたのかもしれない。

　どうし、よう……。

　怖いけど……でも……このままじゃ、いつもと同じだ。

　私は、変わらなきゃっ……！

「ま、待って！」

　私は慌てて立ち上がって、驚いた表情を浮かべて振り返った彼に言葉を発した。

「あ……あのっ、ありがとうございます……」

　よ、よし、言えたっ……。

　自分から同じクラスの男の子に声をかけたのは、初めてのことだった。

　相手の男の子は、私を見たまま目をぎょっと見開いた。

「……っ、え。あ……いや、こちらこそ……？」

　なぜか混乱しているみたいで、言葉の語尾に疑問符がついている。

　なんだかそれがおかしくて、くすりと笑ってしまった。

「……っ」

　あれ？

　どうして、真っ赤な顔してるんだろう……？

　不思議に思いながらも、もうひとつ言わなきゃと思ったことを口にする。

「わ、私も、日誌以外でなにか手伝えることあったら、言ってくださいっ……」

男の子は、少しの間その場で固まったあと、何度も首を
縦に振った。
「う、うん！」
　……やったっ……。
　ちゃんと、話せたっ……。
　席に座って、胸をなでおろす。
　まだ緊張で胸がドキドキしてるけど、案外、大丈夫かも
しれないっ……。
　ずっと男の子と関わることを避けてきたから、無理だっ
て思い込みすぎていたのかも。
　なんとか、普通に日常会話をするくらいならできそうな
気がしてきたっ……。
「やば、初めて話せたんだけど」
「男嫌いって噂、デマだったんじゃない？　普通に話して
くれたし……」
「俺も話しかけてみようかな！」
　そんな会話がされていたことも気づかず、私はひとり前
進したことを喜んでいた。
「お、おはよう、姫乃さん」
　名前を呼ばれて振り返ると、そこにいたのはクラスの男
の子たち数名。
　急に話しかけられ驚いたものの、克服するチャンスだと
思い挨拶を返した。
「お、おはようござい、ます」
　男の子たちは、嬉しそうに微笑んだ。

独占したい。　presented by ＊あいら＊ ≫ 363

　そして今度は、別の子が口を開く。
「お、俺のことわかる？　同じクラスなんだけど……」
　そう聞いてきた男の子は、クラスメイトだからもちろん
見覚えがあり、クラスの中心人物的男の子だった。
「も、もちろん……！」
　こくこくとうなずくと、何故かガッツポーズをするその
男の子。
　他の男の子たちも、口々に話し始めた。
「うわー！　俺ら姫乃さんと仲よくしたかったんだ！」
「話しかけたらいけないと思ってたから、なかなか話しか
けられなくて……」
「話せて嬉しいな……！」
　知らなかった……クラスの人たち、そんなふうに思って
くれていたんだっ……。
　もしかしたら、今まで怯えて避けていた人たちも、ただ
仲良くしてくれようとしてただけなのかも……。
　私が怖がっていただけで、みんな本当は普通に、いい人
なんだ……。
「あ、ありがとうっ」
　嬉しくて、自然と笑顔がこぼれた。
　……あれ？
　どうしてみんな、固まってるの……？
「ちょっとちょっと、なんの騒ぎこれ」
「男子みんな揃ってなに顔赤くしてんのよ」
　あっ……マキちゃんと響子ちゃん！

男の子をかき分けて、私のところに来てくれたふたり。

　笑顔で「おはよう！」と言うと、ふたりは心配そうにこっちを見ていた。

「花、大丈夫？」

　え？

　マキちゃんの言葉に、一瞬首を傾げる。

　……あっ、そっか。私が男の子と話してたから、心配してくれたのかもっ……。

「うん！　みんな話しかけてくれただけで、なにもないよ！」

　大丈夫と伝えるように、笑顔を見せる。

　すると、ふたりは驚いた様子で目を見開いた。

「……え？」

「男子と話せたの？」

　ぽかんと口を開けながら私を見るふたりに、大きくうなずく。

「昨日の恐怖症克服するって本気だったのね……」

「ま、大丈夫ならいいんだけど……」

　なにか言いたげなふたりに再び首を傾げた時、予鈴を知らせるチャイムが鳴った。

　みんな自分の席に戻っていって、私も、ホームルームが始まるまで日誌でも書こうとペンを取り出した。

　ふふっ、克服の日も近いかもしれないっ。

　……でも、もし克服したら、まさくんはもう私といてくれなくなるかな……。

独占したい。　presented by ＊あいら＊ ≫≫ 365

　まさくんのお荷物になりたくないとは思ったけど、一緒
にいる時間が減るのはさみしいな……。
　考えるだけで、さみしさと虚しさに襲われた。
　け、けど、これでいいんだ……。
　まさくんを私のお守りから、解放してあげなきゃ……。
　そう自分に言いきかせるように、ペンを持つ手に力を込
めた。


　その日は、休み時間やお昼休憩の時間にいろんな男の子
と話すことができた。
　と言っても、まだ話しかけてくれた子に言葉を返すくら
いしかできていないけど、それでも私の中では大きな進歩
だった。
「姫乃さん、バイバイ！」
「花ちゃんばいばーい！」
「バイバイっ」
　放課後になり、挨拶をしてくれる男の子たちに私も「バ、
バイバイ」と手を振る。
　今日は、家庭科部が週に１度休みの水曜日。
　まさくんは部活があるから、水曜日だけひとりで帰って
いる。
　部活を決める前、水曜日も一緒に帰ると言って、まさく
んは顧問の先生に水曜日だけ欠席させてもらえるよう頼ん
だらしい。
　もちろんそんなこと許してもらえなかったけど、その話

を聞いた時は思わず笑ってしまった。

　まさくんは、本当にいつだって私を優先してくれた。

　優しくて頼もしくって、自慢の幼なじみだ。

　ひとりで帰るのはさみしいけど、週に1度くらい平気。

　それに……男性恐怖症を克服したら、一緒に帰ることも
なくなるのかな……。

　そう考えると、さみしくなった。

　って、また勝手に考えてさみしくなって……私、女々し
いなぁ……。

　もっとポジティブに考えないと……！

　自己嫌悪を払拭するように、首を左右に振った。

　日誌を持って、席を立つ。

　職員室に届けて、早く帰ろう。

　水曜日はマキちゃんと響子ちゃんと遊んで帰ることが多
いけど、今日はふたりとも恋人とデートだと言って教室を
出ていった。

　家に帰って、明日の小テストの勉強でもしようかなぁ。

　そう思っていた時、「姫乃さん！」と名前を呼ばれた。

　振り返ると、そこにいたのは同じ日直の男の子……確か
名前は、清水くんだったはず。

「日誌、書いてくれてありがとう！　俺、職員室まで持っ
ていくよ」

「そんなの悪いよ。私が持っていくから」

　断った私を見て、清水くんはなにやら言いにくそうに口
を開く。

独占したい。　presented by ＊あいら＊ ≫ 367

「えっと……じゃあ、一緒に行ってもいい？」

「……？」

　どうしてそんな恥ずかしそうに言うんだろう？

　不思議に思いながらも、断る理由もないので「うん」とうなずく。

　職員室のほうに向かって、歩きだそうとした時だった。

「悪いけど、お前ひとりで持っていって」

　背後から突然伸びてきた手に、肩を抱かれたのは。

　顔を見なくても、声だけで誰のものかわかって、私は驚いた。

　あ、あれ？　どうしてここにいるんだろうっ……。

「は、はいっ……!!」

　まるで逃げるように、即答して職員室のほうに走っていった清水くん。

「まさくん、部活は？」

　私は肩をつかんでいる人物……まさくんのほうに視線を向けた。

　今日は一緒に帰れない日なのに、どうして私の教室にいるんだろう？

「監督がいないから、今日部活休みになった」

　返ってきた言葉に、納得する。

　そうだったんだ……。

「ほら、帰るぞ」

「あ……う、うん！」

　私の肩から手を離し少し早足で歩き出したまさくん。

その背中が少し不機嫌に見えて、私は頭の上にはてな
マークを並べた。

　まさくん……？


　上履きから靴に履き替えて、ふたりで学校を出る。

　なにか怒ってるのかな……？

　どこか様子のおかしいまさくんの姿に、私は顔色を伺う
ようにまさくんのほうを見た。

　なにを考えているのかわからない横顔に、ますます頭上
のはてなが増える。

　いつもは他愛のない話をするのに、無言のまま帰り道を
歩いた。

　気まずい沈黙を破ったのは……。

「なんで、普通に男と話してんの……？」

　まさくんの、そんな質問。

　え？

　普通に男と話してんのって……さっきの清水くんのこと
かな？

　いったいどこから見ていたんだろう？　と思いながら、
返事をする。

「昨日言ったでしょう？　男性恐怖症克服するって……！」

「あれ本気だったのか？」

「も、もちろんだよ！　今日ね、いろんな子と話せたんだ
よ！」

　きっとまさくんも喜んでくれると思い、今日の成果を報

独占したい。　presented by ＊あいら＊ ≫≫ 369

告した。
　けれど、まさくんから返ってきたのは興味がなさそうな
声だけだった。
「……へー」
　そ、それだけ……？
　もっと喜んでくれると思ったのになぁ……。
　だって、私が男性恐怖症じゃなくなったら、まさくんは
もう私のお守りをしなくていいんだよ？
　まさくんにとっても、嬉しいことだと思う。
「クラスの男の子たち、優しい人ばっかりで。話してみる
とね、全然怖くなかった」
　笑顔でそう伝えると、まさくんはなぜか、眉間にシワを
寄せた。
「……よかったな」
　……あ、あれ？
　不機嫌さが増したまさくんに、わけがわからなくなる。
「まさくん？」
　どうしてそんなに……機嫌がよくないの？
「なに？」
「あ……ううん、なにも……」
　冷たいまさくんの声に、びくりと驚いて、それ以上なに
も聞けなかった。
　もしかしたら、なにか嫌なことでもあったのかも……。
　あ、それかもしかして、部活がなくなって不機嫌になっ
てるとか……？

まさくん、サッカー大好きだもんなぁ……。

　そんなことを思いながら、気まずい空気のまま、帰り道を歩いた。

## 不機嫌なまさくん

　男性恐怖症克服を宣言して、1週間が経った。

　私の克服計画は順調で、今ではクラスの男の子とは普通に会話を交わせるまでに。

　けれどなぜか、私が克服に近づけば近づくほど、まさくんの機嫌が悪化している気がした。


　いつも通り部活が終わり、まさくんが調理実習室まで迎えにきてくれる。

「あっ……」

　教室を出て一緒に帰ろうとした時、運動場のほうに、同じクラスの男の子を見つけた。

　向こうも私に気づいたのか、こちらを見てハッとした表情になる。

　ユニフォーム着てる……バスケ部なのかな？

　その男の子は、顔に笑顔を浮かべて手を振ってくれた。

　私も、同じように手を振り返す。

「なに見てんの？」

　隣を歩くまさくんの声に、視線を戻した。

「仲よくなったクラスの男の子がいたから……」

「……仲よくなった？」

　いったいなにが気に障ったのか、ぴくりとその言葉に反応したまさくん。

な、なにか変なこと言った……？

　不思議に思いながら、こくりとうなずいて返す。

　まさくんは、そんな私に眉をひそめた。

「……ヘー、気をつけろよ。そいつがどんなやつかもわからないから」

　不機嫌な表情と興味がなさそうなその声色に、なんだか怒られているような気分になる。

　気をつけろって、心配してくれるのは嬉しいけど……。

「い、いい人だから、大丈夫だよっ……」

　彼は優しい人だし、いつも挨拶してくれるいい友達だ。

「いい人って、なにを根拠に言ってんの？　……もしかして、そいつのこと好きになったとか？」

　え？

　どうしてそういうことになるんだろう……。

「べつにそういうわけじゃないけど……」

　私が好きなのは、まさくんだけだもん……。

　そう言えたら、どんなに楽なんだろう。

　結果なんてわかりきっているから、自分の気持ちを伝えるつもりは毛頭ないけれど。

　見てるだけで、そばにいられるだけでいい。

　でも……そんなふうに言われたら、悲しいよ。

　好きな人に、他の人が好きだなんて……。

　まさくんはなにも知らないから悪気なんてないだろうけど、私の胸はキリキリと痛みを訴えた。

「……ふーん」

独占したい。　presented by ＊あいら＊ ≫ 373

　再び興味がなさそうな返事が返ってくる。

　おそるおそる、ずっと気になっていたことを聞いてみた。

「ま、まさくん、なんで怒ってるの……？」

　どう見ても、最近のまさくんは変だ。

　私……なにかしちゃった？

「べつに怒ってない」

　そっけない返事に、それ以上なにも聞けなくなった。

　怒らせた理由がなにかはわからないけど、申し訳ない気
持ちになる。

「……ご、ごめんね」

　自然と、口から謝罪の言葉がもれていた。

　そんな私を見ながら、まさくんが「しまった」とでも言
うような表情をした。

「いや、俺こそごめん。……ほんとに怒ってないから、謝
らなくていい」

　ガシガシと髪をかくまさくんの横顔からは怒りは消えて
いたので、怒っていないというのは本心らしい。

　それに、ほっと胸を撫でおろす。

　さっきまで怒ってた理由はわからないままだけど……。

「まさくんが謝る必要ないよっ。いつも私といてくれてあ
りがとう」

　いつものまさくんに戻ってくれたことが嬉しくて、笑顔
が溢れた。

　私を見つめているまさくんの顔が、少しだけ赤くなった
ように見える。

ん？　気のせい……？

　夕陽が赤いから、かな？

「……っ。早く気づけ、バカ」

「え？　なにか言った？」

「……なにも」

　私から顔を隠すように視線を外したまさくんに、首を傾げる。

　……うん。やっぱり、最近のまさくんは変だ。


　それから日が経ち、次の週の水曜日。

　私の男性恐怖症克服作戦は相変わらず継続中で、もう直ったんじゃないかと思うくらい自然に話せるようになっていた。

　あまり近づきすぎると怖いし、まだ条件反射で、話しかけられてビクッとしてしまうこともあるけれど。

　それでも、前は“怖い存在”と決めつけていた同級生の男の子たちが、今では“優しい良い人たち”だと思えるくらいに、恐怖心はなくなっていた。

　けれど、問題が１つ。

　これも相変わらず……というか、まさくんの機嫌が日に日に悪くなっている。

　普段はいつも通りの優しいまさくんだけど、男の子と話していたり、最近たくさんの人と話せるようになったよと報告したりすると、なぜか一気に不機嫌になるのだ。

　まさくんの不機嫌スイッチがなにかわからず、とても

困っている。

　恐怖症が直れば、まさくんはもっと喜んでくれると思ったのに……。

　「すごいね花」って、褒めてくれると思ったのに……。

私にはまさくんがなにを考えているのかが、さっぱりわからなかった。

「あ、まさくん。今日はいつ部活終わるの？」

　朝。学校に向かいながら、まさくんにそう聞いた。

「いつも通りだから、18時とかかな」

　わっ、よかった……！

「それじゃあ、一緒に帰れないかな？　私も今日は学校に残るから」

　今日は水曜日だから部活はないけど、残る用事ができたから、時間が合えばまさくんと一緒に帰りたいなと思っていた。

　わくわくしながら返事を待ってた私に返ってきたのは、最近よく聞くようになった不機嫌そうな声。

「……なんで残んの？」

　え？

「あのね、みんなが勉強教えてほしいって……明日小テストがあるの」

　理由を聞かれ説明すると、まさくんの眉間にますますシワが増えていく。

「みんなって？　いつもの女友達ふたり？」

　たぶん、マキちゃんと響子ちゃんのことを言っているん

だろう。

「ううん、違うよ。最近仲よくなった男の子たち」

　昨日の休み時間、いつも優しく接してくれる男の子が宿題の範囲がわからないと困っていたから、見かねて勉強を教えた。その延長で、放課後に勉強を教えてほしいと言われ、苦手な子数名に教えることに。

　私は特別秀でたところはないけれど、昔から勉強は好きだった。

　頭のいいまさくんと同じ高校に行きたくてがんばったっていうのもあるけど、とくに文系が好きだったんだ。

　男の子たちと勉強会というのは少し抵抗があったけど、恐怖症を克服する機会のひとつだと思って了承した。

「なんでわざわざ花が教えないといけないんだよ」

「えっと、みんな古典が苦手らしくて……」

　まさくん……どうしてまた機嫌悪くなっちゃったんだろうっ……。

　わ、私、なにも悪いこと言ってない、よね……？

　自分の発言を思い返しても、まさくんの機嫌をそこねる言葉は見つからない。

「遅い時間に残ってまで教える必要ないだろ。休み時間とかにすれば？」

　もしかして、心配してくれてるのかな？

　最近はマシになったとはいえ、この前までは男の子と挨拶もできないくらいだったから……。

　心配してくれるのは嬉しいけど、このまま甘えるわけに

独占したい。 presented by ＊あいら＊ ≫ 377

はいかない。

　恐怖症を治そうと思ったのだって、まさくんに迷惑をか
けたくないって思ったからだもん。

「みんないい人だから大丈夫だよ。それに、私にできるこ
とがあるなら力になりたくて……」

　笑顔でそう言うと、まさくんは呆れたようにため息をつ
いた。

「ちょっとしゃべれるようになったのか知らないけど、ずっ
と男無理だったんだろ？　もっと危機感持てよ」

　冷たい言い方に、ズキリと胸が痛む。

「そんなふうに、言わなくても……」

　私が鈍臭くて、まさくんにいっぱい迷惑かけてきたこと
はわかってるけど……でも、少しくらい、応援してくれて
もいいのに。

「とにかくやめとけ」

　一方的に話を終わらせようとしたまさくんに、慌てて反
論する。

「でもねまさくん、最近いろんな人と話せるようになった
し、私もう克服できたと思うのっ。だから……」

「……もうわかった」

　呆れた表情のまさくんが、なにを考えているのかわから
ない目で私を見た。

「そんなに男と仲よくしたいなら、勝手にすれば」

　……っ。

　そう言って、私から視線を逸らしたまさくん。

突き放すようなセリフに、びくりと肩が跳ね上がる。

いつも、私の歩く速度に合わせてくれるまさくん。

だんだんと開いていく距離、遠くなっていく背中に、じわりと涙が溢れた。

あんな冷たいまさくん、初めてだ。

私……もう、嫌われちゃったかもしれない。

いったいなにがいけなかったんだろう。

私が悪いことをしちゃったならすぐにでもごめんなさいと謝りたいけど、その原因もわからなくて、遠ざかっていくまさくんを追いかけることもできなかった。

その場に立ち尽くして、途方に暮れる。

まさくんに褒めてもらいたくて、がんばったのに……。

どうして、こんなことになっちゃったんだろう。

まさくん……私、まさくんの考えてることが、全然わからないよ……っ。


そのあとは、気を緩めたら泣いてしまいそうな悲しい気持ちを抱えて学校に向かった。

まさくんに嫌われたかもしれないと思うだけで涙が視界を滲ませて、慌てて拭うという繰り返し。

「あ、は、花ちゃん！おはよう！」

「お、おはよ！」

教室に着くと、勉強会の約束をした男の子たちがすぐに気づいて挨拶してくれた。

あ……先に、言っておかなきゃ。

独占したい。　presented by ＊あいら＊ 》》 379

　本当は勉強を教えてあげたかったけど、まさくんがダ
メって言ってたから……断らなきゃ。
　私の発言のどこの部分に怒っていたのかはわからないけ
ど、勉強会をすることに反対だったみたいだし……。
　それにまさくんは、いつも私のことを心配して、助言を
くれる。
　あんなに怒ったまさくんを見たのは初めてだから、これ
以上嫌われるようなことはしたくない。
「ごめんね……やっぱり今日の放課後、お勉強会できそう
になくて……」
　私の言葉に、男の子たちは残念そうな表情になった。
　けれど、みんなすぐに笑顔を浮かべて気遣いの言葉をか
けてくれる。
「そっか……！　全然気にしないでよ！」
「そうそう！　俺たち、花ちゃんとしゃべれるだけでもう
幸せだし……！」
　みんなの優しさに、沈んでいた心が少し軽くなった。
　男性恐怖症を克服する選択をして、今は心からよかった
と思っている。
　逃げ続けていたら、こうしていい友達ができることもな
かったから。
「ありがとうみんな……」
　さっきまで我慢していた涙の代わりに、笑みが溢れた。
　はぁ……ずっと落ち込んでちゃダメだ。
「花、おはよ」

「おはよう」
　聞こえた声に顔を上げると、マキちゃんと響子ちゃんの姿があった。
「ふたりとも、おはよう」
「……どうしたの？　なんか元気ないじゃん」
　笑顔で挨拶を返したのに、鋭いマキちゃんのセリフにドキッとする。
　私は、さっきの出来事を話すことにした。
「実は、ちょっとまさくんのことを怒らせちゃったみたいで……」
「お、ナイトついにキレたの？」
　……え？　ついに？
「ちょっとマキ、余計なこと言わないの」
「えー、響子だってあんな独占欲の塊みたいな男が、今の状況ほっとくわけないって言ってたじゃん」
「あんたねぇ……」
　私を置いて話をするふたりに、首を傾げる。
「どういうこと？」
　独占……？　今の状況？
　ふたりはなにか気づいてるの？
　答えを求める私に、返ってきたのはマキちゃんの慰めるような声。
「ま、なにがあったかはわからないけど、ちゃんと話しあってみなさいよ」
　よしよしと頭を撫でられ、視線を下げた。

話し、合いたいけど……。

「でも……私、もうまさくんに嫌われちゃったかもしれない……」

今日だって……私のこと、置いていっちゃった……。

突き放すようなまさくんの背中を思い出すだけで、収まっていたはずの涙がまた溢れそうになる。

「あの過保護溺愛男が花を嫌いになるわけないでしょ」

響子ちゃんはそう言って私の肩を抱いて、隣にいたマキちゃんも同意するようにうなずいてくれた。

ふたりとも……。

過保護溺愛？　っていうのはわからないけど、まさくんは優しいから、さっきはごめんなさいって言えば許してくれるかもしれない。

あとで、まさくんに連絡してみよう。

……で、でも、原因がわからないまま謝るのは、違うのかな……？

もう、どうすれば……。

まさくんはほんとに、なにに怒ってたんだろう……。

その日は一日中、まさくんが不機嫌になった理由を考えていたけど、結局答えが出ることはなかった。

## 独占されたい。

　翌日。結局、まさくんとはあれ以来話せなかった。

　昨日の放課後はひとりで、さみしく帰った。

　放課後に送ったメッセージには、今も既読はついていないまま。

　まさくん、今日は迎えにきてくれないだろうな……。

　朝、いつも来てくれる時間まで玄関で待っていたけど、まさくんが来る気配はない。

　……私と、会いたくないのかもしれないな……。

　ぎゅっと痛む胸を押さえて、ひとりで歩き出した。

　避けられているのにしつこく待っていたら、嫌われるかもしれない……。

　それはやだ……。

　まさくんにだけは、嫌われたくない。

　嫌われたく、なかったのに……。

　もう、ダメなのかな……。

　そういえば、ひとりで高校に行くのは初めてだった。

　いっつもまさくんが一緒に行ってくれたから。

　私、どこで間違えちゃったんだろう。

　どうして、こうなっちゃったんだろうっ……。

　今にも涙が溢れてきそうで、こらえるのに必死だった。

　まさくん、さみしいよ……。

　友達がたくさん増えて、いろんな子と話せるようになっ

ても……。

　まさくんがいてくれなきゃ、意味ないよっ……。

　私が隣にいて欲しいのはいつだって、まさくんだけなの
に……っ。


　悲しい気持ちのまま、学校が見えてくる。

　正門をくぐると、いつものように視線を感じた。

「なあ、あれ花ちゃんだろ？　なんでひとり？　番犬は？」

「ひとりでいるとこ初めて見た……！」

「なあ、ちょっと話しかけてみようぜ！」

　じりじりと近づいてくる知らない男の子たちに気づい
て、ハッとする。

　どうして、だろう。

　最近平気になっていたのに……怖い。

　や、やだ、来ないでっ……！

　逃げるように、私は走って教室まで向かった。

　……男性恐怖症、直ったと思ってたのにな……。

　さっきいた男の子たちを、とても恐ろしく感じた。

　もしかして……今まで平気だと思っていたのは、なにか
あってもまさくんが助けてくれるってどこかで安心してた
から……？

　……私、結局なにも成長してないのかもしれない。

　まさくんがいなきゃ……ダメダメだ、私……。

　こんなんじゃ、愛想つかされて当然……。

　マイナスな方向にしか考えられなくて、そんな自分に嫌

気が差した。


　教室に着いて、自分の席に座る。
　マキちゃんと響子ちゃんはまだ来てない……か。
　なんだか、今日は、ひとりが心細いな……。
　クラスメイトたちからも、教室の外からも変な視線を感
じた。
「なあ聞いた？　花ちゃんと番犬なんかあったらしいぜ？」
「別れたって聞いたけど」
「え？　付き合ってたの？　まあいいや、とにかくもう番
犬は気にしなくていいってことだよな？」
　なにか、言われてる気がする……。
「俺、本気で狙いにいこうかな……！　最近花ちゃん男と
もしゃべってくれるようになったしさ！」
　こそこそとなにかを言っているひとりの男の子は、私の
ほうに近づいてきた。
「おはよ、花ちゃん」
　この人は……あ、あんまり話したことない人だっ……。
「お、おはよう」
　急に体が強張り、自分が緊張してることがわかった。
　だ、大丈夫大丈夫……。いつも通り、普通に話せばいい
んだ。
　クラスメイトの子とは、ちゃんと話せるようになったん
だから……。
「今日は永丘と一緒じゃないの……？」

独占したい。　presented by ＊あいら＊ ≫ 385

「う、うん……」

「へー、そうなんだ〜！」

　……あ、あれ……？

　今日、みんないつもと違う気が……。

　なんて言うか、前は友情とか、そういうものを向けてく
れていたと思うのに……今のみんなは、男の子の顔をして
いるっていうか……。

　うまく言葉にできないけど、ひとつだけはっきりとわか
ることがある。

　……怖い。

　目の前にいるみんなを、怖いと感じた。

「ねえねえ、今度の土曜とかヒマじゃないかな？　みんな
で遊ばない？」

「いいなそれ！　俺も花ちゃんと遊びたい！」

「花ちゃんの私服とか、絶対可愛いだろうなぁ〜」

「え、っと……あの……」

　口々に話すクラスの男の子たちに、どうすればいいかわ
からなくなる。

　今までは一定の距離を保ってくれていたのに、顔を近づ
けながら話す子もいて、体が震え始めた。

　……や、やだ……怖い、怖いよっ……。

　冷や汗が溢れ出して、震えも止まらなくなる。

　こ、わい……助けて……。

　まさ、くん……っ。

　ふらりと、めまいがした。

もう体に力が入らずコントロールできなくて、そのまま
床に倒れてしまうとぼんやりする意識の中で覚悟した。

　時、だった。

「……おい、どけ」

　腕をつかまれたと同時に、大好きな声が聞こえたのは。

　聞き慣れているはずなのに、なぜかその声に涙が溢れて
しまう。

「俺の許可なく花に近寄んな」

　……まさくん……どうして、ここに……。

　ふわりと、体が浮く感覚がする。

　抱きかかえられているのだと理解したと同時に、私は意
識を手放した。


　あ、れ……？

　ゆっくりと、広がっていく視界。

　真っ白の天井が目に入って、すぐにここが保健室である
ことに気づいた。

　中学の頃は体が弱くて、保健室によくお世話になってい
たから。

　いつもまさくんが……付き添ってくれた。

「……花？」

　名前を呼ばれて、すぐに視線を向けた。

　そこには、心配そうに私を見つめるまさくんの姿が。

「まさ、くん……」

　えっと、そうだ……思い出した。

独占したい。　presented by ＊あいら＊　》》387

　　私、男の子たちに囲まれて、怖くて倒れて……まさくん
が助けてくれたんだ。
「大丈夫か？」
　　心配そうにそう聞かれ、返事をしようと口を開く。
　　けれどすぐに自分の失態に気づき、罪悪感にかられた。
　　私、またまさくんに迷惑かけたっ……。
「あ……ご、ごめん、なさいっ……」
　　また、嫌われちゃう……っ。
　　悲しくて、まさくんのほうを見ることができない。
　　すると、なにを勘違いしたのか、まさくんのいつもより
低い声が保健室に響いた。
「……余計なお世話だった、か」
　　……っ、違う……。
「せっかくクラスメイトと楽しそうに話してたのに、邪魔
して悪かった」
　　突き放すような言葉に、ずきりと胸が痛んだ。
　　まさくんはそのまま、私に背を向けて保健室から出てい
こうとする。
　　……どうしよう。
　　誤解を与えたまま、また話せなくなったら……。
　　これ以上、嫌われたく、ないっ……。
「ま、まさくんっ」
　　まだ万全ではない体調の中、今出る精いっぱいの声量で
名前を呼んだ。
　　ピタリと、まさくんの足が止まる。

けれど、振り向いてはくれなかった。

　ちゃんと言わなきゃ……。

　まださっき教室でのことが残っているのか、手の震えが直らない。

　私はぎゅっと手を握って、まさくんの大きな背中に声を投げた。

「た、助けてくれて、ありがとうっ……」

　その声は情けなく震えていたけど、まさくんにはちゃんと届いたらしい。

　ゆっくりと振り返ったまさくん。

　その顔は、驚いた表情をしていた。

「……花？」

　いったいなにに驚いているのかわからなくて、私は首をかしげることしかできない。

　まさくんはおそるおそる私のほうに近づいてきて、そのまま私の手に自分の手を重ねた。

　……っ、え？

「花、震えてる……」

　あ……。

　まさくんが、心配したように私を見つめてくる。

　その瞳に自分が映っていることが、嬉しくて泣きそうになった。

　前までは、当たり前のことだったのに……。

　ねえまさくん。私、まさくんとケンカしたくないよ。

　前みたいに、仲よくしたい……っ。

独占したい。　presented by ＊あいら＊ ≫ 389

　そんな願いを込めて、私も見つめ返した。

「……なぁ」

　静かな保健室に、まさくんの声が響く。

「なんでそこまでして、男性恐怖症克服しなきゃなんねー
の？」

　……っ。

　まさくんの質問に、私はびくりと肩を震わせた。

「だって……」

　それは……。

「まさくんに頼って、ばっかりだから……」

「え？　俺？」

　私の言葉に、まさくんは大きく目を見開いた。

　こんな情けない理由、言いたくなかった。

　でも……ごまかしてまた、まさくんと仲違いしてしまう
くらいなら……正直に言ってしまおう。

「いっつも、私が男の子がダメなせいで、迷惑かけてばっ
かりで……このままじゃいつか、愛想尽かされちゃうん
じゃないかってっ……」

　ポツリポツリと、わけを口にした。

「私……まさくんに、嫌われたく、ないっ……」

　最後に告げたその言葉は、一番の本音。

　重なったまさくんの手にそっともう片方の手を重ねる。

　離れていかないように、私のよりふた周りくらい大きな
まさくんの指を握った。

「……なんだよ、それ」

まさくんのかすれた声と同時に、手を振りほどかれる。

　ショックを受けたのもつかの間、次の瞬間私の体は、ま
さくんに引き寄せられた。

「……っ」

　突然のことにわけがわからず、固まってしまう。

「まさ、くん？」

　なに……？　どうして私……まさくんに、抱きしめられ
てるの？

「俺が花のこと、嫌いになるわけないだろ」

　耳元で囁かれたセリフ。

　まさくんの声は、苦しそうで、悲しそうで……顔を見な
くとも、表情が伝わってきた。

「なんだよ。俺のため、かよ……」

　まさくん……？

「そんな理由なら、克服する必要ない」

　え？

「でも……」

「つーか、すんな」

　するな……って、どうして？

「俺は、花に頼られたいんだよ」

　その言葉に、涙が出そうなほど嬉しい気持ちになった。

　こんな面倒くさい私に、そんな優しい言葉をかけてくれ
るなんて……まさくんはどこまでも優しい。

　でも、だからこそ、まさくんの負担には……。

「克服なんかすんな。花にはずっと、俺だけでいいだろ」

……え？

　まさくんは、ゆっくりと抱きしめる手を解いた。

　そのまま片手を私の頬に添え、じっと見つめてくる。

「まさくん……？　あの、意味が……」

「……好きだ」

　唐突に告げられたその言葉に、一瞬心臓が止まった気さ
えした。

　　……待って……今、好きって……。

「もういつからとかわからない。ずっと前から俺は……花
が好きで、可愛くてもうどうしようもない」

　かすれた声で、苦しそうに気持ちを伝えてくるまさくん。

　まさくんが……私を、好き……？

　　……っ。

　ぽろりと、静かに一筋の涙がこぼれた。

「……っ、泣くほど嫌？」

「ち、違うっ……」

　嫌なわけ、ない……。

　こんな幸せなことがあっていいのかな。だって、ずっと
好きで、大好きで、私にとっての世界の中心にいる人が、
自分を想ってくれていたなんて……。

「わたし、もっ……」

「え？」

「まさくんが好きっ……」

　私の言葉に、まさくんは驚いたように目を見開いた。

　けれどすぐに、その表情が諦めたような笑みに変わる。

「花、俺の好きは……きっと花の好きとは違うよ」

　もしかしてまさくん、誤解してる……？

「わ、わかってる……！」

　違わないよ……！

「私の好きは、まさくんと結婚したい、好き」

　ちゃんと気持ちが伝わってほしくて、とっさにそんな言葉を選んでしまった。

　すぐに自分の失言に気づいて、顔がぼっと赤く染まる。

　な、なに言ってるんだろう、私……！

　ふ、普通に恋人になりたいで十分だったのに……！

「あ、あの……結婚っていうのはたとえで、その……」

「やばい。こんなん予想外すぎるって……」

　慌てて訂正しようと思った私の肩を、まさくんが引き寄せた。

　私はされるがまま、すっぽりとまさくんの胸に包まれる。

「本気？」

　耳元で、確認するように問われた。

　こくりと、深くうなずく。

「……ははっ、なんだ……もっと早くに言っとけばよかったな」

　気が抜けたような声でそう言ったまさくんは、心底安心したようにほっと息を吐いた。

「あー……やば。嬉しすぎて、手震えてきた……」

　言葉通り、私を抱きしめる手が震えていた。

　それが、まさくんの気持ちを伝えてくるようで、いろん

独占したい。　presented by ＊あいら＊　>> 393

な感情が湧き上がり胸が苦しくなる。

　嬉しくて嬉しくてたまらないのに苦しいなんて……変なの……。

　でも、まだ夢なんじゃないかと思うほど……私はまさくんのこと、ほんとにほんとに大好きなんだ。

　そんな気持ちを込めて、ぎゅっと抱きしめ返した。

　少しの間、抱き合っていた私たち。

　まさくんの腕の力が緩んだのを合図に、私はその胸から顔を離した。

　少しだけ距離を置いて、見つめ合う。

　くしゃりと困ったように笑いながら、まさくんが口を開いた。

「俺、きっと花は俺のこと幼なじみくらいにしか思ってないって考えてたから……花の期待を裏切んのが怖くて、今まで言えなかった」

　そっか……。

「私も、まさくんは私のこと、妹くらいにしか思ってないだろうからって……」

　まさくんも、同じだったのかな……。

「だから、まさくんのこと私から、解放してあげなくちゃって……」

「そんなことしなくていい。つーかこれからは、ずっと俺のそばにいて」

　嫌われるのが、拒絶されるのが怖くて言えなかった。

　でも……これからは……。

「いい、の……？」

　まさくんのこと、"好き"って言ってもいいのかな？

「いいに決まってる。ていうか……花に拒否権も選択肢も
ない」

　まさくんは、大きな手を私の両頬に添えて、顔を近づけ
てきた。

　コツンと、額同士がぶつかる。

「もう……俺のもん」

　愛おしそうに見つめられて、息を飲んだ。

　まさくん……。

「他の男と仲よくしないで。もういっそずっと男性恐怖症
のままでいいから」

「ふふっ、それは甘やかしすぎだよ」

「うん、一生俺が甘やかしてあげるから、花はそのままで
いいよ」

　こんな私じゃダメだと思ってた。

　まさくんに好きになってもらうことさえ諦めて、幼なじ
みとしてそばにいられるなら、もう十分だって、諦めてい
たのに――。

「死ぬまでずっと、俺に独占されてて」

　ゆっくりと近づいてくるまさくんの唇に、私はそっと目
を閉じた。

　ねえまさくん。

　ずっとずっと、そばにいさせてください。

　これからは……幼なじみとしてじゃなくて――恋人と、

して。

　ずっとずっと、私のこと独占しててね。

　私はまさくんだけが、だいだい大好きだよ。

## ▶匡哉 side——可愛い幼なじみ

　恋とか愛とかそんなもの、物心ついた時にはもう知っていた。

　はっきりといつからなんてわからないけど、始まりにも気づかないほど前から、俺はたったひとりの虜になっていたから——。


　いつものように、隣の家の玄関で人を待つ。

　少しして、玄関のドアが開く音がした。

「おはよっ、まさくん！」

　振り返って目に入ったのは、幼なじみの花。

　俺の世界の真ん中。いや、ほぼ全部。

「……はよ」

　ニヤけそうになる顔を抑えて、そう返事をする。

　ついでにあくびもこぼした俺を見て、花が笑った。

「なに笑ってんだよ」

「ふふっ、まさくんすごい顔」

「うるさい。遅れるから早く行くぞ」

　あー……今日も可愛い。

　内心撫で回したい衝動をぐっと堪えて、学校の方向へふたりで歩き出した。

　花と俺は幼なじみで、小学校低学年の時に俺が引っ越してきてから隣同士に住んでいる。

独占したい。　presented by ＊あいら＊ >> 397

　小中高とずっと一緒で、登下校をともにするのも俺たちにとっては当たり前のこと。

　……まあ、高校はわざと同じところにしたというか、俺がやんわりと誘ったんだけど。

　離れるなんて選択肢はなかったし、違う高校に通うなんて……心配で気が気じゃなくなる。

　花は誰が見ても「可愛い」という言葉が出るほど整った容姿をしているし、どこにいても人の目を引くから。

　べつに俺は見た目だけを好きなわけじゃないし、放っておけないところとか、優しいところとか、全部ひっくるめて好きになったけど。

　とにかく、自分でも引くほど過保護だという自覚はあるし、俺は隣の家に住む幼なじみという特権をフルに活用して花の隣を独占している。


　学校に着くと、いつものように周りからの視線が気になった。

「花ちゃんだ……！」

「今日もかっわいー！」

　……チッ。

　花を見る男たちの視線に、俺はひとり強い嫉妬にかられていた。

　花はというと、怯えたように俺のうしろに隠れている。

　ただ多数に見られているという理由だけで怯えているわけじゃなく、花は男性恐怖症だ。

俺と出会う前から同年代の男にからかわれていたらしく、それがトラウマで俺と花のお父さん以外とは話すのも怖いらしい。

　花はいじめられていると思っていたみたいだが、花を好きなやつらが、ちょっかいをかけていた。

　小学生の男……好きな子ほどいじめてしまうってやつだったんだろう。

　すっかり男が苦手になってしまった花をかわいそうだと思う反面、自分だけが特別な位置にいることが、正直嬉しかった。

　俺だけを頼ってくれるのも、優越感を感じずにはいられない。

　俺の背中に隠れている花が、ぎゅっと服の裾を握ってきた。その仕草に、心臓が大きく高鳴る。

　……可愛い。

　本人は無意識だろうけど、花は『守ってやりたい』と思わせるのがうまい。

　こんなことをされたら、男なら誰だって守ってやりたくなるだろ。

「おい、見てんじゃねーよ」

　だらしない顔で花を見つめていた男たちにそう言って睨みつけると、いそいそと逃げていったそいつら。

「大丈夫か、花」

「う、うんっ。ありがとう」

　安心したようにふにゃっと笑う花に、また心臓が痛いほ

ど高鳴った。

それと同時に、罪悪感にもかられる。

お礼を言われる筋合いなんて、俺にはない。

だって俺は、花を心配するフリをして、このまま男性恐怖症を克服せずにいればいいと思ってる。

花にはずっと——俺だけでいい。

「くそ、永丘のせいで花ちゃんに近づけないし……」

「さすが姫の番犬……」

地獄耳が、少し離れた場所で話しているやつらの会話をとらえた。

自分が一部から、花の"番犬"と呼ばれているのは知っていたけど、正直そのあだ名は気に入らない。

俺がなりたいのは犬なんかじゃなくて、花の……。

「でもあのふたりってただの幼なじみなんだろ？」

続けざまに聞こえた会話に、ぐっと拳を握りしめる。

面倒見のいい幼なじみ。

花にとっての俺は、その程度の立ち位置だろう。

本当は今すぐにだって自分の気持ちを伝えたいし、今の関係は歯がゆい。

幼なじみのままでなんていられるはずがないし、そんな立ち位置じゃ満足できない。

なあ花。

お前は俺のこと……恋愛対象として見られない？

何度も聞こうとして諦めたセリフを、今日も声には出さず飲み込んだ。

「じゃあ、放課後迎えにいくから、部室で待っとけよ」

「うん！」

　花の教室で別れて、自分のクラスへと向かう。

　クラスが離れているという事実すら嫌で、片時も離れたくはないと思ってしまう俺は、重すぎるんじゃないかと常々思う。

　こんな気持ちが花にバレたら……拒絶されるか。

　花は純粋に俺のことを、幼なじみとして慕ってくれてるから……俺も〝いい幼なじみ〟でいなきゃいけない。

　いったいいつまでその仮面を付け続けられるかわからないけど、なによりも花のそばにいられなくなることが怖かった。

　拒絶されるくらいなら……今はまだ幼なじみのままで構わない。

　そう思っていた。……この時までは。


　放課後になり、部活に行く。

　俺はサッカー部に所属していて、花は家庭科部。

　部活が終わる時間が同じだから、いつも終わったらすぐに花を迎えにいっている。

　同じ部活のやつらは帰りに買い食いしたり、カラオケに行ったり満喫してるみたいだけど、そんなもんに興味はなかった。

　早く花に会いたい。

　誘いを全部断って、花の待つ調理実習室へ向かう。

独占したい。　presented by ＊あいら＊ ≫ 401

　教室の扉を開くと、椅子に座って宿題をしていたらしい
花の姿が。
「花、お待たせ。帰ろっか？」
　俺の言葉に、花は急いで片づけをして笑顔で駆け寄って
きた。
　この笑顔には魔法でもかかってるんじゃないかと思うく
らいの癒し効果がある。
　それを使うのもかかるのも、俺だけがいいけど。
「今日はなに作ったの？」
　ふたりで、帰り道を歩きながらそう聞いた。
「今日はね、カップケーキを作ったのっ。まさくんの分も
あるよ！」
「え、マジ？」
　カバンに手を入れて、可愛らしく包装された袋を取り出
した花。
「うんっ！　はい、どうぞ」
「うわ、うまそう」
　手渡された、チョコチップが混ぜられたカップケーキ。
　花はよくこうして、部活で作ったものとか、手作りのお
菓子をくれる。
「いつもありがと」
　そう言って、さっそくラッピングを解きカップケーキに
かぶりついた。
「どう？　おいしい……？」
　花はいつも俺の食べたあとの反応が怖いのか、不安そう

に聞いてくる。

　花が作ってくれるものが、まずかったことなんか一度もないのに。

「うん、めちゃくちゃうまい」

　そう答えると、安心したようにほっと息を吐いた花。

「よかったぁ……」

　気が抜けたような笑顔が可愛い。

　いや、花はいつも可愛いけど……。

　そんな自分の思考が恥ずかしくて、気をまぎらわせるようにもうひと口かじった。

　このカップケーキ、うますぎる。なんていうか、俺好みの味だ。

　甘いものが好きで、かと言って人工的な甘さは好きじゃないというめんどくさい味覚を持っている。けれど花の作るものはいつも、ほんのりと優しい……いくつでも食べられそうな甘さ。

「まさくんに喜んでもらいたくて、愛情たくさん込めたんだよっ」

　その言葉に、心臓が射抜かれるような衝撃が走った。

　なんだ、それ……っ。

　花はなんの気なしにそんなことを言っているんだろうけど、反則すぎる。

「……はぁ、好きだ」

　思わず本音が溢れて、口を手で押さえた。

　やばい……っ。

独占したい。　presented by ＊あいら＊ ≫ 403

　しかも花にも聞こえてしまっていたらしく、きょとんと
不思議そうな顔で俺を見ている。
「このカップケーキのこと？　そんなに気に入ってもらえ
るなんて嬉しい……！」
　けれど、天然な花は盛大に勘違いをしてくれたらしく、
ことなきを得た。
　……いや、でも勘違いされなくてもよかったのか。
「ふふっ、今度また作るね！」
　この気持ちがバレてはいけないと思う自分と、いいかげ
ん俺の気持ちに気づいてくれと思う自分がいる。
「これもだけど、そうじゃないんだけど……」
「え？　なにか言った？」
「……ううん、なにも」
　俺が、"幼なじみ"から脱却できる日は来るのか。
　見えない未来に、途方に暮れてしまいそうになる。
　隣にいられるだけで、幸せなんだけどな……。
「ごちそうさま」
　結構大きめのカップケーキだったが、うまいからあっと
いう間に食べ終わった。
　花のほうを見ると、なにか思い出したようにハッとした
表情をして、俺を見ている。
「ま、まさくん、話があるの……！」
「ん？　なに？」
　あらたまってなんだ？　と不思議に思った俺に届いたの
は……。

「私……男性恐怖症、克服する！」

　花の、そんな告白。

「…………は？」

　男性恐怖症を、克服……？

　花が突然そんなことを言い出すなんて、まさに青天の霹靂だった。

「急にどうした？」

　突然のことに動揺して、額に冷や汗がにじむ。

　急に克服とか、なんでそんな……。

「えっと、そろそろ、自立しなきゃなぁと思って……」

「自立？」

「まさくんに甘えてばっかりじゃ、ダメだなって……」

　申し訳なさそうに、視線を落とした花。

「べつに、そんな心配しなくていい」

　そんな理由なら、克服する必要ない。

　俺は花に甘えてもらいたくて、頼ってもらいたくて今の俺になったんだ。

　それになにより──俺以外の男と仲よさそうに話す花を想像するだけで、嫉妬してしまう。

「この先もずっと苦手だなんて言い訳にして逃げてちゃ、ダメでしょう？　だからがんばるって決めたの！」

　決心は固まっているそうで、力強くそう言う花に、俺はなにも言えなくなった。

「……そ」

　ここまで張りきっている花に、やめろと強く言うことも

独占したい。　presented by ＊あいら＊ >> 405

できない。

　それに……この時の俺は内心、きっと無理だろうと思っていた。

　ずっと俺以外の男が苦手だったんだ。

　すぐに無理だと気づいて、諦めるだろう。

「まあがんばってみれば？」

「う、うん！　がんばる！」

　この時の花の『がんばる』が、どれだけの決意が込められたものだったか。花がどれだけ本気だったか……俺は完全に、見誤っていた。


　翌日。

　相変わらず校内に入ると、花に寄ってくる男が群がり、それを俺が追い払う。

　花は俺の背中に隠れて怖がっていて、いつもの様子にほっとした。

　喜んでいいことではないのに、このままでいてくれと願わずにはいられなかった。

　いつだって、花のことは俺が守るから。

　困っていたら俺が駆けつけるし、悲しい時も嬉しい時もそばにいる。

　今はただの幼なじみで我慢するから、せめて……頼るのは、俺だけにしてくれ。

　放課後になり、花の教室に向かう。

　部活休み、ラッキー。

本来、水曜日の今日は俺は部活があり、花の部活は休みなので1週間で唯一、一緒に帰れない日。

　もともと俺は花をひとりで帰らせるなんて嫌だったから、水曜日は部活を休むように頼もうと思ったけど、花に断固拒否され諦めた。

　自分のせいで俺が我慢するのが嫌、とか……俺は逆に、花との時間を優先したいのに。

　まあそういう流れで、水曜日は家に着いたらメッセージを送るという約束で落ち着いた。

　けど、今日は部活が休みになったから、一緒に帰れる。

　気分よく花の教室に向かっていた時だった。

　角を曲がった先の廊下に、花の姿を見つけた。

　声をかけようとしたけど、そのうしろに知らない男の姿があることに気づき、眉をひそめる。

　……誰だ？

　またいつものように花に近づこうとするやつかと思ったけど、花が怯えている様子もなく、違和感を覚えた。

「日誌、書いてくれてありがとう！　俺、職員室まで持っていくよ」

「そんなの悪いよ。私が持っていくから」

「えっと……じゃあ、一緒に行ってもいい？」

　そんな会話が聞こえてきて、ますます眉間にシワが寄ってしまう。

　急いで花たちに近づいて、華奢な肩に手を伸ばした。

「悪いけど、お前ひとりで持っていって」

花の肩を抱き、ようやく俺の存在に気づいたその男に告げる。

「は、はいっ……!!」

　男は顔を真っ青にして、すぐに去って行った。

　花が、不思議そうに俺のほうを見た。

「まさくん、部活は？」

「監督がいないから、今日部活休みになった」

　……なんだ、今の男。

　花もいつもなら怯えてるのに、平気そうだし……。

「ほら、帰るぞ」

　ひとまずギャラリーが多いから帰ろうと、そう言って歩き出す。

　校舎を出て、人影がなくなり、ようやく気になっていたことを口にした。

「なんで、普通に男と話してんの……？」

　俺の質問に、花は元気に答えた。

「昨日言ったでしょう？　男性恐怖症克服するって……！」

　……言ったでしょうって……。

「あれ本気だったのか？」

「も、もちろんだよ！　今日ね、いろんな子と話せたんだよ！」

　その言葉に、心の奥にモヤのようなものがかかった。

「……へー」

　いろんな男と、話したって……話せたのか？

　今までずっと男が苦手だったのに……。俺の知らないと

ころで、知らない男と仲よくされるのが怖かった。

　花が、離れていってしまうようで。

　焦燥感にかられ、ごくりと息を飲む。

「クラスの男の子たち、優しい人ばっかりで。話してみる
とね、全然怖くなかった」

　……っ。

「……よかったな」

　そんな言葉しか言えず、しかもそっけない言い方になっ
てしまった。

　優しいって……そりゃあ、花みたいに可愛いやつには、
男は当たり前に優しくするだろ。

　花はきっと、下心なんて知らないだろうから。

　天然で、人の感情に疎くて、自分の魅力に少しも自覚が
なくて……そんなところも好きだけど、今は不安でたまら
なかった。

　もし花が俺以外の男たちが平気になって、俺がいなくて
も大丈夫になったら……？

　俺以外に親しい奴ができて、もしそいつのことを、恋愛
的な意味で好きになったら……？

　考えるだけで、名前もわからないその相手にとてつもな
い嫉妬心が湧き上がった。

## 嫉妬

　花が男性恐怖症を克服すると言いだしてから、1週間が経った。

　宣言通り、花は男とごく自然に会話ができるようになり、最近ではクラスのやつらと当たり前のように話しているらしい。

　花が、がんばっていることはわかる。

　花の男性恐怖症は本物だったし、克服するのだって簡単なことではなかっただろうから。

　でも……花の隣を独占したいと思っている俺が、素直に喜べるわけがなかった。

　俺以外の男となんて話さなくてもいいだろ……と、何度口から溢れそうになったかわからない。

　花が他のやつと話すのを見るたび、他のやつの話をするたび、嫉妬にかられる自分がいた。

　そんな幼稚な自分の感情をコントロールする術がわからず、花にもついそっけない態度をとってしまうこともしばしばで……。

　……ああくそ、どうすればいいんだよ。

　今まで"幼なじみ"という立場で我慢できたのは、花が男性恐怖症で、他のやつと恋愛関係になる可能性がなかったからだと気づいた。

　俺以外と話せるようになった今……毎日、焦燥感にから

れている。

　もし花に、好きなやつが出来でもしたら……。

　──そんなの、絶対に嫌だ。


　放課後の部活動が終わり、いつものように花を調理実習
室まで迎えにいく。

　教室を出て、一緒に帰ろうとした時だった。

「あっ……」

　花が、少し離れた方向になにかを見つけたのか、小さく
声を上げた。

　そのまま、笑顔で手を振る。

「なに見てんの?」

　花が見ているその方向を見ると、そこには数人の男の集
団が。

「仲よくなったクラスの男の子がいたから……」

　さらっとそんなことを言う花に、心臓がドクリと嫌な音
を立てた。

「……仲よくなった?」

　それって……どのくらい?

　普通に話せる程度?　それとも……あの男に、特別な感
情でもある?

「……へー、気をつけろよ。そいつがどんなやつかもわか
らないから」

　心配半分、嫉妬半分。口から溢れた、情けない子供みた
いなセリフ。

独占したい。　presented by ＊あいら＊ ≫ 411

「い、いい人だから、大丈夫だよっ……」

　すぐに相手のやつをかばった花に、嫌な予感は募る一方だった。

　花、そいつのこと信用しすぎなんじゃないか。たかが知り合って１週間程度の男だろ？

　そんなやつのなにがわかるんだよ。

　そんなやつが──花のなにを知ってるんだ。

　俺のほうがずっと、ずっと……誰よりも、花のことが好きだよ。

「いい人って、なにを根拠に言ってんの？　……もしかして、そいつのこと好きになったとか？」

　本音をぐっとこらえて、代わりに出てきたのはまた、呆れるほど幼稚なセリフ。

「べつにそういうわけじゃないけど……」

「……ふーん」

　花が、心配そうに俺の顔を覗き込んでくる。

「ま、まさくん、なんで怒ってるの……？」

　不安げな瞳と目があって、今度は罪悪感がふつふつと湧き上がった。

　……違う。

「べつに怒ってない」

　花に怒ってるわけじゃないんだ。

　俺が嫌なのは……花に群がる男と、こんなことしか言えない自分自身。

「……ご、ごめんね」

申し訳なさそうに、眉の端を下げて謝ってきた花。

　その姿に、ぎゅっと胸が締めつけられた。

　……花にこんなこと言わせて、なにやってんだ俺。

「いや、俺こそごめん。……ほんとに怒ってないから、謝らなくていい」

　せめて素直に謝ろうと、精いっぱい優しくそう言った。

　すると、花は安心したように口角を緩める。

「まさくんが謝る必要ないよっ。いつも私といてくれてありがとう」

「……っ」

　なに言ってるんだよ。

　それは……俺のセリフだ。

「早く気づけ、バカ」

　もういいかげん、今の関係のままは嫌だ。

　なあ花……そろそろ俺の気持ち、言ってもいいか？

「え？　なにか言った？」

　きょとんと、首を傾げた花。

「……なにも」

　花を失うことが怖い俺が、その２文字を口にできるはずもなく、今日も胸の中にとどめた。


　そして──俺の限界がきたのは、それから少し経った翌週の水曜日。

「あ、まさくん。今日はいつ部活終わるの？」

　朝学校に向かっている最中、花が突然そんなことを聞い

てきた。

「いつも通りだから、18時とかかな」

「それじゃあ、一緒に帰れないかな？　私も今日は学校に
残るから」

　……え？

「……なんで残んの？」

　一緒に帰れるのは願ったり叶ったりだけど、理由がわか
らない。

　今日は特別に部活があるとか？　……そんな理由だった
ら、よかったのに。

「あのね、みんなが勉強教えてほしいって……明日小テス
トがあるの」

　嫌な予感に、自然と眉間にシワが寄った。

「みんなって？　いつもの女友達ふたり？」

「ううん、違うよ。最近仲よくなった男の子たち」

　平然とそう口にする花に、酷い焦りを覚えた。

　最近仲よくなった男たちって……複数？　女は花だけっ
てことか？

　しかも放課後……どこで？　そんな危ないこと、「そう
か」って許せるわけないだろ？

「なんでわざわざ花が教えないといけないんだよ」

　花は、いいかげん少し自覚したほうがいい。

　自分がどれだけ可愛いか。男が花を、どんな目で見てい
るのか。

　男がもっと危険な生き物だって……どうしてわからない

んだろう。

「えっと、みんな古典が苦手らしくて……」

「遅い時間に残ってまで教える必要ないだろ。休み時間とかにすれば？」

「みんないい人だから大丈夫だよ。それに、私にできることがあるなら力になりたくて……」

　なにを言っても言い返してくる花に、つい口調がきつくなってしまった。

「ちょっとしゃべれるようになったのか知らないけど、ずっと男無理だったんだろ？　もっと危機感持てよ」

　どうしてもやめると言ってほしくて、危機感を持ってほしくて。

　けれど、俺の気持ちは伝わらず、花の表情がどんどん暗いものに変わっていく。

「そんなふうに、言わなくても……」

「とにかくやめとけ」

「でもねまさくん、最近いろんな人と話せるようになったし、私もう克服できたと思うのっ。だから……」

　……っ、ああくそ……。

「……もうわかった」

　嫉妬は人を狂わせるというけど、この時の俺はまさにそれだった。

「そんなに男と仲よくしたいなら、勝手にすれば」

　そんな言葉を吐いて、とまどっている花を置いてひとり学校に向かった。

独占したい。　presented by ＊あいら＊ 》》 415

　いつもより早い速度で歩きだして、数分が経った時。
　頭が冷えて、俺は振り返った。
　歩くのが遅い花がいるはずもなく、額に手を当てる。
　あー……間違えた。なにやってんだ、俺……。
　花、泣きそうな顔してた。今頃泣いてるかもしれない。
　当たり前だ……きつく言い過ぎた。
　花が鈍感すぎるとはいえ、自分がこんな心の狭いやつ
だったとは。
　ダサすぎ……花も俺のこと、見損なってるだろうな。
　今まで、花に好かれたいがためだけに、勉強もスポーツ
も、順位のつくものはすべて努力してきたつもりだ。
　ただ花にかっこいいと思われたくて、そんな理由だけで、
俺は死ぬほどがんばれた。
　それなのに……自分で台無しにした。
　今から引き返して謝るか。
　いや……でもなんて？
　花も、今は俺の顔を見たくないかも。
　ていうか、こんな情けない状態のまま会ってなにを言え
ばいいんだ……。
　結局俺は、花に合わせる顔がなく、どうすることもでき
なかった。

## 独占したい。

　花……結局勉強会とか言ってたの、するのかな。

　その日は授業中も上の空で、そんなことばかりを考えて
いた。

　休み時間に、スマホの画面を穴が空くほど見つめる。

　連絡して聞くべきか……いや、あんなこと言っといて今
さらなんだよって感じだよな。

　花がそんなことを思うやつじゃないってわかってるけ
ど、これは自分自身の問題だ。

　変なプライドが邪魔をして、アプリを開いたままなにも
できずにいた。

　その時、１件のメッセージを知らせる通知が来る。

　送り主は花からで、小刻みに送られてきたため、通知画
面で確認することができた。

【まさくん、今朝はごめんなさい】

【心配してくれたのに、ごめんね】

【今日は勉強会はしません】

【まっすぐ家に帰ります！】

【まさくん、部活がんばってね！】

　花……。

　なにも悪くないのに、こうして謝ってくれる花に、申し
訳なさが溢れた。

　なんて返事、しよう……。

独占したい。 presented by ＊あいら＊ 》 417

　俺も悪かった、とか？　いやでも……それだとこれから
も、こんなことの繰り返しになる気が……。
　はっきり、どうしてあんなことを言ったか理由を言うべ
きか？
　いや、それは直接言ったほうがいいだろ。
　……待て、それを言うってことは、ほぼ告白みたいなも
んじゃないか？
　……あー、なんでこんなうじうじしてんだよ俺……。
　結局、そのメッセージの返事ができないまま、夜になっ
てしまった。
　ベッドに寝転びながら、じっと返信の内容を考える。
　……いや、やめよう。
　明日直接謝ろう。
　もう花は寝てるだろうし、直接口で言ったほうがいい。
　心配だって。もっと危機感を持ってほしいって……あと
は──。
　そんなことを考えながら、俺はいつの間にか眠りについ
ていた。


　……最悪だ。
　こんな日に限って、寝坊をしてしまった。
　しかも家族全員が寝坊をし、目が覚めたらいつもなら学
校へ向かっている時間だった。
　案の定花はもう行ってしまったようで、急いで支度をし
あとを追う。

昨日返信もしてないし、待ち合わせにも来ないしで、花に勘違いさせただろうな……。

　悲しそうにしている花を想像すると、自然と走る速度が上がる。

　自分の教室に寄り、乱暴にカバンだけ置いてすぐに花の教室へと向かった。

　……っ、いた。って、なんかいつもよりも人数多くないか……？

　教室の中に花の姿を見つけたけど、その周りに群がる男の多さにあ然とした。

「おはよ、花ちゃん」

　どいつもこいつも、デレデレと鼻の下を伸ばしながら群がっている。

「お、おはよう」

「今日は永丘と一緒じゃないの……？」

「う、うん……」

「へー、そうなんだ〜！」

　花は笑顔で受け答えをしていて、その姿を見て足が止まってしまう。

　早く助けてやらないと思う反面、本人が楽しいなら、割って入るのも野暮なんじゃないかと思った。

　もしかして、邪魔なのは俺のほうか……？

　男友達がいっぱいできたって、嬉しそうにしてたし……花の交友関係を、ただの幼なじみの俺が壊していいのか？

「ねえねえ、今度の土曜とかヒマじゃないかな？　みんな

で遊ばない？」

「いいなそれ！　俺も花ちゃんと遊びたい！」

「花ちゃんの私服とか、絶対可愛いだろうなぁ〜」

「え、っと……あの……」

　花の表情が、不安そうなものに変わった。

　途端、体が勝手に動き出す。

　もうどうでもいい。

　花の気持ちは無視したくないけど、こんなうじうじしてんのはらしくない。

　花が他のやつと仲よくするのは嫌だ。だから止める。

　理由なんて、それだけでいい。

　花の体が、ふらりと大きく揺れた。

　……っ。

　ギリギリのところで受け止め、ほっと安堵する。

　意識失ってるのか……？　っ、やっぱり、まだ男は怖いのか……。

　華奢な体を抱きかかえて、周りにいた男たちにすごみを利かせた。

「……おい、どけ」

　どいつもこいつも邪魔だ。

「俺の許可なく花に近寄んな」

　そう言い残して、俺は急いで保健室へと向かった。


「かわいそうに、ちょっとパニックになっちゃったのかもしれないわね……少し休んだほうがいいわ」

「そうですか」

「私、職員室に行くからそばにいてあげて」

　保健医に頭を下げてから、ベッドで眠っている花を見つめる。

　すやすやと気持ちよさそうな寝顔に、安心した。

　前は何度かこういうことがあったけど、最近はなかったからびびった……。

　花になんかあったら、俺の心臓が止まる。

　俺をここまで心配させるのは、世界中どこを探したって花だけだろう。

　そんなことを思っていた時、目が覚めたのか花の瞳がゆっくりと開いた。

「……花？」

「まさ、くん……」

　すぐに声をかけると、まだ意識がぼんやりしているのか、おぼつかない口調で俺の名前を呼ぶ花。

「大丈夫か？」

「あ……ご、ごめん、なさいっ……」

　すぐにことの次第に気づいたのか、花は申し訳なさそうに顔を青くし、謝ってきた。

　よそよそしいその態度に、ショックを受けた。

「……余計なお世話だった、か」

　もしかして、俺は必要なかった？

　今は俺の顔も、見たくない……？

　……当たり前か。

独占したい。 presented by ＊あいら＊ ≫ 421

　昨日も今日も、無視したようなもんだから。
　花に拒絶されたって……仕方ない。
「せっかくクラスメイトと楽しそうに話してたのに、邪魔
して悪かった」
　立ち上がって、保健室を出ようと歩きだした。
「ま、まさくんっ」
　けど、花に名前を呼ばれて立ち止まる。
「た、助けてくれて、ありがとうっ……」
　そう告げてくる声は頼りなさげに震えていて、俺は慌て
て振り返った。
「……花？」
　そっと近づいて、花の手に自分の手を重ねる。
　その手は震えていて、まださっきの余韻が残っているの
だと気づいた。
「花、震えてる……」
　教室の、あれ……そんなに怖かったのか？
　最近は男とも普通に話せるようになったって言ってたけ
ど、やっぱり無理してるのか……？
　視線を、花のほうへ向ける。
　目があった綺麗なその瞳は……今にも泣きそうに揺れて
いた。
「……なぁ」
　カッと、血が上るような衝動に襲われる。
「なんでそこまでして、男性恐怖症克服しなきゃなんねー
の？」

そんな怯えてんのに……そこまでして、克服する必要ってなに？

なあ、花。

俺だけじゃ──ダメか？

「だって……」

花は、涙をこらえるように、おそるおそる口を開いた。

「まさくんに頼って、ばっかりだから……」

衝撃の発言に、一瞬頭が真っ白になる。

「え？　俺？」

なんだ、どういうことだ……？

「いっつも、私が男の子がダメなせいで、迷惑かけてばっかりで……このままじゃいつか、愛想尽かされちゃうんじゃないかってっ……」

ポツリポツリと話す花。俺はひと言も聞き逃さないように、じっと耳を傾ける。

「私……まさくんに、嫌われたく、ないっ……」

すがるような瞳とその言葉に、とめどない愛おしさがあふれ出した。

「……なんだよ、それ」

俺のためとか……予想外すぎる。

ていうか、そんなふうに思ってたのか……？

俺は衝動的に、花の体を抱きしめていた。

「……っ」

驚いたように、花の肩が跳ねる。

「まさ、くん？」

独占したい。 presented by ＊あいら＊ >> 423

「俺が花のこと、嫌いになるわけないだろ」

　そんなこと、ありえない。

「なんだよ。俺のため、かよ……」

　花ががんばっていたのは、全部俺のためだったのか。

　そう思うと、もう可愛くて愛おしくて……言葉にならな
かった。

「そんな理由なら、克服する必要ない」

「でも……」

「つーか、すんな」

「……え？」

　花は驚いた様子で、きょとんとした表情をした。

「俺は、花に頼られたいんだよ」

　告げたのは、ずっと隠していた真実。

「克服なんかすんな。花にはずっと、俺だけでいいだろ」

　もう、この気持ちをとどめておくことなんてできない。

「まさくん……？　あの、意味が……」

「……好きだ」

　あっさりと口からこぼれた、ずっと秘めていた言葉。

　もう後戻りはできないと思いながらも、心は晴れ晴れと
していた。

「もういつからとかわからない。ずっと前から俺は……花
が好きで、可愛くてもうどうしようもない」

　ああ、やっと言えた。

　花のまん丸の目が、こぼれそうなほど大きく見開かれた。

　そして、その綺麗な瞳から、涙が溢れ出す。

「……っ、泣くほど嫌？」

「ち、違うっ……わたし、もっ……！」

「え？」

　私も……？

「まさくんが好きっ……」

　一瞬言われた言葉が理解できず、俺たちの間に少しの沈黙が流れる。

　勘違いしそうになったが、すぐにそんなわけないかと自重した。

「花、俺の好きは……きっと花の好きとは違うよ」

　幼なじみとしてなんかじゃなくて、もっと深い関係になりたいって意味の……。

「わ、わかってるよ……！」

　花は、まっすぐに俺の目を見て、そしてはっきりと言葉にしてくれた。

「私の好きは、まさくんと結婚したい、好き」

　……っ。

　まさか、そんな……。

　こんなことが、あっていいのか？

　花が……俺を、好き？

　嘘って言われたほうがまだ信じられる。

　でも……頼むから、本当であってほしいと願わずにはいられなかった。

「あ、あの……結婚っていうのはたとえで、その……」

　みるみる赤くなっていく花の顔に、俺はこれが現実だと

悟った。

　途端、言いようのないほどの幸福感に体中が満たされる。

「やばい。こんなん予想外すぎるって……」

　たまらず花を抱きしめ、もう一度確認する。

「本気？」

　こくりとうなずいた花に、全身の力が抜けるような脱力感に襲われた。

「……ははっ、なんだ……もっと早くに言っとけばよかったな」

　花が俺と同じ気持ちでいてくれているなんて……本当に、まったく考えもしなかった。

　鈍感だったのは、俺も同じだ。

　随分と遠回りしていたことに気づいて、でも、そんなことはもうどうでもいい。

　花が……俺の、俺だけのものになった。

　その事実に、俺は一瞬で歓喜に包まれた。

　頭、ぼうっとする。

　こんな展開予想してなかったから……もういっぱいいっぱいだ。

　ふう……と、心を落ち着かせるように息を吐いてから、俺は口を開いた。

「俺、きっと花は俺のこと幼なじみくらいにしか思ってないって考えてたから……花の期待を裏切んのが怖くて、言えなかった」

　から回って、花のことを傷つけて、本当にごめん。

これからは……もう悲しませたりしないから。

　誰よりも可愛がって甘やかして、一生花だけを大切にするって約束する。

　一生とか永遠とか、軽々しく口にしたくはないけど、花にだったらどれだけ先のことだって断言できた。

「私も、まさくんは私のこと、妹くらいにしか思ってないだろうからって……だから、まさくんのこと私から、解放してあげなくちゃって……」

　そんなふうに思っていたなんて、少しも気づいてあげられなかった自分に腹が立つ。

　花しか見ていなかったのに、気づけなかったなんて……これからはこんなすれ違いがないように、思ったことは口にして伝えていこう。

「そんなことしなくていい。つーかこれからは、ずっと俺のそばにいて」

　今まで言えなかった分、たくさんこの気持ちを伝えようと思った。

「いい、の……？」

「いいに決まってる。ていうか……花に拒否権も選択肢もない」

　もう、逃がしてなんかやれないから。

　俺今死ぬほど浮かれてるし、今さら嫌だって言われても無理。

「もう……俺のもん」

　花の両頬に手を添え、じっと見つめる。

独占したい。　presented by ＊あいら＊ ≫ 427

　この頬も瞳も髪も唇も、花の全部が愛おしい。
「他の男と仲よくしないで。もういっそずっと男性恐怖症
のままでいいから」
「ふふっ、それは甘やかしすぎだよ」
　冗談だと思っているのか知らないけど、本心だからな。
　俺がいなきゃダメになるくらい愛して、他のやつを見る
隙なんて与えてやらない。
「うん、一生俺が甘やかしてあげるから、花はそのままで
いいよ」
　俺はどんな花も、愛おしくて仕方ないだけだから。
「死ぬまでずっと、俺に独占されてて」
　そっと、花の小さい唇に自分のそれを寄せる。
　初めてのキスに、俺は願った。
　俺は花だけに、愛を誓うから……。
　ずっと、死ぬまで──俺に花を独占させて。

End.

### 作・青山そらら（あおやま そらら）

千葉県在住のＡ型。読んだ人が幸せな気持ちになれる胸キュン作品を書くのが目標。『いいかげん俺を好きになれよ』で野いちごグランプリ2016のピンクレーベル賞を受賞。


### 作・SELEN（せれん）

関東在住のＡ型。嵐とシンデレラが大好きで、趣味は音楽鑑賞。読んでよかったと少しでも思ってもらえるような小説を書くのが目標。『好きになれよ、俺のこと。』で第10回日本ケータイ小説大賞の最優秀賞を受賞。


### 作・ばにぃ

神奈川県生まれのみずがめ座。『狼彼氏×天然彼女』シリーズは、ケータイ小説サイト「野いちご」内にて、累計１億９千万PVを超えるアクセスヒットを記録。


### 作・みゅーな＊＊

中部地方在住。４月生まれのおひつじ座。ひとりの時間をこよなく愛するマイペースな自由人。好きなことはとことん頑張る、興味のないことはとことん頑張らないタイプ。無気力男子と甘い溺愛の話が大好き。


### 作・天瀬ふゆ（あませ ふゆ）

12月31日生まれのＢ型女子。『好きって気づけよ。』で野いちごグランプリ2014のピンクレーベル賞、『スターズ＆ミッション』で2015年日本ケータイ小説大賞の優秀賞を受賞。

### 作・善生茉由佳（ぜんしょう まゆか）

第14回デザートまんが原作用ヤングシナリオ（佳作）、第124回コバルト短編小説新人賞（入選)受賞。『涙想い』で野いちごグランプリ2014のブルーレーベル賞を受賞した。

### 作・Chaco（ちゃこ）

大阪府出身。うお座のA型。2005年、『天使がくれたもの』でケータイ小説作家としてデビュー。同作のシリーズは118万部を超える大ベストセラーとなった。

### 作・十和（とわ）

和歌山県在住。いて座のＡ型。『クリアネス』で第1回日本ケータイ小説大賞の大賞を受賞。『笑って。僕の大好きなひと。』で第１回スターツ出版文庫大賞の大賞を受賞。

### 作・＊あいら＊

胸キュン、溺愛、ハッピーエンドをこよなく愛する頭お花畑系女子（笑）。2010年8月『極上♡恋愛主義』が書籍化され、ケータイ小説史上最年少作家として話題に。

### 絵・加々見絵里（かがみ えり）

漫画家＆イラストレーター。野いちごの装画のほか、角川つばさ文庫『スイッチ！』シリーズ、富士見Ｌ文庫『寺嫁さんのおもてなし』シリーズなど、幅広く活動中。

ファンレターのあて先

〒104-0031

東京都中央区京橋1-3-1　八重洲口大栄ビル7F

スターツ出版(株)書籍編集部　気付

青山そらら先生　SELEN先生　ばにぃ先生
みゅーな**先生　天瀬ふゆ先生
善生茉由佳先生　Chaco先生
十和先生　*あいら*先生

この物語はフィクションです。
実在の人物、団体等とは一切関係がありません。
物語の中に一部法に反する事柄の記述がありますが、
このような行為を行ってはいけません。

## モテモテな憧れ男子と、両想いになりました。
### 〜5つの溺愛短編集〜

2019年12月25日　初版第1刷発行
2020年4月7日　　第2刷発行

| 著　者 | 青山そらら　©Sorara Aoyama 2019 |
|---|---|
| | SELEN　©Selen 2019 |
| | ばにぃ　©bunny 2019 |
| | みゅーな**　©Myuuna 2019 |
| | 天瀬ふゆ　©Fuyu Amase 2019 |
| | 善生茉由佳　©Mayuka Zensho 2019 |
| | Chaco　©Chaco 2019 |
| | 十和　©Towa 2019 |
| | *あいら*　©*Aira* 2019 |

| 発行人 | 菊地修一 |
|---|---|
| デザイン | カバー　粟村佳苗（ナルティス） |
| | フォーマット　黒門ビリー＆フラミンゴスタジオ |
| DTP | 久保田祐子 |
| 編　集 | 若海瞳 |
| 発行所 | スターツ出版株式会社 |
| | 〒104-0031 東京都中央区京橋1-3-1　八重洲口大栄ビル7F |
| | 出版マーケティンググループ　TEL03-6202-0386 |
| | （ご注文等に関するお問い合わせ） |
| | https://starts-pub.jp/ |
| 印刷所 | 共同印刷株式会社 |
| | Printed in Japan |

乱丁・落丁などの不良品はお取替えいたします。上記出版マーケティンググループまでお問い合わせください。
本書を無断で複写することは、著作権法により禁じられています。
定価はカバーに記載されています。

ISBN　978-4-8137-0816-2　C0193

# 読むたび何度でも恋をする…全力恋宣言！
# 毎月25日はケータイ小説文庫の日♥

心に沁みるピュアラブやキラキラの青春小説、
「野いちご」ならではの胸キュン小説など、注目作が続々登場！

## ケータイ小説文庫　2019年12月発売

### 『モテモテな憧れ男子と、両想いになりました。』

人気者の同級生と1日限定でカップルのフリをしたり、友達だと思っていた幼なじみに独占欲全開で迫られたり、完全無欠の生徒会長に溺愛されたり。イケメンとの恋にドキドキ♡
青山そらら、SELEN、ばにぃ、みゅーな**、天瀬ふゆ、善生茉由佳、Chaco、十和、*あいら*、9名の人気作家による短編集。
ISBN978-4-8137-0816-2
定価：本体630円＋税　　　　　　　　　　ピンクレーベル

### 『ツンデレ王子と、溺愛同居してみたら。』SEA・著

学校の寮で暮らす高2の真心。部屋替えの日に自分の部屋に行くと、なぜか男子がいて…。でも、学校からは部屋替えはできないと言われる。同部屋の有村くんはクールでイケメンだけど、女嫌いな有名人。でも、優しくて激甘なところもあって!?　そんな有村くんの意外なギャップに胸キュン必至！
ISBN978-4-8137-0817-9
定価：本体590円＋税　　　　　　　　　　ピンクレーベル

### 『可愛がりたい、溺愛したい。』みゅーな**・著

美少女なのに地味な格好をして過ごす高2の帆乃。幼なじみのイケメン依生に「帆乃以外の女の子なんて眼中にない」と溺愛されているけれど、いまだ恋人未満の微妙な関係。それが突然、依生と1ヵ月間、二人きりで暮らすことに！　独占欲全開で距離をつめてくる彼に、ドキドキさせられっぱなし!?
ISBN978-4-8137-0818-6
定価：本体590円＋税　　　　　　　　　　ピンクレーベル

書店店頭にご希望の本がない場合は、
書店にてご注文いただけます。